문학시간에 옛글읽기 3

문학시간에 옛글읽기 3

전국국어교사모임 옮김

Humanist

'문학시간에 읽기' 시리즈를 펴내며

문학 작품은 왜 읽을까요? 도대체 문학이란 무엇일까요?

한 국어학자는 '문학'을 '말꽃'이라고 했습니다. '꽃'이 '아름답게 피워
낸 가장 값진 열매'이니, '말꽃'은 '말로써 피워 낸 가장 아름답고 값진 결
과물'이라는 것입니다.

그런데 오늘날 입시 위주의 교육 환경에서 '문학'은 과연 학생들에게
말꽃으로 다가갈까요?

학생들은 말로 이루어 낸 가장 아름다운 꽃의 향기와 아름다움을 느
끼거나 맛볼 여유가 없습니다. 이번 시험엔 어떤 작품이 출제될까만 생
각하며 이런저런 참고서와 문제집을 뒤적거리느라 문학의 재미와 아름
다움을 맛보고 느낄 겨를이 없으니까요.

전국국어교사모임은 학생들에게 문학의 참맛을 느끼고 맛보게 해 주
고 싶었습니다. 그래서 문학사 중심, 지식과 기능 중심의 문학 교재가
아닌, 학생들이 재미있게 읽으면서도 자신의 지적·정서적 경험을 넓힐
수 있는 문학책을 만들게 되었습니다.

'문학시간에 읽기' 시리즈는 전국의 국어 선생님들이 숱한 토론을 거치
면서 가려 뽑은 작품들로 구성되었습니다. 학생들이 즐겨 읽고 크게 감
동한 작품들, 학생들의 감수성과 상상력을 풍부하게 만든 작품들과 만

날 수 있습니다.

    이제 학생들이 논술과 수능 준비를 위해 어렵게 외우고 풀어야 하는 문학이 아닌, 나와 우리의 이야기가 녹아들어 있는 문학, 느끼고 생각할 수 있는 문학, 진실한 얼굴의 문학을 만날 수 있기를 바랍니다.

2013년 5월

전국국어교사모임

옛글에서 배우는 오늘을 살아가는 지혜

여러분은 '고전' 혹은 '옛글' 하면 어떤 생각이 드나요? 아마도 대부분은 골치 아프고 고리타분하다는 생각을 할 것입니다. 그렇게 생각하는 가장 큰 이유는, 교과서나 책에 실린 옛글들이 토씨나 이음말을 빼면 대부분 원문의 한자어를 그대로 쓰고 있어서 어렵기 때문입니다. 또 20~30년 전의 일도 까마득한 옛일로 여기는 요즘 청소년들에게 옛글이 너무 멀게 느껴지기 때문일 수도 있습니다.

하지만 시대가 다르고 문화와 언어가 달라도 보편적으로 통하는 정서와 가치가 있습니다. 옛글을 읽고, 다른 문화권의 문학 작품을 읽는 이유도 바로 그 때문이겠지요. 옛글을 읽어 보면 현대인의 생각보다 더 참신하거나, 아주 논리 정연하거나, 실물을 보는 듯 그 느낌이 생생하게 전달되는 글이 많습니다.

이 책은 국어 교사들이 청소년들에게 권하고 싶은 옛글들을 모아 이해하기 쉽게 풀어 썼습니다. 당시의 일상적인 삶이나 사회상을 짐작할 수 있는 글, 살아가면서 겪는 갈등이 담긴 글, 세상의 변화를 요구하는 글, 좀 더 의미 있는 삶을 추구하는 글 등을 가려 뽑고, 같이 읽으면 좋은 글을 묶어 여섯 개의 장에 나누어 실었습니다.

옛글에는 당대의 시대상과 앞서 살다 간 사람들이 느끼고, 고민하고, 생각한 것 들이 담겨 있습니다. 오늘날의 관점에서 보면 매우 낡은 생각일 수도 있지만 당시로서는 당연하거나 시대를 앞서 간 것이었을 수도 있습니다. 그래서 옛글을 읽을 때는 글쓴이가 살았던 시대 상황을 염두에 두어야 하는 것이지요. 또한 오늘날의 상황과 견주어 의미를 새롭게 해석하며 읽는다면 옛글을 더욱 풍부하게 이해할 수 있을 것입니다.

여기 실린 글들도 그런 마음가짐으로 읽었으면 좋겠습니다. '앞서 살다 간 사람들은 어떤 생각을 했을까?' 하고 호기심을 가지고 귀 기울일 때, 몇백 년의 시간을 뛰어넘어 그들과 마음으로 대화를 나눌 수 있지 않을까요? 그럼으로써 오늘을 살아가는 지혜를 터득할 수도 있을 것입니다.

이 책이 청소년들과 옛글의 정서적 거리를 좁혀 주는 구실을 한다면 더할 나위 없이 기쁠 것입니다. 또 어쩌다 만난 옛글로 글 읽는 시간이 행복했으면 좋겠습니다.

2014년 4월
김동곤, 박정원, 이미숙

차례

1장

—

나의 삶을
돌아보다

겉모습과 마음

유몽인

겉모습은 마음만 못한 것이다. 공자의 겉모습은 몽기*와 비슷했는데, 이로 보아 겉모습으로 사람을 판단하는 것은 잘못된 일이다.

자우와 안평중은 키가 육 척도 안 되었지만 누구보다도 마음이 넓고 컸으며, 애태타*는 못생긴 모습으로 사람들을 놀라게 하였지만 그와 함께하면 사람들이 모두 그를 사모하여 떠날 줄 몰랐다. 맹상군은 몸뚱이가 작고 초라했으며, 한신은 얼굴이 누렇고 키가 컸다. 장자방의 겉모습은 여인과 같았고, 곽해의 모습은 보통 사람에도 미치지 못했으며, 전분의 겉모습은 키가 작고 풍채가 볼품없었다.

우리나라의 윤필상은 겉모습이 보잘것없어 중국의 관상가도 그의 모습을 보고는 지위가 높은 사람인 줄 몰랐는데, 그의 대변(大便)을 보고서야 지위가 높다는 것을 알았다.* 성현도 못생겨서, 당시 사

• **몽기** 질병을 쫓는 귀신. 《순자》에 공자가 몽기와 닮았다고 나온다.
• **애태타** 장자의 이야기에 나오는 아주 못생기고 곱사등이 사람.

람들이 그를 보고 '어람*좌객(御覽坐客)'이라 했다. 왜냐하면 옛날에 협객이 기생집에 갈 때면 못생긴 사람을 끌어다 옆에 앉혔는데, 그 뒤부터 못생긴 사람을 '좌객'이라 했기 때문이다.

이들은 모두 마음이 겉모습으로 나타나지 않은 사람들이다.

겉모습이 그 마음과 같은 사람들도 있다. 오원은 키가 십 척에다 두 눈썹 사이가 일 척이나 되었는데, 끝내 천하의 대장부가 되었다. 항우는 호랑이 상이어서 그가 노하면 모두 두려워서 엎드려 감히 올려다보지 못하였고, 사람과 말이 모두 놀라 몇 리나 물러났다. 제갈량은 두 눈썹 사이에 강산의 빼어남이 모두 모여 있었다. 장비는 몸이 우람하고 힘이 아주 셌는데, 그 눈이 둥근 고리 같았다. 허원은 너그럽고 후하며 점잖은 사람으로 겉모습이 마음과 일치했다. 노기는 푸르스름한 얼굴이 귀신과 같은 모습이어서 부인들이 그를 보면 모두 웃었다.

우리나라의 조광조는 얼굴빛이 아주 아름다웠는데, 거울을 볼 때마다 "이 얼굴이 어찌 남자의 좋은 상이겠는가?" 하고 탄식했다. 최영경이 기축옥사*에 연루되어 죽게 되었는데, 옥사쟁이가 그의 풍모

- **그의 대변을 ~ 알았다** 예로부터 왕의 대변을 보고 매일 건강 상태를 확인했던 것처럼, 대변의 빛깔과 상태로 그 사람의 건강 상태와 영양 상태 등을 알 수 있다. 지위가 높고 부유한 사람들은 그렇지 않은 사람들에 비해 상대적으로 기름지고 몸에 좋은 음식들을 많이 먹을 수 있어서, 대변의 빛깔이나 상태 또한 평민들과 달랐을 것이다.
- **어람** 임금이 보다. '어(御)'는 임금에게 관계된 말의 머리에 붙여서 공경하는 뜻을 나타내는 말이다.
- **기축옥사(己丑獄事)** 조선 선조 22년(1589)에 정여립의 모반을 계기로 일어난 사건. 권력의 핵심에서 쫓겨난 정여립이 전주, 진안 등지에서 대동계(大同契)를 조직하여 매월 활쏘기를 익혔는데, 이것이 역모로 고발되어 일당이 체포·처형된 일이다. 이로써 동인(東人)이 몰락하고 서인(西人)이 정국을 주도하게 되었으며 호남 출신의 관직 등용에 제한을 두는 계기가 되었다.

를 보고 존경하는 마음이 일어 바람처럼 달려가 명을 받들고 혹시라도 늦을까 염려하였다.

이들은 모두 마음이 겉모습과 일치한 사람들이다.

옛날 중국 사신이 우리나라에 오면서, 우리나라가 예의가 있는 나라이므로 필시 비범한 사람이 있을 것이라 여겼다. 행차가 평양에 이르러 중국 사신이 길가에 있는 한 남자를 보니, 키가 팔구 척에 수염이 허리까지 드리워져 있어 자못 기이하게 여겼다. 사신이 그 남자와 말을 나누고자 하였으나 말이 통하지가 않았다. 그래서 사신이 손을 들어 손가락을 둥글게 해 보였다. 그랬더니 그 사내가 손을 들어 손가락을 네모지게 해 보였다. 또 사신이 세 손가락을 구부려 보이니, 그 사내가 다섯 손가락을 구부려 보였다. 또 사신이 옷자락을 들어 보이니, 그 사내가 자기 입을 가리켜 보였다.

중국 사신이 서울에 다다라 관반사°에게 말했다.

"내가 중국에 있을 때 귀국이 예의가 있는 나라라고 들었는데 참으로 거짓이 아니었소."

관반사가 물었다.

"어찌 그러십니까?"

중국 사신이 말했다.

"내가 평양에 이르러 길가에 있는 한 사내를 보니 생김새가 아주

● **관반사(館伴使)** 외국 사신을 접대하던 임시직 벼슬아치.

훌륭하여 필시 마음이 남다르리라 생각했습니다. 내가 손가락을 둥글게 해 보였는데, 이는 하늘이 둥글다는 뜻이었습니다. 그 사내는 손가락을 네모지게 해 보였는데, 이는 땅이 네모지다는 것이겠지요. 내가 세 손가락을 구부려 보였는데, 이는 삼강(三綱)을 말함이었습니다. 그 사내는 다섯 손가락을 구부려 보였는데, 이는 오륜(五倫)을 말한 것이 아니겠습니까. 내가 옷자락을 들어 보여, 옛날에는 옷만 드리우고 있어도 천하가 다스려짐을 말했습니다. 그 사내는 자기 입을 가리켜 보였는데, 이는 도덕이 쇠퇴한 세상에서는 말로 세상을 다스린다는 뜻이었을 겁니다. 길가의 보통 사람도 이러하거늘 하물며 사대부들이야 말해 무엇하겠습니까?"

관반사가 이상히 여겨 평양에 공문을 보내 그 사람을 서울로 급히 불러올려 재물을 넉넉히 주고는 물었다.

"중국 사신이 손가락을 둥글게 해 보였을 때, 너는 어찌하여 손가락을 네모지게 해 보였느냐?"

"그분이 둥근 절편을 드시고 싶어 손가락을 둥글게 하는 줄 알고, 저는 네모진 인절미가 먹고 싶어 손가락을 네모지게 하였습죠."

"중국 사신이 세 손가락을 구부려 보였을 때, 너는 어찌하여 다섯 손가락을 구부렸느냐?"

"그분은 하루에 세 끼를 먹고 싶다는 뜻으로 세 손가락을 구부리는 줄 알고, 저는 하루에 다섯 끼를 먹고 싶다는 뜻으로 다섯 손가락을 구부렸습지요."

"중국 사신이 옷자락을 들어 보였을 때, 너는 어찌 입을 가리켜 보였느냐?"

"근심하는 바가 옷 입는 데 있다는 말인 줄 알고, 저는 걱정하는 바가 먹는 데 있었기에 입을 가리킨 것이었습지요."

조정 사람들이 이를 듣고 웃었다. 그러나 중국 사신은 이러한 사실을 모르고, 그 사내를 슬기가 남달리 뛰어난 사람으로 여기고 공경하고 예를 갖추었다.

아! 중국 사신이 수염 긴 그 남자를 공경한 것이 어찌 한갓 겉모습만 보고 실수한 것이겠는가? 중국 사신은 우리나라가 예의 있는 나라라는 사실이 두려웠던 것이리라. 이것이 어찌 만세의 웃음거리가 아니겠는가?

근래 재상 유전이 중국의 수도 연경에 갔을 때, 관상가에게 자신의 관상을 보이려고 하였다. 관상가를 시험해 보려고 따라온 하인 가운데 생김새가 아주 훌륭한 사람에게 재상의 옷차림을 하게 하여 관상가에게 보였다. 관상가가 자세히 보더니 웃으며 말했다.

"이 사람은 평생 숯이나 팔 사람이오. 당신들은 어째서 나를 속이시오?"

이에 재상이 모습을 보이니 관상가가 보고는 공경하여 말했다.

"이분이 진짜 재상입니다."

아! 관상가가 사람을 알아보는 눈이 중국 사신과는 다르구나.

출전_ 어우야담

원제_ 기상氣相

■ ─ 이 이야기는 앞부분에 겉모습과 마음이 일치하지 않는 사람들과 겉모습과 마음이 일치하는 사람들의 예를 보여 준다. 그러고 나서 중국 사신과 겉모습이 기이한 한 인물의 이야기를 통해, 겉모습으로 그 사람됨을 알 수 없다는 것을 말하고 있다.

우리나라에 온 중국 사신이 겉모습이 빼어난 한 남자를 보고 수화를 나눈다. 중국 사신이 손가락을 둥글게 해 보이자 남자는 손가락을 네모지게 해 보인다. 다시 중국 사신이 세 손가락을 구부려 보이자 남자는 다섯 손가락을 구부려 보인다. 마지막으로 중국 사신이 옷자락을 들어 보이자 남자는 입을 가리켜 보인다.

이 이야기의 재미는 이 수화 내용을 해석하는 두 인물의 오해에서 생겨난다. 중국 사신이 하늘이 둥글다고 말하는 것을 남자는 둥근 절편을 먹고 싶어 하는 것으로 오해하고 대답한다. 마찬가지로 남자가 네모진 인절미가 먹고 싶다고 말하는 것을 중국 사신은 땅이 네모지다고 말하는 것으로 받아들인다. 남자는 중국 사신이 삼강을 말하는 것을 세 끼 밥으로 오해하고, 옷만 드리우고 있어도 천하가 다스려짐을 말하는 것을 옷을 입는 데 근심하는 것으로 오해한다. 어쨌든 이 남자의 대답은 중국 사신을 놀라게 한다. 길가의 보통 사람도 이렇듯 뛰어난데 사대부들이야 오죽 할까 하는 생각이 들었기 때문이다.

'천원지방(天圓地方)'과 '삼강오륜(三綱五倫)'의 두 화소는 중국 사신을 골리는 이야기에서 빈번하게 등장하는 것이기도 하다. 조선의 사대부들은 지레 중국을 높이고 자신을 낮추었지만, 일반 평민들은 중국이 별것 아니라는 인식을 가지고 있었다는 사실을 이 이야기는 간접적으로 보여 준다. 기지와 재담으로 중국 사신을 물리치는 이러한 이야기에는 중국에 대한 우리 민족의 우월감이 드러나 있다.

현명한 판결

지중추원사(知中樞院事) 손변렴이 경상도 안찰사가 되었을 때, 남매 간에 서로 소송하는 사건이 있었다.

그 동생이 말했다.

"저와 누님은 한 부모에게서 태어났는데, 어찌하여 누님만 부모님의 유산을 차지하고, 저에게는 나누어 주지 않는단 말입니까?"

그러자 누나가 말했다.

"아버지께서 돌아가실 때 전 재산을 나에게 주셨다. 너에게 주신 것은 검은 옷과 갓, 미투리 한 켤레와 종이 한 묶음뿐이었다. 아버지의 증서가 갖추어져 있으니 어찌 어기겠느냐?"

이렇게 하여 소송이 여러 해가 지나도 해결되지 않았다.

손변렴이 두 사람을 불러 놓고 물었다.

"아버지가 죽을 때, 어머니는 어디 있었느냐?"

"어머니는 먼저 돌아가셨습니다."

"그때 너희들은 몇 살이었느냐?"

"누님은 시집을 갔고, 저는 더벅머리였습니다."

이에 손변렴이 두 사람을 타일렀다.

"부모의 마음이란 아들에게나 딸에게나 똑같은 것이다. 그러니 어찌 나이가 차 시집간 딸에게는 두텁고 어미 없는 어린 아들에게는 얇겠느냐? 살펴보니 아들이 믿을 것은 누나뿐이라 아들과 누나에게 재산을 똑같이 나누어 주면 누나의 사랑이 동생에게 이르지 못할까, 또 동생을 보살피는 것이 온전하지 못할까 아버지는 걱정스러웠을 것이다. 어린 동생이 자라면 이 종이로 소송을 제기하는 서류를 만들어 검은 옷에 갓을 쓰고 또 미투리를 신고 관가에 가서 알리면, 이를 능히 가려 줄 사람이 있을 것이라 여겨 이 네 가지를 남겨 주었을 것이다."

남매가 손변렴의 말을 듣고는 느껴지는 바가 있이 서로 마주 보며 울었다. 이에 손변렴이 재산을 반씩 나누어 주었다.

출전_ 역옹패설

■ ― 솔로몬의 현명한 판결을 떠올리게 하는 이야기이다. 두 여자가 한 아이를 두고 서로 자기 자식이라고 우기다가 솔로몬 왕에게 판결을 요청했을 때, 심사숙고한 솔로몬 왕은 이렇게 판결한다. "이 칼로 아이를 둘로 잘라서 반씩 나누어 가지도록 하라." 그러자 한 여자가 자신의 주장을 철회하며 이렇게 말한다. "왕이시여! 제발 저 아이를 살려 주십시오. 저 아이는 제 아이가 아니라 저 여자의 것입니다." 이에 솔로몬 왕은 아이를 양보하려는 여자가 진짜 어머니라는 것을 알아냈다.

이 이야기에서도 손변렴은 남매간의 소송을 현명하게 판결한다. 그는 남매의 아버지가 죽으면서 아들에게 남겨준 검은 옷과 갓, 미투리 한 켤레와 종이 한 묶음의 뜻을 죽은 아버지의 입장이 되어 풀어낸다. 종이는 소송을 제기하는 서류로, 검은 옷과 갓과 미투리는 관가에 가는 행장으로 읽어 낸다. 죽은 아버지의 처지에서 더 중요한 한 가지는 바로 이 네 가지 물건의 뜻을 제대로 해석하고 판결해 줄 사람이었을 것이다. 안찰사 손변렴은 그런 역할을 훌륭하게 해냈다.

안찰사(按察使)란 사전적으로 '고려 시대에, 각 도의 행정을 맡아보던 으뜸 벼슬'이라는 의미지만, 그 뜻을 살펴보면 '안(按)'은 '어루만지다, 생각하다, 살피다, 조사하여 증거를 세우다'라는 뜻을 가지고 있고, '찰(察)'은 '살피다, 드러나다, 자세하다, 알다'라는 뜻을 가지고 있다. 그러므로 '안찰사(按察使)'란 '백성의 일을 자세히 살펴 어루만지는 관리'란 뜻이 된다. 오늘날 우리에게도 이러한 현명한 판관이 절실하게 필요하다.

고리장이 사위

이
희
준

조선 시대 연산군 시절에 사화(士禍)가 크게 일어났다. 그때 이씨 성을 가진 한 교리(校理)가 도망하다가 보성 땅에 이르렀다. 목이 몹시 말랐는데, 보니 한 계집아이가 시냇가에서 물을 긷고 있었다. 교리가 다가가 물을 청하자 그 계집아이가 표주박에 물을 가득 뜨더니 시냇가 버드나무 잎을 따서 띄워 주었다. 교리가 마음속으로 이상하다 여겨 그 계집아이에게 물었다.

"길손이 목이 몹시 말라 급히 물을 마시려고 하는데, 왜 버들잎을 띄워 주는 것이냐?"

"댁이 몹시 목이 마른 듯해 천천히 마시게 하려고 그랬습니다."

교리가 몹시 놀라 다시 물었다.

"너는 어느 집 딸이냐?"

"저 건너 고리장이 집 딸입니다."

교리가 그 여자 뒤를 따라 고리장이 집에 가 사위 되기를 청해 몸을 맡겼다. 그러나 교리가 화려한 서울의 귀한 집에서 생활하던 사람이었으니, 어찌 버들고리 짜는 일을 알겠는가? 교리는 날마다 하는 일 없이 그저 낮잠 자는 것을 일로 삼았다. 그러자 고리장이 부부가 화를 내며 꾸짖었다.

"우리가 사위를 본 것은 고리 만드는 일을 시키려던 것인데, 이제 갓 결혼했다 하여 밥만 축내고 밤낮으로 잠만 자니 밥보로군."

이날부터 밥을 반으로 줄여 주었다. 교리 아내가 그를 가엾게 여겨 늘 누룽지를 더 주었다. 교리 부부의 정이 이처럼 도타웠다.

그렇게 몇 년이 흐른 뒤, 중종반정*이 일어나 연산군 때 쫓겨났던 사람들을 모두 사면하여 관직을 주고 또 벼슬을 높여 주었다. 나라에서 교리에게도 벼슬을 돌려주고 팔도에 영을 내려 교리를 찾게 하였다. 소문이 퍼져 교리도 바람결에 그 소식을 듣게 되었다.

마침 초하루가 되어 고리장이가 관가에 고리를 바쳐야 했다. 이에 교리가 장인에게 말했다.

"이번 관가에 버들고리 바치는 일은 제가 하겠습니다."

"자네같이 잠에 기갈 든 사람이 동서도 분간 못하면서 어찌 관가에 버들고리를 바치겠다고……. 내가 직접 갖다 바쳐도 늘 퇴짜를 맞는데, 자네 같은 사람이 어찌 무사히 바치겠나?"

장모가 이렇게 꾸짖고는 허락하지 않았다. 교리의 처가 말했다.

"시험 삼아 시켜 보면 그만이지 어찌 하겠다는 것도 못 하게 하세요?"

---

* **중종반정**(中宗反正) 1506년 성희안, 박원종 등이 연산군을 몰아내고 성종의 둘째 아들인 진성 대군을 왕으로 추대한 사건.

그래서 고리장이가 허락하였다. 교리가 버들고리를 짊어지고 관가에 이르러 곧장 뜰로 들어가 큰 소리로 말했다.

"아무 고을 고리장이가 버들고리를 바치러 와서 기다립니다."

고을 수령이 평소 교리와 절친했던 무인(武人)이었는데, 교리의 모습을 살피며 말을 들어 보고는 깜짝 놀라 일어나서 뜰로 내려왔다. 수령이 교리의 손을 잡더니 마루로 올라가 교리를 윗자리에 앉히고는 말했다.

"자네, 어디에 피해 있다가 이제야 이런 모습으로 나타났단 말인가? 조정에서 자네를 찾는 공문을 팔도에 보냈다네. 그러니 어서 서울로 올라가게."

이에 수령이 명을 내려 술과 안주를 대접하고 옷을 갈아입도록 하였다. 교리가 수령에게 말했다.

"죄를 지은 몸으로 고리장이 집에서 구차하게 지내며 죽지 않고 이제까지 세월을 보냈다네. 내 어찌 하늘의 해를 다시 보리라고 생각했겠는가?"

수령이 이 교리가 자기 고을에 있다는 사실을 감영에 보고하고, 역말을 내어 서울로 올라갈 것을 재촉했다. 그러자 교리가 말했다.

"삼 년 동안이나 주인과 손으로 지냈던 의리가 있으니 돌아보지 않을 수 없네. 또 어려운 때 나를 보살피던 아내와의 정도 있으니 마땅히 고리장이에게 작별을 알려야겠네. 내가 지금 갈 테니 내일 아침에 내가 사는 곳에 와 주게나."

"알았네."

교리가 다시 올 때 입었던 옷으로 갈아입고는 고리장이의 집으로 돌아와서 말했다.

"이번에 버들고리는 무사히 바쳤습니다."

고리장이가 말했다.

"이상한 일도 다 보겠네. 옛말에 올빼미가 천 년을 묵으면 토끼를 잡는다더니, 이 말이 정녕 틀린 말이 아니로군. 우리 사위가 고리를 잘 바쳤다니 기특한 일이야. 오늘 저녁에는 밥을 몇 숟갈 더 주어야겠군."

이튿날 아침, 교리가 일찍 일어나 마당을 쓰는 것을 보고 고리장이가 말했다.

"우리 사위가 고리를 잘 바치더니 이제는 마당까지 쓰네그려. 오늘은 해가 서쪽에서 뜨겠군."

교리가 짚 멍석을 마당에 펴니, 고리장이가 말했다.

"멍석을 펴다니 무슨 일인가?"

"고을 수령이 행차하겠기에 그렇습니다."

고리장이가 비웃으며 말했다.

"자네, 무슨 잠꼬대 같은 말을 하나? 사또가 왜 우리 집에 온단 말인가? 말도 안 되는 소릴세. 이제 보니 어제 버들고리를 잘 바쳤다는 것도 틀림없이 길에다 버리고 와서 거짓말을 떠벌린 것이로군."

고리장이 말이 끝나기도 전에 고을 공방 아전이 아름다운 색깔로 꾸민 자리를 가지고 숨이 턱에 닿도록 달려왔다. 아전이 방 안에 자리를 깔고 말했다.

"사또님 행차가 이제 곧 이를 것입니다."

고리장이 부부가 어찌할 줄 모르고 낯빛이 달라지더니 울타리에 숨었다. 이윽고 행차를 이끄는 소리가 들리더니, 행차가 문 앞에 이르렀는데, 수령이 말을 타고 왔다. 수령이 말에서 내리더니 방으로 들어와 교리에게 안부를 묻고는 말했다.

"형수님은 어디 계시는가? 오시라고 하게."

이에 교리가 아내를 불러 인사를 시키니, 여자가 가시나무 비녀와 베치마 차림으로 절을 하였다. 비록 옷은 낡았지만 차림새가 아담하고 기품이 있어 천한 여자의 모습이 아니었다. 수령이 교리의 아내에게 공손히 말했다.

"이 학사의 처지가 난처했는데 다행히 형수님의 힘을 입어 오늘에 이르렀습니다. 비록 의기 있는 남자라도 이러지 못하였을 텐데, 이 얼마나 아름다운 일입니까?"

아내가 옷깃을 여미고는 말했다.

"돌아보니 지극히 미천한 시골 아낙으로 군자의 건즐(巾櫛)*을 받들었습니다. 이렇게 귀한 분이신 줄 몰라 모시는 데 예의를 갖추지 못하였습니다. 이렇듯 죄가 큰데 어찌 사또님의 인사를 감당하겠습니까? 오늘 사또님께서 이리 누추한 곳에 오시니 영광이옵니다. 가만히 생각해 보오니, 천한 저희들을 위하시다 체면이 손상되실까 염려됩니다."

---

* **건즐(巾櫛)** 수건과 빗을 아울러 이르는 말로, '건즐을 받들다'는 '여자가 아내나 첩이 되다'라는 것을 겸손하게 이르는 말이다.

수령이 하인을 시켜 고리장이 부부를 불러 방 안으로 들어오게 하여 술을 주고 좋은 낯으로 대하였다. 곧이어 이웃 고을의 수령들이 줄지어 와서 뵙고, 관찰사도 사람을 보내어 안부를 물었다. 고리장이 집 밖이 사람과 말로 떠들썩하고, 구경꾼들로 담장을 두른 것 같았다.

교리가 수령에게 말했다.

"저 사람의 신분이 비록 천하지만 내가 이미 예로 맞아 배필이 되었네. 오랫동안 나를 따뜻하게 돌보면서 정성을 다하였네. 내가 이제 귀하게 되었다고 하여 버릴 수 없으니 가마를 하나 빌려 주어 같이 갈 수 있도록 해 주게나."

수령이 곧 가마 하나를 마련해 행장을 갖추어 보내 주었다.

교리가 궁궐에 들어가 임금을 뵙고 절을 올리니, 중종이 그동안 고생하던 일을 물었다. 교리가 일을 자세히 말씀드리니, 중종이 감탄하고는 말했다.

"이 여자는 천한 사람으로 대우할 수가 없다. 특별히 신분을 올려 후부인으로 삼게 하라."

교리가 아내와의 사이에 많은 아들과 딸을 두었다. 그 교리는 바로 판서 이장곤이라고 한다.

출전_ 계서야담

■ ― '야담(野談)'은 민간에 전해 내려오는 이야기를 말한다. 처음에는 민간에서 구전되던 이야기가 후에 문자로 정착되는 과정을 거쳤기 때문에, 민담은 유동적이며 적층적인 성격을 가지게 된다.

야담은 주로 역사적 사건이나 인물과 관련된 이야기들이다. 야담의 작자는 대개 기층 민중들이다. 그들은 역사적 인물을 허구화하여 재창조한다. 그런 점에서 야담에 나타난 인물을 역사 속에 실재하는 인물과 동일시하기는 어렵다. 그러나 오히려 그러한 점에서 야담에는 민중의 삶이 더 정직하게 반영되기도 하고, 민중의 꿈과 바람이 실제 역사보다 더 잘 나타나기도 한다.

이 이야기에 등장하는 이장곤(1474~1519)은 1504년 교리로서 갑자사화에 연루되어 거제도에 유배된다. 연산군이 문무를 두루 갖춘 이장곤이 변을 일으킬까 두려워 서울로 잡아 올려 처형하려 하자 이장곤이 눈치를 채고 함흥으로 달아나 양수척(떠돌아다니면서 사냥을 하거나 고리를 만들어 파는 것을 업으로 삼았던 무리를 일컫는 말)의 무리에 숨어 살다가 중종반정으로 다시 등용된다.

양반 관료인 이장곤이 양수척의 무리와 섞여 지내고 살아남았다는 사실이 민중들에게 흥미롭게 다가왔을 것이다. 이장곤이 고리장이 딸을 만날 때 버들잎을 띄워 주는 것은 고려 태조 왕건이 장화왕후 오 씨를 만나는 이야기 속에, 그리고 조선 태조 이성계가 신덕왕후 강 씨를 만나는 이야기 속에도 나타난다. 오 씨와 강 씨는 물을 청하는 남자에게 버들잎을 띄워 주는 지혜를 발휘하여 사랑을 얻는다.

이러한 두 개의 중심 화소에 고리장이 딸이 후부인이 된다는 것으로 이야기가 끝난다. 이는 조선 후기 민중들의 신분 상승에 대한 욕망이 반영된 때문이라고 볼 수 있다.

요로원의 두 사람

박두세

〔앞부분의 줄거리〕

조선 숙종 무오년(1678), 충청도의 한 사인(士人, 선비)이 저녁에 요로원
에 이른다. 주막에는 나그네들이 찼을 것이므로 사대부가 든 객사를
찾아 들어가는데, 먼저 든 서울 양반이 초라한 행색의 사인을 꾸짖고
조롱한다. 사인은 객이 자신을 시골 사람이라 업신여기고 있어, 객의
어리석음과 교만함을 꺾어야겠다고 생각한다. 객이 사인에게 풍월로
화답하자고 청한다.

사인이 마치 문자를 알지 못하는 것처럼 하며, 객이 풍월을 읊는 것
을 보고 물었다.

"행차*는 또 풍월을 읽습니까? 그 뜻은 또 무엇입니까?"

객이 웃으며 대꾸했다.

● **행차**(行次) 웃어른이 길 가는 것을 높여 이르는 말. 여기서는 상대방을 높이는 2인칭 대명사로 쓰
였다.

"맑은 바람과 밝은 달을 읊으며 흥취를 자아내고 뜻을 드러내는 것이 풍월인데, 그 형식에는 다섯 글자로 이루어진 것도 있고, 일곱 글자로 이루어진 것도 있다네. 자네, 나와 풍월로 화답할 수 있겠는가?"

사인이 "하하" 하고 웃으며 말했다.

"한자도 모르는 제가 어찌 풍월을 읊을 수 있겠습니까?"

"풍월이란 한 가지가 아니라네. 글을 아는 사람은 한문으로 풍월을 하고, 글을 모르는 사람은 육담으로 풍월을 하면 된다네."

"말이나 이야기는 잘할 수 있지만, 다섯 글자나 일곱 글자로 짓는 것은 할 수 없습니다."

"자네는 말솜씨가 있어서 육담 풍월을 잘할 것 같으니, 한번 시험 삼아 지어 보게."

사인이 고개를 가로저으며 말했다.

"성성•이 말을 할 줄 안다고 해서 시를 짓게 할 수 있으며, 공공•이 짐을 잘 진다고 해서 돌절구를 지게 할 수 있겠습니까?"

"어려운 게 아니네. 내가 짓는 모양을 보고 따라 해 보게."

객은 손가락을 몇 번 튕기더니 두 구를 지었다.

• **성성(猩猩)** 중국에 전하는 전설 속의 짐승. 사람과 비슷한데 몸은 개와 같으며 주홍색의 긴 털이 나 있다. 사람의 말을 이해하고 술을 좋아한다고 한다.
• **공공(蛩蛩)** 《산해경》에 "북해의 안쪽에 몸빛이 흰 짐승이 있는데 생김새는 말 비슷하며 이름을 '공공'이라고 한다."라는 구절이 있다. 곽박은 공공을 한 번에 백 리를 달리는 전설 속의 말이라고 했다. 《여씨춘추(呂氏春秋)》〈불광(不廣)〉 편에는 "북방에 이름을 궐(蹶)이라고 하는 짐승이 있는데 앞은 쥐이고 뒤는 토끼여서 걷거나 달리면 넘어진다. 항상 공공을 위해 감초를 구해다 주므로 궐에게 위험한 일이 생기면 공공이 반드시 업고 달아난다."라는 기록이 있다.

我見鄕之賭   내가 시골내기를 보니

怪底形體條   몸가짐이 괴이하구나.

不知諺文辛   언문도 쓸 줄 모르니

宜其眞書沼   진서를 못하는 것이 마땅하도다.

사인이 무슨 뜻인지 묻자, 객이 글자를 풀이해 주었다.

"'아(我)'는 '나'를 말하고, '견(見)'은 '보다'를 말하네. '향(鄕)'은 '시골'을 말하고, '지(之)'는 '가다'는 뜻인데 어조사라네. '도(賭)'는 '내기'며, '괴저(怪底)'는 '괴이한 몰골'이고, '체(體)'는 '몸'을 말한다네. '조(條)'는 '가지'인데 '가짐'을 뜻하네."

"사람의 몸에도 가지가 있습니까?"

"둔하구나, 그대의 재주여! 그러니 언문도 모르는 게 당연하지. 대충 말하자면 '시골 사람의 몸가짐이 괴상하다'는 말일세."

사인이 짐짓 성내어 말했다.

"당신이 저를 놀리는 것입니까?"

"시골 사람이 어찌 자네뿐이던가? 내가 시골에서 오다가 그런 사람을 많이 보아서 그렇지, 자네를 두고 한 말이 아닐세. 자네 같은 사람은 시골에서 재주가 뛰어난 사람으로 쉽게 얻을 수 있는 사람이 아니지 않은가?"

그러자 사인이 화를 거두고 조금 기뻐하는 척하였다.

객이 또 글을 풀어 주었다.

"'신(辛)'은 풀면 '쓰다[寫]'에 가깝고, '소(沼)'는 '못하다[不]'에 가깝네.

그러니 '언문도 쓸 줄 모르고, 진서는 전혀 알지 못한다'는 뜻일세."

그러고는 사인에게 화답할 것을 권하였지만 사인이 거듭 굳이 사양하였다.

"내가 그대를 위해 풍월을 지었는데도 자네가 화답하지 않으니 이는 나를 업신여기는 것일세. 내가 자네를 쫓아낼 수 없을 것 같은가?"

"쫓아내려면 진작 쫓아낼 것이지 어찌 이렇게 으른단 말입니까? 시골내기가 설령 글은 모른다 하더라도 전혀 두렵지 않습니다."

그러자 객이 웃으며 말했다.

"자네 배짱이 두둑하구먼. 내가 농담으로 그랬을 뿐이네. 그렇지만 빨리 화답해 보게."

사인이 머리를 긁적이고 말했다.

"큰일 났군. 화답하려니 뱃속에 글이 없고, 화답하지 못하면 몸이 욕을 보겠군."

"어찌 욕을 보겠는가?"

"밤에 쫓겨나면 욕이 아닙니까?"

"화답하면 쫓겨나지 않을 걸세."

사인이 객을 빤히 보고는 말했다.

"이곳이 행차가 대물림한 곳입니까? 내가 든 객사인데 누가 감히 쫓아내겠습니까?"

그러자 객이 불쾌한 듯 말했다.

"먼저 들어온 사람이 주인인데, 주인이 손님을 쫓아낼 수 없단 말인가?”

이에 곧 하인을 불러 말했다.

“이 양반을 쫓아내라.”

사인이 사죄하며 말했다.

“시골내기의 그릇된 말이었으니 화를 풀고 용서하십시오.”

객의 두 하인이 뜰아래서 사인을 끌어내리려고 서 있었다.

“시골의 어리석은 서생이니 그만두어라.”

그러고는 사인에게 청하였다.

“쫓겨나고 싶지 않으면 빨리 화답하게나.”

사인이 두려워 어찌할 바를 모르는 듯이 한참을 있더니 말했다.

“어렵사리 겨우 글자를 모았습니다.”

“말해 보게.”

“갑자기 행차의 흉내를 내다 보니 말이 되지가 않습니다.”

그러고는 두 구절을 읊었다.

我見京之表　　내가 서울 것들을 보니

果然擧動戎　　과연 거동이 되구나.

大抵人物貸　　대저 인물꾼이

不過衣冠夢　　옷차림을 꾸민 것에 불과하도다.

“무슨 뜻인가?”

사인이 객처럼 풀어서 말하는데, ‘표(表)’ 자에 이르러 풀지 못하는 것처럼 하며 말했다.

"위에는 '주(主)' 자 같고 아래는 '의(衣)' 자 같습니다."

"표(表) 자라네. 자네 서울에 갔을 때 《동인표책》*이란 것도 못 보았는가?"

"진서를 모르는데 어찌 표책을 알겠습니까? 시골 사람들이 누에실로 명주를 짜서 시장에 내다 파는데, 좋은 명주를 가리켜 '표주'라고 합니다. 저는 이로 표(表) 자를 풀면 '것(物)'이 된다고 알았습니다. 처음에는 믿지 못하다 뒤에 가서 믿게 되면 '과연'이라 하고, 위엄 있고 엄숙한 차림새가 잘 들어맞으면 '되(戎)'라고 합니다. 다른 뜻이 있는데, 중이 사람들에게 천자문을 가르칠 때 '융(戎)'을 풀어서 '되(升)'라고 합니다. 이는 서울에 있는 사대부들이 교만하고 자만심이 강한 것을 가리키는 말입니다. 남에게 물건을 빌리는 것을 '꾸다(貸)'라고 하고, 사람이 방귀를 뀌는 것도 '꾸다(貸)'라고 합니다. '몽(夢)' 자는 '꾸미다'라고 풉니다."

객이 벌떡 일어나 사인의 손을 잡고 눈을 빤히 쳐다보고 말했다.

"존장께서는 어찌 이처럼 저를 속였단 말입니까? 치우(蚩尤)의 안개에 빠지고, 예(羿)의 화살에 맞은 꼴입니다. 이마까지 물에 빠져 빠져나올 수가 없게 되었습니다."

그러고는 스스로 탄식하여 말했다.

"아닌 게 아니라 객기를 부리느라 오가는 중에 이런 행동을 여러

• **《동인표책》** 우리나라 사람들이 쓴 표문(表文)을 모아 놓은 책.

번 했지만 한 번도 실패한 적이 없었습니다. 이제야 곤란을 당하니 이른바 '이기기를 좋아하는 사람은 반드시 적을 만난다.'라는 말이 맞습니다. 그러나 존장께서는 저를 너무 크게 욕보이셨습니다."

사인이 말했다.

"서울의 사대부가 어찌 당신뿐이겠습니까? 제가 서울에서 오면서 이런 사람을 많이 보았기로 이르는 말이지 당신을 가리켜 하는 말이 아닙니다. 존장 같으신 분은 서울 사람 중에서 덕이 도탑고 그릇이 커서 쉽게 얻을 수 있는 사람이 아닙니다."

객이 말했다.

"제가 지은 말에 존장께서는 어떻게 그리 쉽게 대응하셨습니까?"

"원숭이는 뽐내다가 화살에 맞고, 꿩은 잘난 체하다가 올가미에 걸리지요. 뽐내거나 잘난 체하다가 곤란을 당하지 않는 사람을 당신은 보았습니까?"

출전_ 요로원야화기

▣ — 이 글은 조선 시대 숙종 때 박두세(1650~1733)가 지었다고 전하는 수필이다. (학자에 따라서는 소설로 보기도 한다).

조선 숙종 무오년(1678), 충청도의 한 사인(士人)이 과거에 떨어지고 고향으로 돌아가다가 저녁에 요로원에 이른다. 주막에는 나그네들이 찼을 것이므로 사인은 사대부가 든 객사를 찾아 들어갔다가, 먼저 든 서울 양반을 만나 이야기를 나눈다.

이 책에 실은 부분은 서울 양반이 초라한 행색의 사인을 시골 사람이라고 업신여기자, 사인이 객의 교만함을 꺾어야겠다고 생각하고 거짓으로 어리석은 체하며 나누는 이야기이다. 처음에 서울 양반은 사인을 '자네'라고 부르며 무시하고 얕잡아 본다. 서울 양반이 먼저 육담 풍월로 사인을 조롱하자 사인이 그에 대해 육담 풍월로 화답하며 서울 양반의 허세를 꼬집는다. 이에 태도가 바뀌어 서울 양반은 사인을 '존장'이라고 높여 부른다. 서울 양반은 자기가 속은 줄 알고 객기를 부렸던 일을 후회하고 부끄러워한다.

이후 두 사람은 대등한 관계로 다음 날 아침이 되도록 시를 지어 주고받으면서 이야기를 나누고는 사는 곳과 이름도 묻지 않고 헤어진다.

객사에서 단 하룻밤을 보내면서 이야기한 내용이 전부이지만, 두 사람의 이야기는 과거 제도와 사색당파에 대한 비판으로 이어지면서 당시의 세태를 풍자하고 있다.

덮어쓴 보자기가 바람에 걷혀

이옥

심생은 서울의 양반이다. 나이는 스물이었는데, 용모가 준수하고 뜻이 넓고 컸다.

하루는 운종가에서 임금의 거둥을 구경하고 돌아오다가 한 건장한 계집종이 자줏빛 보자기로 한 처녀를 덮어씌워서 업고 가는 것을 보았다. 그 뒤에는 한 계집종이 붉은 비단신을 들고 따르고 있었다. 심생이 겉모습으로 어림해서 보니 어린애가 아니었다.

심생이 급히 뒤를 따라가다가 소매를 스치기도 했는데 눈은 보자기에서 떼지 않았다. 소광통교에 이르렀을 즈음, 앞에서 회오리바람이 불어와 자줏빛 보자기가 반쯤 들추어졌다. 그러자 한 처녀가 보이는데, 고운 옷차림에 발그레한 뺨에 버들잎 같은 눈썹을 가지고 있었다. 연지와 분을 곱게 발랐는데 한눈에 보아도 매우 아름다웠다. 처녀도 보자기 안에서 어렴풋하게 어떤 소년이 쪽빛 옷에 초립을 쓰고 좌우로 따라오는 것을 느꼈는데, 마침 보자기를 사이에 두고 심생을 보았던 것이다.

보자기가 걷히자 네 눈동자가 서로 부딪쳤다. 처녀는 한편으로 놀랍고 한편으로 부끄러워 다시 보자기를 오므려 쓰고는 갔다. 심생이 그만두지 않고 곧바로 따라가니, 처녀는 소공주동 홍살문에 이르러 어떤 대문 안으로 들어가는 것이었다.

심생이 한동안 멍하니 방황하다 이웃집 할미를 붙들고 자세하게 물었다. 할미가 말하기를, 그 집은 호조에서 근무하다 늙어 벼슬에서 물러난 사람의 집으로 집에는 열예닐곱쯤 된 딸이 하나 있고 아직 혼인하지 않았다는 것이었다. 심생이 할미에게 그 처녀가 거처하는 곳을 물었더니, 할미가 손으로 가리키며 말했다.

"이쪽으로 작은 길을 돌아가면 회칠한 담장이 나옵니다. 담장 안에 작은 방이 있는데 처녀는 그곳에 거처한답니다."

심생이 이 말을 듣고는 더욱 잊을 수가 없었다. 그래서 저녁에 집안 식구들에게 거짓말을 했다.

"동창 아무개가 저와 함께 밤을 보내자 하니 오늘 저녁에 가 볼까 합니다."

그러고는 밤이 깊어지기를 기다렸다가 그 집으로 가서 담장을 넘었다. 초승달은 어스름한데 창문 밖은 꽃과 나무들이 아담했고, 창호지는 등불이 비쳐 환했다. 심생은 처마 아래 벽에 기대 앉아 숨을 죽이고 기다렸다.

방 안에는 그 처녀가 몸종 둘과 함께 있으면서 언문 소설을 읽는데, 목소리가 꾀꼬리 새끼 울음소리같이 맑았다. 몸종 둘은 잠에 곯아떨어지고, 자정 무렵이 되자 처녀는 등불을 끄고 자는 것이었다.

그러나 심생이 들어 보니, 처녀는 오래도록 잠을 이루지 못하고 뒤척이는 것이 무엇인가 고민이 있는 듯했다. 심생은 잠을 자지 못하고 소리도 낼 수 없었다. 그러다 통행금지를 해제하는 새벽종이 울리고 나서야 담을 넘어 나왔다.

이때부터 이것이 일과처럼 되어, 심생은 저물녘이면 그 처녀 집에 갔다가 새벽종이 치면 돌아왔다. 이러하기를 이십 일이나 되었지만 심생은 조금도 게으름을 부리지 않았다. 처녀는 소설을 읽기도 하고 바느질을 하기도 하다가 한밤중에 등불을 끄고 잠이 들었는데, 어떤 때는 고민이 있어 잠이 들지 못하는 것 같기도 하였다.

예니레쯤 되는 날, 처녀가 몸이 불편하다면서 초저녁에 베개를 베고 누웠다. 그러나 처녀는 잠이 들지 못하는지 손으로 벽을 두드리기도 하고 한숨을 쉬는데, 그 소리가 심생이 있는 창문 밖에까지 들렸다. 이런 일이 날이 갈수록 더해 갔다.

이십 일째 되는 밤이었다. 처녀가 마루 뒤로 나와 벽을 돌아 심생이 앉아 있는 곳으로 다가왔다. 심생이 어둠 속에서 갑자기 일어나 처녀를 잡았다. 처녀는 조금도 놀라지 않고 낮은 소리로 말하는 것이었다.

"도련님은 소광통교에서 우연히 만났던 분 아니세요? 저는 도련님이 이십 일 전부터 이러시는 줄 알고 있었답니다. 저를 잡지 마세요. 제가 소리치면 도련님은 여기서 나가지 못해요. 저를 놓아주시면 문을 열고 방으로 맞아들일 테니 빨리 놓아주세요."

심생이 이 말을 믿고 물러서서 기다렸다. 그러자 처녀는 돌아서 방에 들어가더니 몸종을 불러서 말하는 것이었다.

"어머님에게 가서 주석 자물쇠를 갖고 오너라. 너무 캄캄해서 겁이 나는구나."

몸종이 안방에 가서 곧 자물쇠를 가지고 왔다. 처녀는 열어 주기로 약속한 뒷문으로 가서 문고리를 걸고 자물쇠를 채우면서 일부러 찰카닥거리는 소리를 냈다. 그러고는 등불을 끄고 고요히 잠이 든 것처럼 했지만 실상은 잠을 이루지 못했다. 심생은 속은 것이 분했지만 한 번 본 것만도 다행이라 여기고 잠긴 문 밖에서 밤을 보내고 새벽녘에야 집으로 돌아왔다.

이튿날 심생은 또 그 처녀 집에 갔고, 그 다음 날도 갔다. 문에 자물쇠가 채워져 있었지만 심생은 조금도 게으름을 부리지 않았다. 그러다가 비를 만나면 유삼°을 껴입기도 하면서 옷이 젖는 것도 마다하지 않았다. 이렇게 또 열흘이 흘렀다.

밤이 바야흐로 깊어 온 집안이 모두 잠들었는데 처녀도 등불을 끈 지가 꽤 오래였다. 그런데 처녀가 갑자기 일어나더니 몸종을 불러 등불을 켜라고 재촉하며 말했다.

"오늘은 윗방에 가서 자거라."

두 몸종이 나가자 처녀는 벽 위에 걸어 두었던 열쇠로 자물쇠를 열고 심생을 불렀다.

"도련님, 들어오세요."

• **유삼**(油衫) 기름에 결은 옷. 비, 눈 따위를 막기 위하여 옷 위에 껴입는다.

심생은 생각할 겨를도 없이 자기도 모르는 사이에 몸이 이미 방에 들어와 있었다. 처녀는 다시 뒷문을 잠그더니 심생에게 말했다.

"도련님, 잠깐 앉아 계셔요."

그리고는 안채로 향해 가더니 부모님을 모시고 왔다. 처녀의 부모는 심생을 보고 크게 놀랐다. 처녀가 말했다.

"놀라지 말고 제 말씀 좀 들어 보세요. 제 나이가 열일곱인데 아직 문 밖을 나선 적이 없었습니다. 그런데 한 달 전에 우연히 임금님의 거둥을 보고 돌아오는 길이었습니다. 소광통교에 이르렀는데 덮어쓴 보자기가 바람에 걷혀 마침 초립을 쓴 이 도련님과 얼굴을 마주치게 되었습니다. 그날부터 도련님은 밤마다 와서 방문 밑에 기다린 지가 이제 삼십 일이 되었습니다. 비가 와도 오시고 추워도 오시고 문에 자물쇠를 채워 거절하는 뜻을 보여도 또한 오셨습니다. 그래서 곰곰이 생각해 보았습니다. 만일 소문이 퍼져 이웃 사람들이 알게 된다면, 밤에 들어왔다 새벽에 나가는데 도련님이 홀로 창문 밖에 있었다고 누가 믿겠습니까? 아마도 사실과 다르게 나쁜 소문만 날 것입니다. 그러면 저는 개에게 물린 꿩의 신세가 되고 말겠지요. 저 도련님은 양반집 자제입니다. 도련님은 청춘으로 혈기가 안정되지 못해 벌과 나비가 꽃을 욕심내는 것만 알 뿐, 밤바람과 이슬을 맞는 것도 돌보지 않으니 며칠 가지 못해 병이 나고 말 것입니다. 도련님이 병이 나 일어나지 못하면, 이는 제가 그런 것은 아니지만 결국 제가 죽인 것이 됩니다. 비록 남이 알지 못한다 하더라도 반드시 갚음을 당하게 될 것입니다. 저는 중인의 집 딸로 그렇게 아름답지도 않습니다. 그런데도 도련님은 솔개를 매로 여기시고 저에게 정성을 다하기를 이처럼 부지런히 하셨습니다. 만약 제가 도련님을 따르지 않는다면 하늘이 미워하여 제게 복을 주시지 않을 것입니다. 제 마음이 정해졌으니 부모님은 걱정하지 마세요. 아, 부모님은 연로하시고 형제자매가 없으니 데릴사위를 얻어 시집가고, 살아서는 어버이를 봉양하고 돌아가시면 제사를 받들면 족하다고 생각했습니다. 그런데 일이 갑자기 이렇게 되었으니 이는 하늘의 뜻이라 더 말해 무엇하겠습니까?"

처녀의 부모와 심생은 이 말을 듣고 아무 말도 할 수 없었다. 그래서 심생이 처녀와 함께 갔다. 애타게 사모하던 마음이었으니 기쁨이 얼마나 되었겠는가? 이날부터 심생은 매일 저물녘이면 나갔다가 새벽에 돌아왔다.

처녀의 집은 부유했는데 심생을 위해 좋은 옷을 만들어 주었으나, 그는 집에서 이상히 여길까 봐 입지는 못했다.

심생이 몰래 한다고는 했지만 집에서는 그가 밖에서 자고 오는 것을 의심했다. 그래서 산사에 가서 글을 읽으라고 시켰다. 심생은 속으로 불만스러웠지만 집에서 닦달을 해 대므로 친구들에게 이끌려 책을 들고 북한산성으로 갔다.

심생이 절에 머문 지 한 달이 되었는데, 어떤 사람이 와서 심생에게 처녀의 언문 편지를 전해 주었다. 펴 보니 유서로 이별을 알리는 편지였다. 처녀는 이미 죽은 것이었다.

그 편지 내용은 대강 이러했다.

봄바람이 아직도 찬데 절에서 공부는 어떠하시며 또 몸은 편안하신지요. 소녀가 도련님을 그리워하여 어느 날인들 잊겠습니까?

저는 도련님이 가신 후 우연히 병을 얻어 점점 골수에 들어 백약이 소용없어 이제 죽을 수밖에 없게 되었습니다. 제가 복이 없어 그러하니 살아서 무엇하겠습니까? 다만 한이 되는 것이 세 가지 있으니 죽어도 눈을 감지 못하겠습니다.

저는 무남독녀로 부모님의 사랑을 받아 장차 데릴사위를 맞으면 늙도록 의지하고 뒷날을 살피려고 하였습니다. 그러나 호사다마라더니 좋지 못한 일이 저를 따를 줄이야. 여라가 외람되이 큰 소나무에 의지하듯* 도련님과 인연을 맺으려 하였으나 이제 그것도 가망이 없게 되었습니다. 제가 근심하여 즐거움이 없어 마침내는 병에 걸려 죽게 되었으니 연로하신 부모님은 영원히 의지할 곳이 없어져 버렸습니다. 이것이 첫 번째 한입니다.

여자가 출가하면 비록 종년이라도, 문에 기대 손님을 기다리는 창기가 아니라면 남편이 있고 시부모님이 있게 마련입니다. 그러니 세상에 시부모님이 모르는 며느리가 어디 있겠습니까? 그러나 저는 남의 속임을 받아, 몇 달이 지나도록 도련님 집의 늙은 여자 하인 하나도 보지 못하였습니다. 그러니 살아서 깨끗하지 못한 자취를 남기고, 죽어서는 제 혼이 돌아갈 곳이 없게 되었습니다. 이것이 두 번째 한입니다.

부인이 남편을 섬기는 데는 음식을 만들어 드리고 옷을 지어 드리는

---

* **여라가 ~ 의지하듯** '여라'는 이끼의 한 종류이다. '여라'는 자신을, '큰 소나무'는 심생을 비유하여 나타낸 말이다.

것을 넘지 않습니다. 도련님과 만난 것이 오래되었고 손수 옷을 지어드린 것도 많았습니다. 그러나 도련님으로 하여금 밥 한 그릇도 제 집에서 드시게 하지 못했고 앞에서 옷도 한번 입혀 드리지 못했습니다. 다만 잠자리에서 모시기만 하였을 뿐이니, 이것이 세 번째 한입니다.

만난 지 얼마 되지 않아 갑자기 이별하고, 이제 병으로 누워 죽음이 드리웠는데 얼굴을 보지 못하니 이는 한갓 아녀자의 슬픔일 뿐입니다. 어찌 구구하게 도련님께 이야기하겠습니까? 생각이 여기에 이르니 창자가 끊어지려는 듯하고 뼈가 녹아 없어지려 합니다. 여린 풀이 바람에 쓰러지고 시든 꽃이 진흙이 되더라도 수많은 이 한스러움은 어느 날 다하겠습니까?

아, 창을 사이하고 만났던 일도 이제 끝났습니다. 바라건대 도련님께서는 저를 마음에 두지 마시고 글공부에 힘써 빨리 청운의 꿈을 이루시길 빕니다. 몸을 소중히 하시기 바랍니다.

심생이 이 글을 보고 울음과 눈물을 멈출 수 없었다. 비록 슬프게 울지만 하릴없었다. 뒤에 심생은 붓을 놓고 무과를 보아서 벼슬이 금오랑에 이르렀지만 일찍 죽고 말았다.

내가 열두 살에 서당에서 공부하는데 같이 공부하던 아이들과 이야기 듣는 것을 좋아하였다. 하루는 선생이 심생의 일을 자세히 말해 주었다.

"심생은 내 어린 시절 동창인데, 그가 절에서 편지를 받고 통곡하던 것을 보았더란다. 그래서 지금도 그 일을 잊지 못하는구나."
하시더니 또,

"나는 너희들이 이 풍류남자를 본받으라는 게 아니다. 사람이 일을 하는데 진실로 꼭 이루고자 하는 뜻이 있다면 규중의 여자라도 감동시킬 수 있는데, 하물며 문장이나 과거 따위야 말해 무엇하겠느냐?"
하셨다.

우리는 그때 이 이야기를 듣고 아주 새로운 이야기라고 여겼다. 뒤에 《정사(情史)》*를 읽어 보니 이와 비슷한 이야기가 많았다. 이에 이것을 새로 적어 《정사》를 보태어 채울까 한다.

출전_ 이옥 전집

원제_ 심생전 沈生傳

• 《정사》 명나라 풍몽룡(1574~1646)이 편찬한 책으로, 남녀의 정을 다룬 이야기를 묶은 것이다.

▣ ─ 양반 가문의 스무 살 청년 심생이 신분을 넘어 호조 서리의 딸과 만나 사랑을 이룬다. 그러나 심생의 부모가 심생을 산사로 보내면서 이들의 사랑은 비극으로 흐른다. 심생을 그리워하던 여자는 끝내 병이 들어 죽는다. 편지를 통해 여자의 죽음을 안 심생은 글공부를 버리고 무과를 보아 벼슬하지만 그 또한 일찍 죽고 만다.

심생의 이야기는 사랑을 이루는 과정에서 보이는 청춘 남녀의 마음이 아주 생생히 그려진다. 특히 여자가 심생에게 마음이 열리는 과정을 그려 내고 있는 부분은 이전 시대의 글에서 찾기 어려울 정도이다. 이옥은 다른 글에서 남녀의 사랑을 두고 이렇게 말했다.

> 대저 천지만물에 대한 관찰은 사람을 관찰하는 것보다 더 큰 것이 없고, 사람에 대한 관찰은 정(情)을 살펴보는 것보다 더 묘한 것이 없고, 정에 대한 관찰은 남녀의 정을 살펴보는 것보다 더 진실 된 것이 없다.
>
> ─ 〈이언(俚諺)〉 중 '이난(二難)'

이 이야기의 서술자는 서당 선생이다. 이옥은 열두 살 때 서당에서 공부하면서 서당 선생에게 이 이야기를 들었다고 하여 실재한 것임을 밝히고 있다. 이러한 서술은 입전(立傳, 한 사람의 일생 기록을 담는 것)하는 하나의 형식이라고 볼 수 있다. 이옥의 이 글은 이옥의 친구인 김려가 지은 문집 《담정 총서》에 들어 있다.

이 글의 제목은 '심생전'이지만, 이야기의 중심을 이루는 인물은 심생이라기보다는 여자라고 할 수 있다. 부모 앞에서 자신의 마음을 떳떳하게 밝히는 여자의 태도와 신분의 한계로 겪은 자신의 불우한 처지에 대한 여자의 토로는 조선 후기에 나타나는 새로운 여성상을 짙게 반영하고 있다.

우애 있는 닭

^{이익}

내가 암탉을 한 마리 길렀는데 아주 인정스러웠다. 병아리를 한 배 까더니 다시 알을 안아 병아리를 까서 함께 기르는 것이었다. 먼저 깐 병아리는 자라서 겨우 날개깃이 나고, 뒤에 깐 병아리는 겨우 솜털만 나 있었다.

어느 날 밤, 어미 닭이 들짐승에게 잡아먹히고 앞 배 병아리들도 잡아먹혔는데 다행히 암컷 병아리 한 마리가 살아남았다. 그러나 그 병아리는 대강이와 날갯죽지 깃털이 다 빠지고 병이 들어 모이를 쪼아 먹지도 못했다. 뒤 배 병아리들이 울면서 어미 닭을 찾는데 아주 불쌍했다.

살아남은 앞 배 병아리가 병이 낫자 어린 병아리들을 불러서 품어 주었다. 집에 있는 사람들이 처음에는 우연히 그러는 것이려니 했다. 그런데 앞 배 병아리가 모이를 보면 작은 병아리들을 부르고, 다닐 때는 어미 닭 소리를 내면서 뜰 언저리를 벗어나지 않고, 날개깃을 벌려 어려움을 막아 주기도 하는 것이었다. 어쩌다가 서로 놓치기라도 하면 허둥거리면서 작은 병아리들을 찾아다녔다. 이렇게 크고 작은 병아리들이 서로 사랑하는 것이 마치 어미 닭이 그러는 것 같았다. 또 짐승들의 해를 피해 사람 가까이에 있고 처마 밑에서 잠을 자는 것이었다.

때는 장마철이 몇 달이나 계속되었는데, 앞 배 병아리는 어린 병아리들을 날개로 감싸서 물에 젖지 않도록 해 주었다. 그러나 몸집이 작고 다리가 짧아서 굽힐 수가 없어 다리를 꼿꼿이 세우고 밤을 지냈다. 여름이 지나 가을이 되도록 그렇게 하니, 보는 사람마다 감탄하였다. 그래서 그 닭을 '우계(友鷄)'라고 불렀다. 그리고 사람들이 바르지 못하면 서로 타일러서 이렇게 말하였다.

"저 우계를 좀 보아라."

그러면 부끄러워하면서 모두들 뉘우쳤다. 우계가 비록 곳간의 곡식을 쪼아 먹더라도 차마 쫓지 않았다. 그만큼 우계는 사람들에게 믿음을 준 것이다.

마침내 작은 병아리들이 자라 주먹만 하게 되었지만 우계는 여전히 옛날 작은 모양 그대로였다. 더군다나 우계는 작은 병아리들을 먹이고 덮어 주느라고 병까지 들었다. 밤에 이슬을 맞아 가며 애쓰다 그리되었으니 사람들은 더욱 우계를 불쌍하다고 여겼다.

그런데 몰래 들짐승이 엿보고 있다가 어느 날 밤 우계를 물어 갔다. 사람들이 뒤쫓았지만 잡지 못하고 다만 산길 여기저기 흩어져 있는 우계의 깃털만 가져왔다. 나는 마침 밖에 나갔다가 돌아왔는데, 그 이야기를 듣고 하마터면 눈물을 흘릴 뻔했다. 남아 있는 뼈라도 찾으려고 사람을 시켜 보냈지만 찾지 못하였다. 그래서 우계의 깃털을 상자에 넣어 산에 묻어 주고 '우계총(友鷄塚)'이라고 하였다.

아! 예나 이제나 사물은 한가지로 통하는 것이 있다고 하였다. 까마귀의 자식 노릇과 벌의 신하 노릇이 그중 가장 두드러진 것이다. 그러나 벌은 무리를 떠날 수 없으므로 이익과 해로움을 함께하는 것이다. 까마귀 또한 어미 새가 길러 준 은혜를 갚으려는 것뿐이다. 그러니 이들에게 우애라는 것은 이미 오래전부터 없었다. 우애라는 것은 부모의 마음을 미루어 형제에게 미치는 것으로 사람에게도 드문 일인데 하물며 사람 아닌 동물에 있어서랴!

무릇 사람이 올바른 것은 앞사람이 이끌어 주어서기도 하고, 풍속이 그러해서이기도 하며, 헛된 명성을 좋아해 꾸민 것이기도 하다. 그러니 그 마음은 참으로 알 수가 없는 것이다. 그런데 우계는 누가 가르친 것도 아니고 누구에게 배운 것도 아니며 또 누구에게 보이기 위해 꾸민 것도 아니었다.

사람의 행실을 보면 어른과 아이가 다르다. 아이들은 아직 널리 알지 못하고 성실하게 행하지 못하기 때문에 혹 처음과 끝이 다르기도 하다. 그런데 우계는 어린 병아리를 벗어나지 못했는데도 처음부터 끝까지 한결같았으니 얼마나 대단한 일인가.

내가 듣기에 태어나면서부터 아는 사람을 성인이라고 하는데, 우계는 바로 닭 중의 성인이 아니었나 싶다. 또 타고난 선한 본성을 온전히 그대로 행하는 사람을 성인이라고 하는데, 우계는 동물로서 그같은 행실을 하였으니 이는 동물의 바탕에 얽매이지 않은 것이었던

듯싶다. 공은 이루었지만 몸은 죽어 보답을 받지 못했으니, 이치에
는 두루 통하였으나 운수는 나빴던 모양이다.

　몸은 죽었어도 이름은 오래도록 전해지는 경우가 있는데, 저 우계
에게서도 그러한 것이 있다. 이에 내가 우계의 무덤을 길가에 만들
어 오가는 사람들이 보게 하는 것이다.

출전_ 성호 전집

원제_ 우계전友雞傳

■ — '우애'를 뜻하는 '友(우)' 자의 옛 글자는 손을 뜻하는 '又(우)'가 두 개 모인 '𢦏(우)'로, 손과 손을 맞잡은 것을 뜻한다. 여기서 더 나아가 '뜻을 같이하는 사이' 곧 '벗'의 의미로 쓰였다.

어떤 사람이 공자에게 왜 정치를 하지 않느냐고 물었다. 그러자 공자는 부모에게 효도하고 형제와 우애를 두터이 한 다음에 그것을 세상으로 확장해 나가는 것이 바로 정치라고 대답한다. 또한 맹자가 '군자삼락(君子三樂)'의 첫 번째로 든 것이 바로 부모가 살아 계시고 형제가 별 탈이 없는 것인데, 이는 앞에서 말한 공자의 뜻과 다르지 않다.

이 이야기에서 다루고 있는 것도 형제간의 우애이다. 글쓴이는 우애라는 것이 부모의 마음을 미루어 형제에게 미치는 것이라고 말한다. 부모 형제 사이에서 마땅히 지켜야 할 도리를 천륜(天倫)이라 하고, 부자·형제·부부 사이의 인간관계나 질서를 인륜(人倫)이라고 한다. 자식이 어버이에게 자애로움을 받고 자라 효를 실천하는 것을 천륜이라 한다면, 형제간의 우애는 바로 이 부모와 자식 사이의 자효(慈孝)를 통해 이차적으로 인간관계에 나타난 것이다. 그러므로 부모와 자식 사이의 사랑이야 마땅한 것이지만, 형제간의 우애는 항상 돈독한 것이 아니다.

이 글에 나오는 우계는 사람에게서도 보기 드문 우애를 행한다. 우계는 하찮은 동물에 불과하지만 성인과 같이 행하고 꾸밈이 없었다. 글쓴이는 이러한 우계의 모습을 통해 인간 사회에도 사랑과 우애가 마땅히 행해져야 함을 역설하고 있다.

1 다음 이야기들에 담겨 있는 사회적·역사적 배경을 말해 보자.

제목	사회적 · 역사적 배경
겉모습과 마음	
현명한 판결	
고리장이 사위	

2 〈현명한 판결〉에서 남매 아버지의 소망이 무엇이었을지, 글의 내용을 바탕으로 정리해 보자.

3 〈요로원의 두 사람〉에서처럼, 다음 한문 문장을 바르게 해석한 방법을 설명해 보자.

조선 중기의 학자 김일손이 젊어 산사에서 공부하고 있을 때의 일이다. 어느 날 그가 띄운 편지 한 통이 장인에게 배달되었는데, 편지 내용이 다음과 같았다.

文王沒 武王出 周公周公 召公召公 太公太公

이것을 우리말로 옮기면 이렇다. "문왕이 돌아가시자, 무왕이 나오셨네. 주공이여 주공이여! 소공이여 소공이여! 태공이여 태공이여!"

이렇게 해석하면 사위가 장인에게 보낸 편지로는 뜬금없는 소리이다. 아래 '도움글'을 참고해서 소리와 뜻을 적절하게 빌려 바르게 해석하면 다음과 같다.

"신발창이 떨어져서 발이 나왔습니다. 아침마다 저녁마다(신발 한 켤레만 보내 주시기를) 바라고 또 바랍니다."

도움글
문왕 : 주나라의 기초를 닦은 임금. 이름은 '창(昌)'이다.
무왕 : 문왕의 아들로 은나라를 멸망시킴. 이름은 '발(發)'이다.
주공 : 무왕의 동생. 이름은 '단(旦)'이다.
소공 : 무왕의 동생. 이름은 '석(奭)'이다.
태공 : 흔히 강태공이라고 하는 사람으로 이름이 '망(望)'이다.

4 〈덮어쓴 보자기가 바람에 걷혀〉를 읽고, 심생과 처녀의 사랑이 이루어지지 못한 이유를 말해 보자.

5 〈덮어쓴 보자기가 바람에 걷혀〉에 반영된 당대의 시대상을 중인층 처녀의 행동을 바탕으로 말해 보자.

6 〈우애 있는 닭〉의 글쓴이가 까마귀의 '자식 노릇'이나 벌의 '신하 노릇'보다 우계의 '우애'를 높이 산 이유를 말해 보자.

2장

—

삶의 희로애락을
느끼다

아! 해는 돌고 돌아 끝이 없는데, 우리 인생은 한 번 가면 다시 돌아오지 않습니다. 끝없는 시간과 공간을 길이 한스러워하지만 또한 좇을 수가 없습니다.

늙으신 어머니께서는 제수(祭需)를 마련하여 형님 첫 제사를 준비하시는데, 형님은 그것을 아실까요? 조 씨에게 시집간 누이도 서울에서 제수를 마련하여 아들 여우로 하여금 술을 올려 슬픔을 고하나니, 형님은 흠향하소서.

형님께서 돌아가신 후로 형님의 모습이 꿈에 나타났습니다. 한 달마다 혹은 열흘마다, 또 날마다 보였습니다. 그때 형님께서는 기뻐하시는 듯하기도 노여워하시는 듯하기도 하셨습니다. 또 때로는 괴로워하시고 시름겨워하시는 듯하기도 하셨습니다. 밝으신 모습은 평소와 같으시고, 근심스러워하시는 모습은 병세가 위독하실 때와 같으셨습니다. 놀라 깨어서는 저도 모르게 눈물이 흘러 뺨을 적셨습니다. 요즘 형님께선 편안하지 못하신 건 아닌지요?

옛 언덕에서 갈까마귀는 울고, 비탈에 묵은 풀은 무성합니다. 바람이 불어 한번 통곡하니, 풀과 나무도 함께 슬퍼합니다.

올봄에 저는 임금님의 명으로 영남 지방을 가다가 늙으신 어머님을 뵈었습니다. 늙으셔서 여윈 얼굴에 흰 머리카락인 어머께서는 눈 가득히 쓸쓸하신 빛이셨습니다. 어머니께서는 이렇게 말씀하셨습니다.

"둘째가 뜻밖에 나를 버리고 먼저 가 버렸구나. 둘째가 나를 아프게 하였지만, 나는 이제 둘째를 잊으련다."

그렇지만 어찌 어머니께서 형님을 끝내 잊으시겠습니까?

늙으신 어머니께서는 요즘 병환이 없으시어 기운이 조금도 떨어지지 아니하셨습니다. 큰형님께서는 천령군 군수를 맡으시어 어머니를 잘 봉양하고 계십니다. 둘째 형님께서 이러한 일을 아신다면 마땅히 위로가 되시겠지요. 저도 오랫동안 벼슬살이를 하였지만, 서울에 오래 머물러 있지는 않을 것입니다.

죽어서 서로 따르는 길이 있다면, 돌아가신 아버지의 지팡이와 신발은 둘째 형님께서 받들고 따르겠지요. 저와 큰형님은 이승에 있으면서 늙으신 어머니를 봉양할 것입니다.

삶과 죽음은 서로 의지하나, 죽은 사람의 복을 비는 글만 있을 뿐입니다. 또한 이승과 저승은 길이 나뉘어 있으니 누구와 함께 말을 한단 말입니까?

빗돌은 마련했지만 때가 맞지 않아 세우지 못했습니다. 그렇지만 마땅히 상사 기간 안에 세울 것입니다. 형님을 여의고 태어난 조카

딸은 자라서 어느덧 돌이 되었습니다. 기어 다니며 무릎에도 오르고 기와 조각을 가지고 놀며 밥을 찾습니다. 형님의 딸아이는 어머니를 부를 줄 알지만 아버지를 부를 줄 모릅니다. 이를 보고는 저와 집안 친지들이 한편으로는 슬퍼하기도 하고 또 한편으로는 기뻐하기도 하였습니다. 저는 조카딸이 잘 자라 시집가기를 바라고 있으니, 형님 영혼이 도와주시지 않겠습니까? 아이가 형님의 혼백을 지키고 무덤을 보살필 만합니다. 형님 넋은 이를 아시는지요?

아아! 덧없는 우리네 삶도 언젠가는 끝이 납니다. 이러한 데서 느끼는 우리 생각은 끝이 없습니다. 오래 사는 것도 일찍 죽는 것도 이미 정해져 있습니다. 사람이라면 언젠가 시들어 마침내는 함께 저승으로 돌아가리니, 제 어찌 슬퍼하겠습니까?

출전_ 동문선

원제_ 중운소상제문 仲雲小祥祭文

■ ─ 이 글을 쓴 김일손(1464~1498)은 무오사화의 중심에 서 있던 인물이다. 사관으로 있으면서 스승의 글을 사초에 실어 훈구파의 반발을 불러일으켜 죽음을 당한 것을 볼 때, 그의 성품이 강직했음을 알 수 있다.

김일손에게는 김준손과 김기손 두 형이 있었는데, 이 글의 대상이 되는 사람은 둘째 형인 김기손이다. 김준손과 김기손은 1482년 알성시에서 갑과 2위와 1위로 나란히 문과에 합격했다. 그 후 김일손이 1486년 식년시에서 갑과 2위로 합격하여 당시 사람들이 세 형제를 '김씨삼주(金氏三珠)'라고 불렀다.

이 글은 죽은 둘째 형님 첫 제사에 바치는 글이다. 김일손은 젊은 나이에 죽은 형님 앞에 먼저 한 번 가면 다시 돌아오지 않는 인생의 무상함을 토로한다. 그러고 형님이 죽고 나서 지난 일 년 동안 꿈에서 만난 형님의 모습을 이야기한다. 죽었지만 여전히 살아 있을 때와 같이 기뻐하고 노여워하고 시름겨워하는 형님의 모습을 만났다는 것은, 아직도 형님의 죽음을 실감하지 못하는 마음 때문이다. 또 동생은 남아 있는 사람들의 소식을 형님에게 알려 준다. 어미보다 먼저 죽은 둘째 아들을 이제는 잊겠다고 하는 늙은 어머니의 말은 역설적으로 잊지 못한다는 지극한 아픔을 말하는 것이다. 형님의 유복녀인 조카딸이 아버지라는 단어를 말할 줄 모른다는 데서 죽음이 가져다준 지극한 슬픔이 느껴진다.

우리는 누구나 가까운 사람의 죽음 앞에 서면 삶의 쓸쓸함을 느낀다. 그리고 그 죽음을 보면서 언젠가는 저승으로 돌아가는 운명을 받아들이고 살아간다. 그것은 어느 소설의 제목 그대로 '살아남은 자의 슬픔'이다.

네가 가는 길에는

이용휴

서울에서 덕산까지는 열하룻길이다. 그러니 네가 병들었다 하여 즉시 출발한다 해도 네 살아 있는 얼굴은 보지 못하고 단지 네 죽은 얼굴만 볼 수 있을 것이다. 부고가 오고 나서 아무리 빨리 달려간다 해도 죽은 얼굴도 보지 못하고, 이미 네 시신은 염을 하고 입관하였을 것이다. 지금쯤은 관을 들어 무덤에 넣었을 것이리라.

사람의 일은 이미 끝났으련만 나는 무덤에 가서 슬픔을 말하지 못하는구나. 그러니 비록 내가 밥을 먹고 숨을 쉬며 세상을 살아간다 하나, 눈이 어두워 아무것도 보지 못하는 사람과 무엇이 다르랴!

아! 우리 형제가 어머님의 얼굴을 이별한 것이 삼십 년이나 되었구나. 네가 이번에 가는 길에선 어머님을 뵈올 수 있을 것이다. 어머님은 삼십 년 동안 슬퍼하며 한탄하던 것을 풀 수 있으실 것이고, 이 못난 자식의 지금 모습도 들으실 수 있으리라.

아아! 언젠가 내가 너와 죽음에 이르렀을 때를 이야기한 적이 있었지.

"사람이 죽음에 이르렀을 때, 높은 벼슬과 많은 문집, 슬하의 자식, 이 세 가지 가운데 어느 것이 가장 중한 것이겠느냐?"

그때 넌 이렇게 말했지.

"벼슬은 바깥 세계의 사물에 불과하고, 자식 또한 껍질에 불과합니다. 그러나 문집만은 썩지 않는 것입니다."

그때 내가 너에게 이렇게 말했더란다.

"글은 입으로 뱉은 것이지만 자식은 피로 통한 것이니 큰 차이가 있단다."

그때 너는 그렇게 생각지 않는 듯하더구나.

7월 27일 오후 네 시쯤, 너는 힘겹게 눈을 뜨고 아들을 쳐다보았다 하니, 응당 내 말이 맞다는 것을 알았을 것이다. 그러나 서로 마주하여 이야기하지 못하여 한이 되는구나.

아아! 너는 장천에서 태어나 장천에서 죽고 장천에 묻힌다. 그 사이에 아현동, 정동, 구호, 섬리 등에서 살았지만, 그곳은 그저 뜬구름같이 지나친 곳이었을 뿐이다. 그러하니 네 넋이 깃든 곳은 장천일 뿐이리라. 그곳은 바닷가 한 작은 마을에 지나지 않지만 우리 두 형제를 태어나게 한 곳이니 또한 땅의 신령을 욕되게 하지는 않았구나.

출전_ 탄만집

원제_ 재제사제문 再祭舍弟文

■ ─ 이 글은 글쓴이의 친동생 이병휴(1710~1776)가 세상을 떠나자 애도하면서 쓴 제문이다. 당시 이용휴는 서울에 있었고, 동생은 고향인 충청도 덕산현 고산 장천리라는 곳에 있다가 병들어 죽었다. 이용휴는 동생이 죽었지만 병이 들고 길이 멀어 가지 못하고, 대신 제문을 지어 애도하는 마음을 나타냈다.

먼저 형은 동생의 죽음이 가져다준 큰 슬픔을 말한다. 그러고 나서 살아생전 동생과 나누었던 이야기를 떠올린다. 무엇보다 자식이 소중함을 말하던 형을 이해하지 못했던 동생이 죽으면서 비로소 형의 말뜻을 알아차린 것에 대한 아쉬움이 남았기 때문이다.

이용휴의 문집에는 단 두 편의 제문이 전하는데 둘 다 동생 이병휴를 위한 제문이다. 다른 제문에서 이용휴는 이렇게 동생을 그렸다.

> 너는 경인년에 태어나 나보다 두 살 아래다. 그러나 내가 병을 잘 앓고 허약하여 삼 년이 지나도록 어머니 품을 벗어나지 못했으므로 너와 함께 한 젖을 먹어야 했으며, 한 강보에 누워야 했다. …… 장성해서는 행동과 학업을 서로 본보기 삼아 실천했으며, 도리와 의로움을 서로 권장했다. 몸은 비록 나뉘어 있었으나 기상과 뜻은 서로 통했다.
>
> ─ 〈제사제정산처사문(祭舍弟貞山處士文)〉

그러한 동생이니 아픔이 얼마나 컸으랴? 이제 글쓴이가 할 수 있는 것은 고향을 생각하며 동생의 남은 모습을 떠올리는 것뿐이다.

> 저 덕산 한 구비에 산은 고요하고 구름은 한가로운데, 그 모습이 네가 남긴 초상이구나. 그것을 보면서 네 모습을 상상할 뿐이니, 아아, 슬프구나!
>
> ─ 〈제사제정산처사문(祭舍弟貞山處士文)〉

섣달 그믐밤의 서글픔, 그 까닭은 무엇인가

이명한

책문

한 해가 가면 반드시 새해가 돌아오고, 밝은 낮은 어두워져 밤이 된다. 그런데 섣달 그믐밤을 반드시 지새우는 것은 무슨 까닭인가? 소반에 산초를 담고 꽃을 바치며 기리는 풍속과 폭죽을 터트리며 잡귀를 쫓는 풍속은 섣달 그믐밤을 지새우는 뜻과 어떤 관계가 있는가? 침향나무를 산처럼 쌓아 놓고 불을 붙이는 화산(火山)의 풍속은 언제 생긴 것이며, 섣달그믐 전날 밤에 역신을 쫓는 대나(大儺)의 행사는 언제 시작되었는가? 함양의 여관에서 주사위 놀이를 한 사람은 누구인가? 그가 여관의 차가운 등불 아래에서 잠이 들지 못한 것은 무슨 까닭인가? 묵은해를 보내고 새해를 맞이하는 것을 탄식한 사람은 왕안석이었다. 나이 든 사람이 도소주를 뒤에 마시는 서글픔을 노래한 사람은 소동파였다. 이 모두를 자세히 설명하라. 어렸을 때는 새해가 오는 것을 다투어 기뻐하지만, 점차 나이를 먹어 늙으면 모두가 서글픈 마음이 드는 것은 무엇 때문인가? 세월이 흘러감을 탄식하는 데 대한 그대들의 생각을 듣고자 한다.

대책

"밝음은 어디로 가고 어둠은 어디에서 오는가? 잠깐 사이 세월은 흐르고, 이 속에서 늙어 가는구나."라고 한 것은 위응물(737~804?)의 말입니다. 아! 뜬구름 같은 인생이 어찌 이리 쉽게 늙는단 말입니까? 하루가 지나가도 사람은 늙는데 하물며 한 해가 지나가는 것은 오죽하겠습니까? 네 필의 말이 끄는 수레가 쏜살같이 벽의 틈을 지나듯 빠른 세월을 서글퍼하고, 우산의 떨어지는 해를 원망한 것도 오래되었습니다.

지금 집사 선생의 질문을 받고 보니 제 마음이 서글퍼집니다. 한 해가 다하는 날은 섣달 그믐날이라 하고, 섣달 그믐날이 저무는 때를 섣달그믐 저녁이라고 합니다. 네 계절이 번갈아 들고 세월이 오고 가니 우리 인생도 끝이 있어 늙으면 다시 젊어지지 않습니다. 장생불사한다는 신선의 영약도 거짓이고 부싯돌의 불은 잠깐입니다. 백 년 뒤에는 제가 없어지리니, 손가락을 꼽으며 섣달 그믐날을 안타까워하는 것입니다.

그러므로 밤을 새우며 잠들지 않는 것은 잠이 오지 않아서가 아닙니다. 또 여럿이 술을 마시는 것도 흥에 겨워서가 아닙니다. 묵은해의 남은 빛이 아쉬워 밤새워 앉아 아침을 맞이하는 것이며, 날이 밝으면 더 늙어지는 것이 슬퍼 술에 취해 근심을 잊으려는 것입니다. 줄을 타며 부르는 노랫소리로 귀를 떠들썩하게 하고, 패를 나누어 장기나 바둑을 두며 정신과 의식을 흩트리는 것은 억지로 그렇게 하는 것일 뿐입니다.

은하수가 기울면 북두칠성의 자루를 보고, 촛불이 가물거리면 동쪽 창문이 희미해지는 것을 보며 닭 울음소리가 이르지 않은 것을 기뻐합니다. 물시계 바늘이 때를 알리는 것을 두려워하는 것은 오늘밤이 영원하여 묵은해를 붙잡아 두려 한 때문이 아니겠습니까?

아! 3만 6천 날 가운데 어느 하루가 아쉽지 않겠습니까마는 유독 섣달 그믐날을 더 아파합니다. 그것은 하루 사이에 묵은해와 새해가 바뀌기 때문입니다. 사람들이 늙음을 이야기할 때, 해로 이야기하지 날로 말하지 않습니다. 그러므로 섣달 그믐날을 아쉬워하는 것은 바로 그 해가 가는 것을 아쉬워하는 것입니다. 그 해를 아쉬워하는 것은 곧 늙어 가는 것을 아쉬워하는 것입니다.

물음에 대해 조목별로 답하겠습니다. 소반에 산초를 담고 꽃을 바치며 봄이 왔다고 알리고, 폭죽을 터트리고 소리를 지르며 잡귀를 쫓는 것은 중국 진한 시대의 풍속에서 나왔다고도 하고 중국 형초 지방의 풍속에서 나왔다고도 합니다. 이 모두 묵은해를 보내고 새해를 맞이하며 재앙을 없애고 복을 빌기 위해서였습니다. 하지만 이런 것들을 굳이 오늘 말씀드릴 필요가 있겠습니까? 침향나무를 산처럼 쌓아 놓고 불을 붙이는 화산의 풍속은 수나라의 하찮은 풍속입니다. 이 또한 말하자면 깁니다. 환관의 아이 초라니가 그믐날 밤에 검은 옷을 입고 귀신을 쫓기 위한 나례 의식은 신라의 풍속입니다. 이 또한 굳이 말할 것도 없습니다.

함양의 여관에서 해가 바뀌려는데 촛불을 밝히고 주사위 놀이를 한 사람은 제가 알기로 두보(712~770)입니다. 여관의 푸른 등불 아래서 천 리 떨어진 고향을 그리며 흐르는 세월에 거울 속 흰 머리카락을 이야기한 사람은 고적(707?~765)입니다. 재주와 이름은 온 세상에 떨쳤건만 어느덧 늙어 버렸고, 타향살이 서울에서 저무는 해에 느끼는 것이 있었기 때문입니다. 청운의 꿈은 이루지 못하고 힘겹게 살다 보니 늙음과 시절을 아파하여 잠들지 못했던 것입니다.

묵은해를 보내고 새해를 맞이하는 것을 탄식하고 시를 쓴 사람은 왕안석이고, 나이 든 사람이 도소주를 뒤에 마시는 서글픔을 노래한 사람은 소동파였습니다. 무릇 사물은 마침과 시작이 있고, 사람도 옛사람과 새 사람이 있습니다. 왕안석은 시작과 새 사람에 대해 느끼는 바가 있었던 것입니다. 도소주는 젊은이가 먼저 마시고 나이 든 사람이 뒤에 마십니다. 인생은 구렁에 빠진 뱀과 같고, 백 년이란 세월도 훌쩍 달아나 버립니다. 지난날은 힘겨웠고 남은 날은 얼마 되지 않습니다. 글로 표현하려니 한숨만 나옵니다.

아! 늙은이나 젊은이나 마음은 다 한가지고, 예나 지금이나 모두 같은 하루입니다. 어릴 때는 죽마를 타고 놀며 귀신을 쫓는 폭죽을 터트리니 설날이 가장 좋은 명절이어서, 섣달 그믐날이 어서 오기를 기다립니다. 그러다 점차 나이를 먹어 늙어 가면 기개가 줄어들어 지나가는 세월을 붙잡아 묶어 둘 수도 없습니다. 날은 저무는데 갈 길은 멀어 수레를 멈춰 쉴 곳도 없고, 뜻대로 되지 않는 일이 열에 여덟 아홉이나 됩니다.

운이 다한 사람도 있고, 재주는 있는데 때를 얻지 못한 사람도 있습니다. 벼슬살이하는 사람은 원망하는 마음이 잘 생기고, 뜻 있는 선비는 느끼는 바가 많습니다. 맑은 가을날 떨어지는 잎새도 오히려 두려움을 돋우는데, 섣달 그믐밤을 지새우는 감회는 다른 사람보다 배가 될 것입니다. 사람이 세월 가는 것을 안타까워하는 것이지, 세월은 사람 가는 것을 안타까워하지 않습니다. 예나 지금이나 세월 가는 것을 안타까워하지만 그것은 모두 헛된 일일 뿐입니다.

아! 문장으로 늙음을 한탄한 두보의 느낌이 어찌 늙음에만 있어서였겠습니까? 따뜻한 봄날을 즐기면서 비파 소리를 유달리 좋아한 고적의 느낌이 어찌 한 해가 다하는 데에만 있어서였겠습니까? 학문을 왜곡하고 나라를 마음대로 하여 백성을 그릇되게 한 왕안석의 마음이 어떠했는지를 어리석은 저는 알지 못하겠습니다. 그러나 어렸을 때 기둥에 글을 써 붙일 만큼 재주가 한 시대를 떨치고 뜻은 천고 세월도 채우지 못할 만큼 컸던 소동파가 남쪽으로 귀양 갔다 북쪽으로 돌아와 보니 흰머리였을 때의 마음이 어떠했는지 알 수 있습니다.

아! 옛사람이 섣달 그믐밤을 지새우는 마음을 어리석은 제가 진술하였습니다. 그러나 제 생각은 이들과는 다릅니다. 우임금은 짧은 시간도 아까워하였는데 무슨 생각이었겠습니까? 주공이 밤을 지새우고 낮을 맞이했는데 무슨 생각이었겠습니까? 저는 덕을 닦지 못하고 학문에도 통달하지 못해 느끼는 바가 있습니다. 제가 죽기 전에 하루도 그렇지 않은 날이 없을 것입니다. 그러나 섣달 그믐날의 느낌은 특히 더 그러합니다.

어리석은 저는 이것으로 마음을 스스로 경계합니다.

'가는 것은 이와 같아 나를 기다리지 않는다. 죽어서도 일컬어지지 않는 것을 성인은 싫어한다. 살아서도 볼만한 것이 없고 죽어서도 후세에 전해지는 것이 없다면 초목이 시드는 것과 무엇이 다르겠는가? 후진을 가르쳐 인도하고 학문을 힘써 실천하며 밤낮으로 마음을 다하자. 평생토록 마음을 한 곳에 집중하여 깊이 생각하기를 반복하자. 그러면 늙음이 이르는 것도 모를 것이다. 늙음이 왔다 순순히 가리니 마음에 무슨 회한이 있으랴. 앞에서 거론한 몇 사람의 바르지 못한 생각은 내가 논할 바가 아니다.'

집사 선생은 어떻게 생각하십니까? 삼가 대답합니다.

출전_ 백주집

원제_ 문대問對

▣ — 대책(對策)은 과거 시험의 마지막에 치르는 시험으로, 복시를 통해 선발된 서른세 명의 합격자에게 시정(時政)의 문제를 제시하고 그 답을 요구하는 시험이다. 그렇기 때문에 대책은 국가의 주요 현안에 대한 물음이 대부분이다. 이 대책의 책문은 이러한 일반적인 물음과는 아주 다르다. 이 책문은 섣달 그믐밤을 반드시 지새우는 이유와 섣달 그믐밤에 서글픈 마음이 드는 까닭, 그리고 세월이 흘러감을 탄식하는 데 대한 생각을 묻는다.

이 책문에 대한 글쓴이의 대답은 감성적이고 서정적이다. 위응물, 두보, 고적, 왕안석, 소동파의 이야기를 통해 글쓴이는 논제에 답한다. 인생을 백 년이라고 할 때, 어느 하루가 아쉽지 않으랴만, 사람들은 유독 섣달 그믐날을 더 아파한다. 그것은 하루 사이에 묵은해와 새해가 바뀌기 때문이다. 사람들이 늙음을 이야기할 때, 날로 말하지 않고 해로 말한다. 그러므로 섣달 그믐날을 아쉬워하는 것은 그 해가 가는 것을 아쉬워하는 것이고, 그것은 늙어 가는 것을 아쉬워하는 것이다.

그러나 사람이 세월 가는 것을 안타까워하는 것은 모두 헛된 일이다. 가는 세월은 나를 기다리지 않는다. 일찍이 강가에서 서서 흐르는 물을 보고 공자도 이렇게 말했다. "가는 것이 이와 같구나! 밤낮으로 그치지 않는다." 그것은 도를 닦는 일도 끊임없이 흐르는 물처럼 그치지 말아야 한다는 뜻이다. 글쓴이도 이와 같이 다짐한다.

후진을 가르쳐 인도하고 학문을 힘써 실천하며 밤낮으로 마음을 다하자. 평생토록 마음을 한 곳에 집중하여 깊이 생각하기를 반복하자. 그러면 늙음이 이르는 것도 모를 것이다. 늙음이 왔다 순순히 가리니 마음에 무슨 회한이 있으랴.

《맹자》를 팔아
밥을 먹다

이덕무

제 집에 있는 좋은 물건이라곤 《맹자》 일곱 편*이 고작입니다. 오랜
굶주림을 견디지 못해 그 책을 이백 전에 팔아 밥을 해서 배부르게
먹고는 기뻐하며 영재*에게 달려가 크게 자랑하였습니다. 영재 또한
굶주린 지 오래라, 제 말을 듣고는 곧바로 《춘추좌씨전》*을 팔아 (쌀
을 사고는) 나머지 돈으로 술을 사서 저에게 마시게 해 주었습니다. 그
러니 맹자가 친히 밥을 지어 저를 먹이고, 좌구명이 손수 술을 따라
저에게 권한 것이나 진배없습니다. 이에 영재와 저는 맹자와 좌구명
을 한없이 칭송하였답니다.

우리가 한 해가 마치도록 이 두 가지 책을 읽더라도 어떻게 굶주림
에서 조금이라도 벗어날 수 있겠습니까? 저는 비로소 알았습니다.
책을 읽어 부귀를 구하는 것은 뜻밖의 행운을 바라는 술책이요, 당

• 《맹자》일곱 편 정치적 진퇴를 다룬 〈양혜왕〉, 〈공손추〉, 〈등문공〉 편과 스승과 제자 사이의 문답과
여러 가지 일상적인 일을 다룬 〈이루〉, 〈만장〉, 〈고자〉, 〈진심〉 편을 말한다.
• 영재(泠齋) 유득공(1749~1807)의 호.
• 《춘추좌씨전》 중국 노나라의 좌구명이 공자가 쓴 《춘추》를 해설한 책.

장 책을 팔아서 한 번 배불리 먹고 취하는 것이 도리어 거짓 없이 곧고 바른 것임을.

아주 서글픈 일이지요. 그대는 어떻게 생각하십니까?

출전_ 아정유고

원제_ 여이낙서서 與李洛瑞書

■ ― 이 글은 이덕무가 이서구(1754~1825)에게 보낸 척독(尺牘, 짧은 편지)이다. 짧은 편지지만 어느 글보다 이덕무의 마음이 진솔하게 나타나 있다. 이덕무가 스물한 살 때 쓴 〈간서치전(看書癡傳, 책만 읽는 바보)〉라는 자전(自傳)에는 가난과 병치레 가운데서도 독서를 통해 내면적인 가치를 추구하려는 모습이 뚜렷하게 그려져 있다. 이덕무의 책 읽기는 서자였기에 사회적으로 소외될 수밖에 없었던 현실에서 그가 취할 수 있었던 최선의 방법이었음을 알려 준다.

예나 지금이나 책 읽기는 사람을 현실과 멀어지게 만든다. 그래서 가난이 따르는 것은 당연해 보인다. 배고픔을 견디다 못한 이덕무는 《맹자》라는 책을 팔아 밥을 해 먹고는 그것을 친구에게 가서 자랑했다. 그 친구도 이덕무와 별반 다르지 않아. 그도 역시 책을 팔아 밥을 사 먹고 술을 사 마셨다. 그 일을 이덕무는 이서구에게 편지로 써서 말한다. 책을 읽어 면하지 못하던 굶주림을 책을 팔아 벗어나는 서글픔이 짙게 나타난다. '당장 책을 팔아서 한 번 배불리 먹고 취하는 것이 도리어 거짓 없이 곧고 바른 것'이라는 말은 가난한 지식인의 자조(自嘲)로 들리기도 하지만, 그 가난을 있는 그대로 받아들이며 편안히 여기는 마음도 보여 준다.

이덕무는 가난을 두고 이렇게 말했다.

가장 뛰어난 사람은 가난을 편안히 여기고, 그다음 사람은 가난을 잊어버린다. 그다음 사람은 가난을 (부끄러워서) 감추고, 가난을 호소하다 가난에 짓눌리고 가난에 부림을 당한다. 가장 못한 사람은 가난을 원수처럼 여기다가 그 가난 속에 죽어 간다. ― 《이목구심서》

도산에 묻혀 사는 즐거움

영지산 한 가지가 동쪽으로 뻗어 나와 도산(陶山)이 되었다. 어떤 사람은 산언덕이 두 번 솟아 도산이라 한다고도 하며, 또 어떤 사람은 산속에 옛날 질그릇 굽던 가마가 있었다는 사실을 들어 도산이라고도 한다.

도산은 그렇게 높진 않지만 터가 넓고 모양이 빼어나다. 그리고 위치가 한쪽으로 치우치지 않아서 그 옆에 있는 산봉우리와 산골짜기가 모두 이 산을 향해 공손히 허리를 굽혀 인사하는 듯 사방을 두르고 있다.

도산 왼쪽을 '동취병'이라 이름 하고, 오른쪽을 '서취병'이라 이름 하였다.[•] 동취병은 청량산으로부터 뻗어 와 도산의 동쪽을 이루었는데, 여러 봉우리가 어렴풋하다. 서취병은 영지산으로부터 뻗어 와 도산의 서쪽을 이루었는데, 높은 봉우리가 우뚝우뚝하다. 이 동취병

[•] **도산 왼쪽을 ~ 이름 하였다.** 동취병은 '동쪽에 있는 푸른 병풍'이란 뜻이고, 서취병은 '서쪽에 있는 푸른 병풍'이란 뜻이다.

과 서취병이 마주 바라보면서 남쪽으로 뻗어 이어지다가 굽어 돌아 팔구 리쯤 가서 남쪽 너른 들판에서 합쳐진다.

도산 뒤에 있는 시내를 '퇴계'라 하고, 도산 앞에 있는 시내를 '낙천'이라 한다. 시내가 산의 북쪽을 둘러 산 동쪽에 들어와 낙천이 된다. 낙천이 동취병으로부터 서쪽으로 달려 산 끝자락에 이르러 출렁거리며 흐르고 깊이 고이기도 한다. 그 몇 리 사이는 배를 띄울 만큼 깊고, 금빛 모래와 옥 같은 자갈은 맑고 반물빛을 띤다. 이곳이 바로 '탁영담'이다.

탁영담의 물이 흘러 서취병 기슭에 부딪히고는 함께 아래로 흘러 남쪽으로 너른 들판을 지나 부용봉 아래로 들어간다. 부용봉은 서취병이 동쪽으로 이어져 합쳐진 곳이다.

처음 내가 시냇가에 터를 잡아 두어 칸 집을 지은 것은 책이나 보면서 몸과 마음을 갈고닦으려 함이었다. 자리를 세 번이나 옮겼으나 그때마다 집이 비바람에 무너지고 말았다. 게다가 시냇가는 너무 쓸쓸하여 마음을 밝히기에 알맞지 않았다. 다시 옮기려 하다가 도산의 남쪽에 땅을 얻게 되었다. 작은 골짜기가 있고 앞으로는 낙동강 들판이 내려다보이는데, 그윽하고 아득하며 멀리 트여 있었다. 바위 기슭은 가파르고 돌샘은 달고 차가워 세상을 등지고 숨어 살기에 알맞은 곳이었다.

농부의 밭이 거기 있어 값을 치르고 샀다. 법련이라는 중이 터를 닦고 집을 짓는 일을 맡았는데 얼마 지나지 않아 죽고, 정일이라는 중이 일을 맡아 계속했다. 정사년(1557)에 시작하여 신유년(1561)에

집 두 채가 얼추 이루어져 깃들 만하였다.

정선의 〈계상정거도〉

당(堂)은 세 칸이다. 가운데 칸은 '완락재(玩樂齋)'라 하였는데, 주자가 자기 집 이름을 두고 "즐겨〔樂〕 사랑하니〔玩〕 일생이 다하도록 싫어하지 않는다."라는 말에서 따온 것이다. 동쪽 한 칸은 '암서헌(巖栖軒)'이라 이름 하였는데, 주자가 〈운곡시〉에서 "오랫동안 학문에 자신이 없어, 바위〔巖〕에 깃들어〔栖〕 작은 보람을 바란다."라고 한 말에서 따온 것이다. 또 합하여 '도산서당(陶山書堂)'이라고 이름 붙였다.

사(舍)는 여덟 칸인데, 유생들이 생활하는 곳은 '시습재(時習齋), 지숙료(止宿寮), 관란헌(觀瀾軒)'이라 하고, 합하여 '농운정사(隴雲精舍)'라고 이름 붙였다.

도산서당의 동쪽에 작게 네모난 연못을 파서 그 안에다 연을 심고는 연못 이름을 '정우당(淨友塘)'이라 하였다. 그 동쪽에 몽천(蒙泉)˙이 있는데, 몽천 위 산기슭을 파서 암서헌과 마주하게 했다. 그리고는 바닥을 고르게 하여 단을 쌓고 그 위에 매화, 대나무, 소나무, 국화를 심고는 '절우사(節友社)'라고 이름 붙였다. 도산서당 앞 드나드는 곳은 사립문을 만들고 '유정문(幽貞門)'이라고 이름 붙였다. 유정문 밖 작은 길이 개울물과 함께 아래로 나 있어 동네 어귀에 이르면 두 산기슭이 마주한다. 동쪽 산기슭의 옆구리에 바위를 깎아 터를 만들고 작은 정자를 지으려 했으나 힘이 미치지 못해 그 터만 두었다. 마치 절 바깥문처럼 생겨 이름을 '곡구암(谷口巖)'이라 하였다.

곡구암에서 동쪽으로 몇 걸음을 가면 산기슭이 뚝 끊어져 탁영담 위쪽이다. 큰 바위가 깎아지른 듯이 서서 높이가 여남은 길이나 되는데 그 위에 대를 만들었다. 소나무 가지가 휘늘어져 해를 가린다. 위로는 하늘이 보이고 아래로는 물이 흐르는데, 새가 날고 물고기가 뛰어오른다. 동취병과 서취병의 그림자가 탁영담에 푸르게 잠긴다. 강산의 빼어난 경치가 모두 한눈에 들어온다. 이곳이 '천연대(天淵臺)'이다. 서쪽 산기슭에 비슷한 대를 쌓고는 '천광운영대(天光雲影臺)'라 이름 붙였는데, 그 빼어난 경관이 천연대 못지않다.

'반타석(盤陀石)'은 탁영담 안에 있다. 그 모양이 편편하고 비스듬하여 배를 매어 두고 술잔을 나눌 만하다. 장마가 져 물이 불면 물속

• **몽천** 몽매한(어리석은) 제자를 바른 길로 이끈다는 뜻이 담겨 있다.

에 잠겼다가, 물이 줄고 맑으면 비로소 모습을 드러낸다.

내가 늘 고질병에 얽혀, 비록 산에 살아도 책을 읽는 것에만 마음을 쓸 수가 없었다. 남모르게 간직한 근심을 다스리면, 때때로 몸이 가뿐해지고 편안해지며 마음이 깨끗해지고 깨인다. 끝없는 공간을 굽어보고 우러러보면 마음 깊은 곳에서 느껴지는 것이 있어 책을 밀치고 지팡이를 짚고 나선다. 암서헌에서 연못 정우당을 감상하기도 하고, 단에 올라 절우사를 찾기도 한다. 밭을 돌며 약초를 옮겨 심고, 숲을 찾아가 꽃을 딴다. 바위에 앉아 샘물을 희롱하고, 천연대에 올라 구름을 바라본다. 어떤 때는 물가에서 고기를 바라보고, 배를 타고 갈매기를 가까이하기도 한다. 마음 가는 대로 여기저기 거닐면, 눈길 가는 곳마다 흥이 일어난다. 경치를 보고 흥이 이는데, 흥이 다하면 되돌아온다.

방(완락재) 안은 고요하고 책이 가득하다. 책상 앞에 말없이 앉아 마음을 살피고 사물의 이치를 따진다. 이따금 마음에 깨닫는 것이 있으면 문득 기뻐하며 밥 먹는 것도 잊는다. 이치를 깨닫지 못하면 벗을 찾아 묻고, 그래도 깨닫지 못하면 애를 쓰면서도 억지로 통하려 하지 않는다. 한쪽에 두었다가 다시 끄집어내 마음을 가라앉혀 생각하며 스스로 풀리기를 기다린다. 오늘도 이렇게 하고 다음 날도 이렇게 한다.

봄이면 산새가 울고, 여름에는 신록이 우거지며, 가을이면 바람과 서리가 매섭고, 겨울에는 눈과 달빛이 엉기어 비친다. 이처럼 네 계절의 경치가 같지 않으니 흥취 역시 다함이 없다.

큰 추위, 큰 더위, 큰 바람, 큰 비가 없으면 아무 때나 나간다. 나갈 때도 이렇게 하고, 돌아올 때도 이렇게 한다. 이것은 한가로이 살면서 병이나 다스리는 쓸모없는 것이어서 옛사람의 문이나 뜰을 엿볼 수가 없다. 그러나 스스로 마음에 즐거움을 주는 것이 적지 않다. 이에 말하지 않을 수가 없어, 드디어 곳에 따라 일곱 자로 한 구를 이루는 시(칠언시)로 그 일을 적어 열여덟 수를 얻었다. 그리고 〈어리석은 샘〉, 〈차가운 우물〉, 〈뜨락의 풀〉, 〈시내 버드나무〉, 〈남새밭〉, 〈화단〉, 〈서쪽 산기슭〉, 〈남쪽 물가〉, 〈취미산〉, 〈아지랑이〉, 〈낚시터〉, 〈달 실은 배〉, 〈상수리나무 벼랑〉, 〈옻나무 동산〉, 〈고기 다리〉, 〈어촌〉, 〈안개 낀 숲〉, 〈눈 내린 길〉, 〈갈매기 섬〉, 〈두루미 물가〉, 〈강가 절〉, 〈관가 정자〉, 〈긴 들〉, 〈먼 산봉우리〉, 〈흙성〉, 〈향교 마을〉 등 다섯 자로 한 구를 이루는 시(오언시) 스물여섯 수를 지었는데, 앞의 시에서 말하지 못한 것이 있었기 때문이다.

아아! 내가 불행히도 서울에서 멀리 떨어진 외진 곳에서 태어나 늙도록 들은 것은 없으나, 산림에서 돌아보니 일찍이 즐길 만한 것이 있다는 것을 알았다. 중년에 망령되게도 세상에 나가 먼지바람에 넘어지고 나그네로 떠돌다가 되돌아오지 못하고 죽을 뻔하였다. 그 뒤에 나이가 들어 늙고 병은 더욱 심하며 가다가 넘어지니, 세상이 나를 버리지 않았으나 내가 세상에서 버림을 받지 않을 수 없었다.

이에 비로소 나를 묶고 있는 것에서 몸을 빼어 시골 밭이랑에 몸을 던지니, 전에 말한 산림의 즐거움이 기약도 없이 내 앞에 다가왔다. 그러니 내가 이제 쌓인 병을 사라지게 하고 남모르게 간직한 근심을 트이게 하며 가난한 늙은이가 편안히 지내려고 한다면, 이곳을 버리고 어디를 구하겠는가?

내가 옛사람이 산림에 묻혀 사는 즐거움을 살펴보니 두 가지가 있었다. 노자의 학문을 받들고 고상함을 일삼아 즐기는 사람이 하나요, 마땅한 의리를 따르며 타고난 마음을 기르며 즐기는 사람이 다른 하나다.

앞엣사람의 말을 따른다면, 자기 한 몸만 깨끗이 하려다 윤리를 어지럽힐 수도 있고, 심하면 날짐승이나 길짐승과 무리를 이루면서도 잘못이라고 하지 않게 된다. 뒤엣사람의 말을 따른다면, 즐기는 것이 재강*일 따름이니, 전할 수 없는 오묘한 이치는 구하려고 할수록 더욱 얻지 못하게 되니 무슨 즐거움이 있으랴!

비록 그러하나 뒤엣사람처럼 하여 스스로 힘쓸지언정 앞엣사람처럼 하여 스스로 속이지는 않을 것이다. 또 어느 겨를에 세속의 이익이 내 마음속에 들어오는 것을 알겠는가?

어떤 사람이 나에게 이렇게 말했다.

"옛날, 산을 사랑하는 사람은 이름난 산을 얻어 자신을 맡겼습니다. 그대가 청량산에 자리를 잡지 않고 이곳 도산에 자리 잡고 사는 것은 어찌 된 것입니까?"

그래서 내가 대답했다.

"청량산은 만 길이나 깎아지른 듯이 서 있고 깎아 세운 듯한 골짜

● **재강** 술을 거르고 남은 찌끼.

기가 아슬아슬해 늙고 병든 제가 편안하게 있을 수가 없습니다. 또 산을 좋아하고 물을 좋아하기 때문에 한 가지도 빠져서는 안 됩니다. 이제 낙천이 청량산을 둘러 흐르지만, 청량산 안에서는 낙천이 있다는 것을 알 수가 없습니다. 제가 진실로 청량산에 자리 잡을 마음은 있었습니다. 그러나 청량산을 뒤로하고 도산을 택한 것은, 도산이 산과 물을 함께 지니고 있어 늙고 병든 몸을 편안하게 할 수 있었기 때문입니다."

그가 말했다.

"옛사람은 즐거움을 마음에서 얻었지 바깥 사물에서 빌리지 않았습니다. 공자의 제자 안연이 지내던 누추한 곳이나, 공자의 또 다른 제자인 원헌이 살던 옹기 창이 달린 방 두 칸에 산과 물이 있었습니까? 그러므로 바깥 사물을 기다리는 것은 진정한 즐거움이 아닙니다."

내가 말했다.

"그렇지 않습니다. 안연과 원헌이 그렇게 산 것은 때마침 그러하였지만, 그들이 편안하게 여겨 우리가 존중하는 것입니다. 안연과 원헌으로 하여금 저처럼 도산과 같은 곳을 만나게 하였다면, 그 즐거움이 어찌 우리보다 깊지 않았겠습니까? 그래서 공자와 맹자는 산과 물에 대해 자주 말하고 깊이 깨우쳐 주었던 것입니다. 만약 그대의 말이 맞다면, 증점과 생각이 같다고 한 공자의 탄식*이 어찌 기수가에서라고 나왔겠습니까? 그리고 섣달을 마저 보내고 한 해를 마치는 바람을 주자는 어찌 노봉의 산꼭대기에서 홀로 노래하였겠습니까? 이것은 반드시 그럴 만한 까닭이 있어서입니다."

그 사람이 그렇겠다고 말하고는 물러갔다.

가정* 신유년(1561) 동짓날에 산 주인인, 늙고 병들어 온전하지 못
한 사람이 적는다.

출전_ 퇴계집

원제_ 도산기 陶山記

● **증점과 생각이 같다고 한 공자의 탄식** 공자가 제자들에게, "나를 알아주는 사람이 있다면 어떻게
하겠는가?"라고 물었다. 그때 증점이라는 제자가 말했다. "늦은 봄철에 봄옷으로 갈아입고 어른 대
여섯 명과 아이 예닐곱 명과 함께 기수(沂水)에 가서 목욕하고 무우(舞雩) 언덕에서 시원한 바람을 쐬
고 시를 지어 읊으면서 돌아오겠습니다." 공자가 한숨을 쉬고 감탄하며, "내 생각도 증점과 같다."라
고 말했다. 《논어》〈선진〉
● **가정(嘉靖)** 중국 명나라 세종 때의 연호(1522~1566).

도산에 묻혀 사는 즐거움 **83**

■ — 출사와 은퇴를 반복하던 퇴계는 예순두 살이 되던 해 도산에 집을 마련하고 학문 세계로 들어간다. 이 글은 도산 아래 도산서당을 짓고 도산에 살게 된 과정을 자세하게 보여 준다. 퇴계가 도산을 택한 이유는 '세상을 등지고 숨어 살기에 알맞은 곳'이라는 말에 잘 나타나 있다. 그것은 벼슬살이가 그렇게 순탄하지만은 않았음을 보여 주는 대목이기도 하다. 퇴계는 〈스스로 지은 묘갈명〉에서도 벼슬살이와 은퇴를 두고 이렇게 말했다. "세상에 나가서는 발을 헛디디고, 물러나 숨어서는 뜻이 올곧았다." 그러므로 퇴계에게, 벼슬살이는 선택이었지만 은둔은 필수였던 셈이다.

퇴계가 집을 짓고 건물과 주변 경관에 붙인 이름에 담긴 뜻을 살펴보면 그윽하다. 공부하는 시습재(時習齋)는 《논어》의 "배우고 때로 익히면 또한 즐겁지 아니한가?(學而時習之不亦說乎)"에서 따온 것이고, 잠을 자는 지숙료(止宿寮)는 '그치고 쉬는 집'이라는 뜻이며, 낙동강 물줄기를 굽어보는 관란헌(觀瀾軒)은 《맹자》에서 "물을 보는 데는 방법이 있으니, 반드시 그 물줄기를 보라.(觀水有術必觀其瀾)"라는 말에서 취한 것이다. 농운정사(隴雲精舍)라는 이름은 중국 양나라 은사(隱士) 도홍경의 시 "산중에 무엇이 있는가? 언덕 위에 흰 구름 많구나.(山中何所有 隴上多白雲)"에서 취한 것이고, 정우당(淨友塘)에서 '정우'는 '깨끗한 벗'이란 뜻을 가지고 있는데 주돈이의 〈애련설〉에서 취한 것이고, 절우사(節友社)의 '절우'는 '절개 있는 벗'이란 뜻이다. 유정문(幽貞門)은 《주역》의 "밟은 길이 탄탄하니 숨어 있는 사람이 곧게 하니 길하다.(履道坦坦幽人貞吉)"에서 취한 것이니, 이름 하나하나에 담긴 뜻이 깊다 할 수 있다.

퇴계는 〈도산에서의 뜻을 말하다〉라는 시에서 도산에서 사는 즐거움을 이렇게 말했다. "예부터 산림 선비 만사를 잊고 / 이름 숨긴 그 뜻을 이제야 알겠구나." 일흔 번 넘게 사직소를 올리면서 도산에 은거한 퇴계의 뜻이 이 시에 오롯이 담겨 있다.

넘
어
지
고
는
단
풍
을
줍
는
척
했
네

박
제
가

한낮에 금강굴을 넘었다. 금강굴은 바위가 덮어 움집처럼 생겼는데, '아' 하고 입을 벌린 것 같았다. 금강굴 안에 들어가 잠깐 서 있자니 머리에 인 것이 없는데도 무거운 것이 누르는 듯했다. 부처는 누르는 것을 두려워하지도 않고 그 안에 앉아 있었다.

금강굴 안에 들어간 사람들이 지팡이로 천장을 떠밀면서 움직이는지 시험했다. 바위가 단단하다는 것이야 믿을 수 있다 하더라도 나는 차마 그렇게 할 수 없었다. 굴의 높이는 서울 창의문 뒤에 있는 암자와 비슷했지만 조금 넓은 듯하고 창구멍이 나 있었다.

토령(土嶺)을 쳐다보니 오 리쯤 되어 보였다. 잎 진 단풍은 가시나무 같고, 떠내려온 자갈이 길에 널려 있었다. 뾰족한 돌들이 떨어진 나뭇잎에 덮여 있다가 발을 딛자 삐어져 나왔다. 나는 넘어질 뻔하다가 일어나자 손바닥에 진흙이 묻어 버렸다. 뒤에 오는 사람들이 넘어졌다고 놀릴까 부끄러워서 단풍을 하나 줍는 척하고 기다렸다.

만폭동에 앉으니 석양이 사람을 비추어 주었다. 커다란 바위가 고개처럼 생겼는데, 긴 폭포가 넘어서 온다. 물줄기가 세 번이나 꺾이고서야 비로소 바닥을 씹는다. 움푹 팬 곳에서는 소용돌이가 일어난다. 마치 고사리 싹이 주먹을 모아 쥔 것 같기도 하고, 용의 수염이나 범의 발톱 같기도 하며, 무엇을 움켜쥘 듯하다가 스러진다. 소리를 뿜으며 아래로 흘러 물줄기가 넘친다. 움츠렸다가 다시 쏟아지는데 숨이 가쁜 듯하다. 그 소리를 한참이나 가만히 듣고 있자니 내 몸도 그 물줄기와 함께 숨을 쉬는 것 같았다. 잠잠하여 아무 소리도 들리지 않다가 또 조금 있으면 더욱 세차게 물결치는 소리가 들린다.

바지를 정강이까지 걷고, 소매는 팔꿈치 위로 걷었다. 나는 두건과 버선을 벗어 깨끗한 모래 위에 던져두었다. 둥근 바위에 엉덩이를 붙이고 물에 발을 담그고 걸터앉았다. 작은 단풍잎이 물에 가라앉았다가 떠올랐다 하는데, 위는 자줏빛이고 아래는 노란빛이었다. 이끼가 덮인 바위는 미역처럼 반질반질했다. 발로 물을 가르자 발톱에서 폭포가 일어나고, 입으로 물을 뿜자 이 사이로 비가 쏟아졌다. 두 손으로 물을 휘젓자 물빛만 일렁이고 내 그림자가 사라졌다. 눈곱을 씻고 술을 마셔 붉어진 얼굴도 깨웠다. 그때 가을 구름이 물에 비치어 내 정수리를 어루만졌다.

수많은 나무들이 계곡 사잇길 옆으로 늘어서 있다. 멀리 보이는 하늘은 폭포 위에 있는데, 목을 늘이면 닿을 것 같다. 길을 거슬러 올라가자 바위가 펑퍼짐하게 넓은데, 어지럽게 흐르는 물 때문에 발을 딛기가 어려웠다. 여러 사람들이 저쪽 아래에 있으면서 내가 떨어질까 걱정하면서, 나를 말리지도 못하고 쳐다보기만 하며 올라오지 못했다. 한 걸음 떼고 돌아보니 저 아래서 나에게 손짓하고 부르는 손과 입을 헤아릴 수 있었다. 다섯 걸음을 떼고 돌아보니 저 아래서 나를 올려다보는 사람들의 눈썹 언저리가 보이고, 열 걸음을 떼고 돌아보자 저 아래 사람들이 쓴 갓이 상투처럼 가물거렸다. 백 걸음을 떼고 돌아보니 저 아래 골짝 어귀의 사람들이 폭포 아래에 앉은 듯하고, 그 사람들은 이미 나를 볼 수가 없었다.

거친 수풀에 길은 끊어지고, 멀리 해는 기울었다. 소슬하여 겁이 나 나도 모르게 마음이 바빴다. 밀친 나뭇가지가 내 얼굴을 때리고, 옷은 나뭇가지에 걸려 찢어졌다. 쌓인 낙엽에 샘물이 흘러 스며 있어 무릎 아래가 진창 같았다. 그러더니 진창이 끝나고 폭포의 근원인 샘이 보였다. 소리도 없이 졸졸 흐르는데 바위를 감고 돌았다. 북쪽으로 큰 골짜기를 보니 툭 트이고 그윽했다. 붉은 단풍만 골짜기에 가득하고 다른 것은 아무것도 보이지 않았다. 향로봉 꼭대기가 바로 내 앞에 다가올 것같이 솟아 있었다. 공중으로 길을 만들어 다리를 놓으면 건너겠지만, 향로봉과 내가 있는 곳이 선계와 속계처럼 멀고 아득히 떨어져 이를 수가 없어 탄식하며 돌아왔다.

바위는 얼추 배를 드러내고 가슴을 풀어 헤친 모양새다. 아래쪽은 불룩하고 가운데는 잘록한데, 주름 몇 개가 배꼽께를 가로질렀다. 내가 올라간 곳은 쇠뿔 사이의 이마 위쪽 같은 곳이다. 바위가 생겨날 때 옹기를 엎어 둔 것처럼 속이 비어 있는지 아니면 속까지 꽉 찬 덩어리인지 알지 못하겠다. 두드리면 그렇게 단단한데 소리쳐 부르면 어떻게 메아리가 울리는 것일까? 작은 샘에서 물이 솟아 처음에는 띠처럼 작게 흐르다가 바위를 빌려 소리를 내고 끝내는 거대한 폭포를 이루니 이것이 바로 대자연의 신비가 아니겠는가?

내가 처음 오를 때, 중 하나가 따라와 돌아갈 길을 일러 주었다. 내려와 보니 모두 가 버리고 골짜기에 가마 하나만 남겨 두고 타고 오게 해 놓았다. 걸어서 퇴락한 가섭암을 들러 바위틈을 지나 서쪽으로 단군대를 넘었다. 그래서 나는 다른 사람들보다 십 리나 넘게 다리품을 더 팔아야 했다.

단군굴은 바위가 네 길이나 갈라져서, 마치 독을 갈라 세워 놓은 듯 배는 텅 비고 머리는 뾰족했다. 바위틈으로 하늘이 보이고, 아래에서는 비를 피한다. 세상에 전하기를, 이곳이 바로 단군이 하늘에서 내려온 곳이라고들 한다. 역사책에 박달나무 아래라고 한 곳이 바로 이곳인데, 박달나무가 저 위쪽에 울창하다고들 한다. 그러나 사방을 둘러봐도 박달나무는 보이지 않는다. 다만 비로봉과 향로봉에 하늘을 뚫을 듯이 우뚝 솟아 있는 것은 향나무라고 한다. 퇴락한 암자가 단군굴에 나란히 붙어 있는데, 작아서 마치 비둘기장 같다. 바위 바람이 차가워서 암자에는 중이 거처할 수가 없다. 단군대는 단군굴의 서쪽 꼭대기에 있다. 산기슭이 올챙이처럼 생겼는데, 사방을 둘러보니 넓은 바다 가운데 있는 외로운 섬 같다.

바람이 불어 나뭇가지가 흔들리고, 기생은 너울너울 춤을 춘다. 모두 술에 취했고, 거문고 줄이 바쁘다. 먼 산에는 벌써 저녁 빛이 감돌았다. 모두들 추워서 어수선하게 지팡이와 신발을 재촉해서 챙겼다. 절을 바라보고 일어나서 저녁연기를 따라서 산을 내려왔다. 사람들의 무릎은 반나마 어둠 속에 묻혔지만, 단군대 꼭대기에는 엷은 햇살이 한 치나 남아 있었다.

사람들이 말을 타고 갈 때에는 뒤에 서려고들 하지 않는데, 이는 앞의 말의 발굽 아래에서 날리는 먼지를 피하기 어렵기 때문이다. 산에서 내려올 때에는 앞에 서려고들 하지 않는데, 이는 뒤에 따라오는 사람들이 발로 돌을 차서 굴릴까 해서이다.

천주석은 저 멀리 서쪽 봉우리에 덩치 커다란 중처럼 우뚝 서 있다. 아침에 길을 가면서 중이 가리켜서 보았는데, 저녁에 다시 그곳을 지나니 두 눈이 먼저 알고 바라본다. 가마를 멘 중들이 모두 머리를 들고 천주석을 보는데, 그것을 먼 길을 가는 데 이정표로 삼는 까닭이다.

극락전을 지나는데 희미한 등불이 푸르게 비친다. 오래된 장경각은 기왓골이 어둑하고, 밭두둑에는 삼대가 허옇고 흐릿하게 서 있다. 늙은 중이 마중을 나와 인사를 하는데 정이 묻어 있다. 아침에 중을 보고 저녁에 그 절로 다시 돌아왔는데, 하루 만에 만났지만 마치 옛 친구를 대하는 듯하다. 극락전은 보현사에 속한다.

금환이라는 중과 《법화경》에 나오는 화택(火宅)의 비유°에 대해 이야기하였다. 금환이라는 중은 나이가 쉰이 넘었는데, 입으로는 경전을 줄줄 외지만 다른 사람에게 잘 설명하지는 못한다. 금환의 형 혜신도 역시 중인데 극락전에 거처한다. 혜신은 경전의 뜻을 금환보

• **화택의 비유** 세상이 모두 불 타는 집과 같이 힘들다는 뜻이다.

다 잘 안다고 한다.

내가 금환에게 물었다.

"중노릇은 즐겁소?"

"제 한 몸 보전하기는 편하지요."

"한양은 가 보았소?"

"한 번 가 보았지요. 온갖 먼지가 어지럽게 날리는데, 사람 살 곳이 아니더군요."

"다시 속세로 나오고 싶지는 않소?"

"열두 살에 중이 되어 홀로 빈산에 산 것이 마흔 해랍니다. 지난날에는 모욕을 당하면 화도 나고 스스로 돌아보면 불쌍하더군요. 이제는 칠정의 감정*도 모두 말라 버렸답니다. 비록 속세에 살고 싶어도 그럴 수 없을뿐더러, 속세에 나간들 쓸모없는 인간에 불과합니다. 마지막까지 부처님께 의지해 죽음으로 돌아가야지요."

"어쩌다가 중이 되었소?"

"중이 되고자 하는 마음이 없다면, 비록 부모라 하더라도 억지로 중노릇을 하게 할 순 없지요."

이날 밤 보름달이 흰 비단 같았다. 탑을 세 번 돌고, 술잔을 한 순배 돌렸다. 멀리 나뭇잎에서 소리가 들리는데, 물이 쏟아지는 소리 같기도 하고 비질하는 소리 같기도 했다.

만세루를 따라 걸어 대웅전에 들어갔다. 종이 등은 환하고 부처가

---

* **칠정(七情)의 감정** 사람의 일곱 가지 감정. 기쁨(喜), 노여움(怒), 슬픔(哀), 즐거움(樂), 사랑(愛), 미움(惡), 하고픔(欲)을 이른다.

밝게 비쳤다. 전각이 사치스러웠지만 속되고, 탱화는 기이했지만 잡스러웠다. 늙은 중이 부처를 모시고 서 있었다. 가사가 발에 끌리고 모자가 이마를 덮고 있었다. 주름살이 눈썹과 턱과 살쩍 사이로 얼기설기하고, 머리 깎은 자국에는 얼핏 수묵색을 띠었다. 자세히 살펴보니 나무로 만든 불상이었다. 좌우의 금강역사는 이뿌리가 성가퀴* 같고 혀는 불꽃 같았다. 옷은 벗겨져 몸이 물고기 비늘 같고, 뱀과 귀신이 비집고 나온다. 위엄이 있다고 보면 그렇게 보이겠지만 나는 문득 장난기가 느껴졌다.

　나는 다른 사람의 업신여김을 막는 것은 덕에 달린 것이지 겉모습에 달린 것이 아님을 이를 보고 알았다.

출전_ 정유각집

원제_ 묘향산소기 妙香山小記

---

* **성가퀴** 몸을 숨기고 적을 감시하거나 공격하기 위해 성 위에 낮게 쌓은 담.

◨ ─ 이 글은 박제가의 기행글 〈묘향산소기〉의 일부분을 옮긴 것이다. 박제가가 스무 살 때 영변도호부사로 부임하는 장인 이관상을 따라갔다가, 처남 이몽직과 이레(9월 13일에서 19일) 동안 묘향산과 그 일대를 유람하고 이 글을 썼다. 여기 수록된 부분의 여정은 다음과 같다. (보현사) → 금강굴 → 만폭동 → 폭포의 근원(샘) → 가섭암 → 단군대 → 단군굴 → 보현사 극락전 → 보현사 대웅전. 이 글은 산행의 과정을 순차적으로 그리고 있다는 점에서는 여느 기행글과 다를 바가 없다. 그러나 산수의 풍경을 보고 느낀 감상과 각 부분에서 드러나는 글쓴이의 행동은 글을 읽는 사람으로 하여금 웃음을 머금게 하는 재치가 돋보인다. 특히 이 글 전체에서 다음 부분에 글쓴이의 재기발랄함이 유감없이 드러나 있다.

나는 넘어질 뻔하다가 일어나자 손바닥에 진흙이 묻어 버렸다. 뒤에 오는 사람들이 넘어졌다고 놀릴까 부끄러워서 단풍을 하나 줍는 척하고 기다렸다.

또한 개인적인 서정을 담아 승경을 빼어나게 묘사해 놓았다. 만폭동에서 폭포가 떨어지는 장면을 묘사하는 부분을 보자.

커다란 바위가 고개처럼 생겼는데, 긴 폭포가 넘어서 온다. 물줄기가 세 번이나 꺾이고서야 비로소 바닥을 씻는다. …… 마치 고사리 싹이 주먹을 모아 쥔 것 같기도 하고, 용의 수염이나 범의 발톱 같기도 하며, 무엇을 움켜쥘 듯하다가 스러진다.

마치 손에 잡힐 듯 만폭동의 폭포를 독자의 눈앞에 펼쳐 준다. 이처럼 이 기행글은 승경에 대한 뛰어난 관찰과 묘사, 그리고 글쓴이의 서정이 발랄하게 표현된 기행 문학의 백미라 할 수 있다.

세상 밖 사람 되어

신흠

시골에서 오래 지내다 보니 어느덧 세상 밖의 사람이 되었다. 마침 예전에 지은 글들이 있어 마음에 드는 것을 모아 작은 책으로 엮었다. 사이사이에 나의 뜻을 덧붙이고 '시골뜨기의 말'이라고 이름 붙였다. 이것은 내 생각을 그대로 적은 것이다. 내 말은 거칠지만 더불어 함께할 만하다고 할 것이다.

○ 일상에서 벗어난 벗을 만나면 속됨을 깨우칠 수 있다. 막힘없이 두루 통달한 벗을 만나면 얽매임을 깨뜨릴 수 있다. 널리 배운 벗을 만나면 낡은 생각에서 벗어날 수 있다. 뜻이 크고 높은 벗을 만나면 꺾인 뜻을 떨칠 수 있다. 마음이 고요한 벗을 만나면 찬찬하지 못한 행동을 조절할 수 있다. 욕심이 없고 깨끗한 벗을 만나면 겉으로 화려함을 추구하던 마음을 없앨 수 있다.

○ 책을 읽으면 이로움만 있고 해로움은 없다. 시내와 산을 사랑하면

이로움만 있고 해로움은 없다. 꽃이나 대나무, 바람이나 달을 즐겨 구경해도 이로움만 있고 해로움은 없다. 단정하게 앉아 고요히 침묵을 지키는 것도 이로움만 있고 해로움은 없다.

○ 차가 끓어 향이 맑은데 손님이 찾아오면 기쁘다. 새가 울고 꽃이 지는데 찾아오는 사람이 없으면 한가롭다. 참된 근원은 맛이 없고 생긴 그대로의 물은 향기가 없다.

○ 흰 구름이 흘러가고 산은 푸르다. 시냇물이 흘러가고 바위는 우뚝 서 있다. 꽃은 새 노랫소리를 맞이하고 골짜기는 나무꾼의 노랫소리에 화답한다. 온 세상이 고요하니 내 마음이 저절로 한가하다.

○ 뜻이 다 드러나고 말이 그쳤다면 천하의 지극한 말이다. 말은 그쳤으나 의미심장하여 뒷맛이 다함이 없다면 더더욱 지극한 말이다.

○ 꽃이 너무 아름다우면 향기가 적고, 꽃이 너무 향기로우면 또한 아름다움이 적다. 그러므로 부유하고 귀한 사람들은 맑고 향기로운 기운이 적으며, 그윽한 향기를 뿜는 사람들은 살아가는 게 몹시도 쓸쓸하다. 군자는 백대에 그윽한 향기를 전할지언정 한때의 아름다움을 구하지 않는다.

○ 손님은 가고 문은 닫혔다. 바람이 산들거리고 해가 떨어진다. 술

병을 기울이니 시구가 막 이루어진다. 이것이 산속에 묻혀 사는 사람이 만족해하는 것이다.

○ 해야 할 일이 있고 하지 말아야 할 일이 있는 것은 세간의 법이다. 해야 할 일도 없고 하지 말아야 할 일도 없는 것은 출세간*의 법이다. 옳은 것이 있고 옳지 않은 것이 있는 것은 세간의 법이다. 옳은 것도 없고 옳지 않은 것도 없는 것은 출세간의 법이다.

○ 봄이 저물어 숲 속으로 걸어가니 고불고불한 길이 아스라이 이어진다. 소나무와 대나무는 서로 비치고 들꽃은 향기를 내뿜고 산새가 지저귄다. 거문고를 안고 바위 위에 앉아 두세 곡조를 타니 내가 마치 깊은 산속 신선이요, 그림 속의 사람 같다.

○ 뽕나무 숲과 보리밭이 아름다움을 다툰다. 봄볕에서 꿩은 울고 아침 비에 비둘기가 운다. 이것이 바로 시골살이의 참다운 모습이라고 하겠다.

○ 스님과 소나무 숲 바위 위에 앉아 이야기를 나눈다. 오래 지나니 소나무 가지 끝에 달이 비친다. 나무 그림자를 밟고 돌아온다.

• **출세간**(出世間) 세속을 벗어남. 또는 그러한 곳.

o 마음에 맞는 친구와 산에 올라가 앉아서 이런저런 이야기를 나눈다. 이야기가 싫증나면 바위에 누워 푸른 하늘을 쳐다본다. 흰 구름이 일더니 하늘을 두른다. 문득 기뻐하며 스스로 즐긴다.

o 찬 서리가 내리고 낙엽이 진다. 툭 트인 숲 속에 들어가 나무뿌리 위에 앉았다. 단풍잎이 바람에 나부껴 내 소매에 떨어진다. 산새는 나뭇가지 끝에서 날아와 나를 살핀다. 쓸쓸하던 대지가 깨끗하고 맑아진다.

o 문을 닫고 마음에 드는 책을 꺼내 읽는 것, 문을 열고 마음에 맞는 손님을 맞이하는 것, 문을 나서 마음에 맞는 경치를 찾는 것, 이것이 세상살이의 세 가지 즐거움이다.

o 서리가 내리자 시내 바위가 드러났다. 깊은 물은 맑고 고요하다. 바위가 깎아지른 듯 걸려 있다. 늙은 나무엔 담쟁이가 드리웠다. 이 모두가 물속에 거꾸로 비친다. 지팡이를 짚고 이곳에 이르니 마음이 맑아진다.

o 깊은 밤 편안하게 앉아 화로에 차를 달인다. 세상은 고요한데 시냇물 소리가 들린다. 이부자리도 펴지 않고 잠깐 책을 본다. 이것이 첫 번째 즐거움이다. 비바람이 치는데 문을 닫고는 청소를 한다. 책을 펼치고 마음 가는 대로 뒤적인다. 사람이 오가지 않으니 세상은

고요하고 방 안은 적막하다. 이것이 두 번째 즐거움이다. 텅 빈 산에 해는 저물고 눈은 소리 없이 흩날린다. 마른 나뭇가지는 바람에 흔들리고 산새는 차가운 들에서 운다. 방 안에서 화로를 쬐고 차를 달이며 술을 데운다. 이것이 세 번째 즐거움이다.

출전_ 상촌집
원제_ 야언野言

◨ ─ 이 글은 조선 중기 한문학 4대가의 한 사람으로 꼽히는 상촌 신흠의 《야언(野言)》을 가려 뽑아 옮긴 것이다. 상촌은 이른바 유교칠신(선조에게 영창 대군의 보살핌을 부탁받은 일곱 신하)의 한 사람으로 지목되었으나, 1613년 파직되어 김포로 내려간다. 그러다 다시 1617년 춘천으로 유배를 가서 1621년에 사면되고, 곧이어 인조반정을 맞는다.

영의정으로 마감한 그에게 내려진 시호는 문정(文貞)인데, '문(文)'은 학문을 좋아했다는 뜻이고, '정(貞)'은 청렴결백하고 절개를 지켰다는 뜻에서 주어진 것이다. 《인조 실록》에 기록된 그의 졸기에도 "왕실과 혼인을 맺고서도 청빈함을 그대로 지켰고 …… 일찍이 헐뜯음을 받지 않았으며 위급한 난리를 겪으면서도 이름과 의리를 손상시키지 않아 사림이 중하게 여겼다."라고 사관은 적었다.

이 글은 상촌이 유배 생활 중에 느낀 것을 간결하게 서술한 일종의 수상록이라고 할 수 있다. 십 년 가까운 야인 생활 속에서 상촌이 체득한 삶의 모습들이 맑고 깨끗하게 기술된다. 독서를 일상으로 하며 때로는 자연에서 노닐며 한가로움을 얻는다. 그것은 '꽃이 너무 아름다우면 향기가 적고, 꽃이 너무 향기로우면 또한 아름다움이 적다.'라는 말에서 드러나듯 중용의 삶을 추구하는 글쓴이의 모습을 통해서 획득된 것이다.

아무도 찾지 않는 궁벽한 산속 깊은 밤, 화로에 찻물을 끓이고 술을 데운다. 세상은 고요하고 방 안은 적막한데 한 사람이 책을 뒤적거린다. 그 사람이 세간인도 아닌 그렇다고 출세간인도 아닌 상촌 신흠이었던 것이다.

1 〈옛 언덕에는 갈까마귀 울고〉에서 죽은 형님에 대한 아픔이 절실하게 드러난 부분을 찾고, 그 이유를 말해 보자.

2 다음 시를 읽고, 〈내가 가는 길에는〉과의 공통점과 차이점을 말해 보자.

관(棺)이 내렸다.
깊은 가슴 안에 밧줄로 달아 내리듯.
주여 / 용납하옵소서.
머리맡에 성경을 얹어 주고
나는 옷자락에 흙을 받아 / 좌르르 하직(下直)했다.

그 후로 / 그를 꿈에서 만났다.
턱이 긴 얼굴이 나를 돌아보고 / 형님! 불렀다.
오오냐 나는 전신으로 대답했다.
그래도 그는 못 들었으리라
이제 / 네 음성을
나만 듣는 여기는 눈과 비가 오는 세상.

너는 어디로 갔느냐.
그 어질고 안쓰럽고 다정한 눈짓을 하고
형님! / 부르는 목소리는 들리는데
내 목소리는 미치지 못하는 / 다만 여기는
열매가 떨어지면 / 툭 하고 소리가 들리는 세상.

— 박목월, 〈하관(下棺)〉

3 〈네가 가는 길에는〉에서 동생이 죽었음에도 가 보지 못하는 슬픔이 잘 드러나 있는 부분을 찾고, 그 이유를 말해 보자.

4 〈섣달 그믐밤의 서글픔, 그 까닭은 무엇인가〉의 글쓴이는 섣달 그믐밤을 지새우는 까닭을 무엇이라고 하는지 찾아보자.

5 〈섣달 그믐밤의 서글픔, 그 까닭은 무엇인가〉를 읽고, 사람들이 유독 섣달 그믐날을 아쉬워하고 아파하는 이유를 말해 보자.

6 《맹자》를 팔아 밥을 먹다〉를 읽고, 글쓴이가 다음과 같이 말한 뜻을 설명해 보자.

책을 읽어 부귀를 구하는 것은 뜻밖의 행운을 바라는 술책이요, 당장 책을 팔아서 한 번 배불리 먹고 취하는 것이 도리어 거짓 없고 곧고 바른 것임을.

7 〈도산에 묻혀 사는 즐거움〉을 읽고, 도산서당의 건물과 주변 경관에 붙인 이름과 그 이름에 담긴 뜻을 말해 보자.

이름	의미
완락재(玩樂齋)	즐겨 사랑하니 일생이 다하도록 싫어하지 않는다.
암서헌(巖栖軒)	오랫동안 학문에 자신이 없어 바위에 깃들어 작은 보람을 바란다.
시습재(時習齋)	
지숙료(止宿療)	
관란헌(觀瀾軒)	
정우당(淨友塘)	
절우사(節友社)	

8 〈도산에 묻혀 사는 즐거움〉의 글쓴이가 청량산을 뒤로하고 도산을 선택한 이유를 무엇이라 하는지 말해 보자.

9 〈도산에 묻혀 사는 즐거움〉에서 글쓴이의 세속에서의 삶(벼슬살이)이 순탄하지 않았음이 드러나는 부분을 찾아보자.

10 〈넘어지고는 단풍을 줍는 척했네〉를 읽고, 글쓴이의 여정을 정리해 보자.

11 〈넘어지고는 단풍을 줍는 척했네〉에서 다음 표현에 담겨 있는 글쓴이의 정서를 말해 보자.

1) 뾰족한 돌들이 떨어진 나뭇잎에 덮여 있다가 발을 딛자 삐어져 나왔다. 나는 넘어질 뻔하다가 일어나자 손바닥에 진흙이 묻어 버렸다. 뒤에 오는 사람들이 넘어졌다고 놀릴까 부끄러워서 단풍을 하나 줍는 척하고 기다렸다.

2) 그 소리를 한참이나 가만히 듣고 있자니 내 몸도 그 물줄기와 함께 숨을 쉬는 것 같았다. 잠잠하여 아무 소리도 들리지 않다가 또 조금 있으면 더욱 세차게 물결치는 소리가 들린다.

3) 향로봉 꼭대기가 바로 내 앞에 다가올 것같이 솟아 있었다. 공중으로 길을 만들어 다리를 놓으면 건너겠지만, 향로봉과 내가 있는 곳이 선계와 속계처럼 멀고 아득히 떨어져 이를 수가 없어 탄식하며 돌아왔다.

12 (가)와 (나)에 나타난 글쓴이(화자)의 태도를 비교해 보자.

> (가) 나는 넘어질 뻔하다가 일어나자 손바닥에 진흙이 묻어 버렸다. 뒤에 오
> 는 사람들이 넘어졌다고 놀릴까 부끄러워서 단풍을 하나 줍는 척하고 기
> 다렸다.
>
> – 〈넘어지고는 단풍을 줍는 척했네〉에서
>
> (나) 두꺼비 파리를 물고 두엄 위에 치달아 앉아
> 건넛산 바라보니 백송골이 떠 있거늘 가슴이 끔찍하여 풀떡 뛰어 내닫다
> 가 두엄 아래 자빠졌구나
> 모쳐라 날랜 날샐 망정 어혈질 뻔하였네
>
> – 조선 후기의 사설시조

13 〈세상 밖 사람 되어〉의 다음 구절이 무엇을 뜻하는지 말해 보자.

1) 일상에서 벗어난 벗을 만나면 속됨을 깨우칠 수 있다.

2) 뜻이 다 드러나고 말이 그쳤다면 천하의 지극한 말이다. 말은 그쳤으나
   의미심장하여 뒷맛이 다함이 없다면 더더욱 지극한 말이다.

3) 군자는 백대에 그윽한 향기를 전할지언정 한때의 아름다움을 구하지
   않는다.

3장

—

역사 속 인물을 살피다

김부식

내 차라리 계림의 개나 돼지가 될지언정

박제상은 신라 시조 혁거세의 후손이요, 파사 이사금의 5세손이다. 할아버지는 갈문왕으로 봉해진 아도이며, 아버지는 파진찬 물품이다. 박제상은 벼슬하여 삽량주의 간(干, 우두머리)이 되었다.

일찍이 실성왕 원년 임인년(402)에 신라가 왜국과 화친을 맺는데, 왜왕이 내물왕의 아들 미사흔을 볼모로 요구하였다. 실성왕이 이전에 내물왕이 자신을 고구려에 볼모로 보낸 것을 원망스럽게 생각하고 그 아들로 원한을 풀고자 하여, 왜왕의 요구를 거절하지 않고 미사흔을 왜국에 보냈다. 또 실성왕 11년 임자년(412), 고구려가 미사흔의 형 복호를 볼모로 요구하자 실성왕이 복호를 고구려에 보냈다.

눌지왕이 왕위에 오르자 말 잘하는 사람을 보내어 두 아우 복호와 미사흔을 데려오려고 하였다. 눌지왕이 수주촌장 벌보말, 일리촌장 구리내, 이이촌장 파로 세 사람이 어질고 지혜가 있다는 것을 듣고 불러 말했다.

"내 아우 두 사람이 왜국과 고구려에 볼모가 되어 오랫동안 돌아오지 못하고 있소. 내 그들과 형제인지라 그리운 마음을 이길 수가 없구려. 두 아우가 살아 돌아오기를 바라는데, 어찌해야 하겠소?"

세 사람이 대답했다.

"저희들은 삽량주의 간(干) 박제상이 굳세고 슬기롭다고 들었습니다. 박제상이라면 대왕의 근심을 풀어 드릴 수 있을 것입니다."

이에 눌지왕이 박제상을 불러 세 사람의 말을 들려주고 가기를 청하니, 박제상이 대답했다.

"신이 비록 못나고 어리석지만 어찌 대왕의 명을 받들지 않겠습니까?"

마침내 박제상이 사신으로 고구려에 가서 왕에게 말하였다.

"신은 이웃 나라와 사귀는 방법에는 참됨과 믿음이 있을 뿐이라고 들었습니다. 볼모를 서로 보내는 것은 중국의 오패°에도 미치지 못하며 진실로 쇠퇴한 세상의 일일 따름입니다. 지금 우리 임금께서 사랑하시는 아우가 고구려에 계신 지 거의 십 년이나 되셨습니다. 우리 임금께서 아우의 어려움을 생각하시고 늘 그리워하고 계십니다. 만약 대왕께서 은혜를 베푸시어 아우를 돌려보내시면, 아홉 마리 소에서 터럭 하나를 떨어뜨린 것처럼 아무런 손해가 없으시며, 우리 임금께서 대왕의 은혜를 고마워하시는 것은 끝이 없을 것입니다. 대왕께서 헤아려 보소서."

고구려왕이 좋다고 허락하여 박제상은 복호와 함께 돌아왔다.

• **오패(五霸)** 중국 춘추 시대의 제후 가운데서 패업을 이룬 다섯 사람. 제나라 환공, 진(晉)나라 문공, 진(秦)나라 목공, 송나라 양공, 초나라 장왕 등을 이른다.

박제상과 복호가 신라에 이르자 눌지왕이 기뻐하면서도 한편으로는 슬퍼하며 말했다.

"내가 두 아우를 생각할 때면 두 팔과 같이 여기었소. 이제 한 팔을 얻었으니 어찌하리요?"

박제상이 아뢰었다.

"신이 비록 어리석으나 이미 몸을 나라에 바쳤으니 대왕의 명을 욕되게 하지 않겠습니다. 고구려는 큰 나라요 또한 어진 임금이 있어 신이 한마디 말로 깨닫게 할 수 있었습니다. 그러나 왜는 말로는 깨우칠 수가 없으니 계략을 꾸며야만 아우님을 돌아오시게 할 수 있습니다. 신이 왜국에 가서 저들에게 나라를 배반하였다고 하겠습니다."

박제상은 죽음으로써 맹세하고는 아내와 자식도 만나지 않고, 율포에서 배를 타고 왜국으로 향했다. 박제상의 아내가 그 소식을 듣고는 달려가 율포에 이르러 배를 보고 울며 "잘 다녀오시오." 하니, 박제상이 돌아보며 "내가 명을 받아 적국에 가니, 당신은 나를 다시 볼 생각은 마시오." 하였다.

박제상이 왜국에 들어가 짐짓 신라를 배반한 것처럼 하였지만, 왜왕이 그것을 의심하였다. 이에 앞서 백제 사람이 왜국에 와 있었는데, 그가 신라와 고구려가 왜국을 칠 것이라고 말했다. 왜왕이 군사를 보내 신라 국경을 살피게 하였는데, 마침 고구려 군사를 만나 왜의 군사들이 모두 죽어 버렸다. 이에 왜왕이 백제 사람의 말을 사실로 믿었다. 또 신라왕이 미사흔과 박제상 가족들을 가두어 두었다는 말을 들었다. 그래서 왜왕은 박제상이 진짜 신라를 배반하였다고 여겼다.

이때 왜왕이 군사를 내어 신라를 치고자 하였는데, 미사흔과 박제상을 보내 장수로 삼아 길을 안내하게 하였다. 박제상과 미사흔 일행이 산도*라는 섬에 이르렀다. 왜의 여러 장수들이 의논하기를, "신라를 쳐서 박제상과 미사흔의 가족을 데리고 돌아오자." 하였다. 박제상이 이 사실을 알고 미사흔과 배를 타고 놀면서 물고기와 오리를 잡는 것처럼 하였다. 왜인이 이를 보고는 박제상에게 딴 마음이 없다고 여기고는 기뻐하였다. 이에 박제상이 미사흔에게 신라로 몰래 돌아가기를 청하자, 미사흔이 말했다.

"내가 장군을 아버지같이 여기는데 어찌 혼자 신라로 돌아가겠습니까?"

"두 사람이 함께 떠나면 일을 이루기가 어렵습니다."

미사흔이 박제상의 목을 안고 울다가 신라로 돌아갔다.

박제상이 혼자 방에서 자고는 이튿날 늦게야 일어났는데, 미사흔을 멀리까지 가게 하려 함이었다. 왜인들이 물었다.

"장군께서는 왜 이리 늦게 일어나십니까?"

"어제 배를 탔더니 너무 피곤해서 일찍 일어날 수 없었소."

박제상이 방에서 나오니, 왜인들이 미사흔이 도망한 것을 알고 박제상을 묶었다. 왜인들이 배를 타고 미사흔을 쫓았으나, 마침 안개

• 산도(山島) 지금의 대마도.

가 자욱해 잡지 못했다. 왜인들이 박제상을 묶어 왜왕에게 보내니, 왜왕이 박제상을 목도라는 섬으로 귀양 보냈다가 박제상을 불태워 죽이고 베었다.

《동사강목》 눌지왕 2년 기사에 이 부분에 대한 내용이 다음과 같이 자세히 실려 있다.

왜왕은 박제상이 배신했다고 화를 내며 박제상을 신문하니, 박제상이 말했다.

"나는 계림(신라)의 신하로서 우리 임금의 뜻을 이루어 드리려 했을 뿐이다."

왜왕이 화를 내며 말했다.

"네가 이미 나의 신하가 되겠다고 했는데 이제 계림의 신하라 하는구나. 다섯 가지 형벌을 내릴 것이나, 네가 만약 왜국의 신하라 한다면 큰 상을 내릴 것이다."

박제상이 말했다.

"내 차라리 계림의 개나 돼지가 될지언정 왜국의 신하는 되지 않겠다. 내 차라리 계림의 매를 맞을지언정 왜국의 벼슬과 재물은 받지 않겠다."

왜왕이 더욱 화가 나 박제상의 다리 살갗을 벗기고 또 갈대를 베어 놓고 그 위를 걷게 하며 말했다.

"너는 어느 나라의 신하냐?"

박제상이 말했다.

"나는 계림의 신하다."

이에 왜왕은 박제상의 뜻을 꺾을 수 없음을 알고는 박제상을 목도라
는 섬에서 불태워 죽였다.

눌지왕이 이 소식을 듣고는 슬퍼하고 가슴 아파하며 박제상에게
'대아찬'이라는 벼슬을 내리고 집에도 많은 재물을 내려주었다. 또
아우 미사흔을 박제상의 둘째 딸과 혼인시켜 이를 보답하였다.

처음 미사흔이 왜에서 돌아오자 육부에 명하여 멀리까지 나아가
맞이하게 하였다. 눌지왕이 미사흔을 보고는 손을 잡고 울었다. 형
제가 모여 술을 마시고 놀면서, 눌지왕이 노래를 짓고 춤을 추어 그
마음을 나타냈다. 지금 우리나라 음악 가운데 '우식곡(憂息曲)'이 그
것이다.

출전_ 삼국사기

원제_ 열전-박제상朴堤上

■ ─ 박제상의 이야기는 신하의 직분이 무엇인지를 뚜렷하게 보여 준다. 고구려에 가서 복호를 데려온 박제상은 아내와 자식도 만나지 않고 미사흔을 구하기 위해 왜국으로 향한다. 울며 보내는 아내에게 죽음으로써 맹세하고 다시 볼 생각을 말라고 하는 박제상의 말에는 비장함이 담겨 있다. 또한 미사흔을 보내고 홀로 남아 있다가 왜왕에게 형벌을 받는 장면은 오늘날에도 널리 알려져 전한다.

일찍이 김구 선생도 《백범 일지》〈나의 소원〉이라는 글에서 "'내 차라리 계림의 개나 돼지가 될지언정 왜왕의 신하로 부귀를 누리지 않겠다.' 한 것이 그의 진정이었던 것을 나는 안다."라고 하여 박제상의 충절을 기렸다.

박제상은 《삼국유사》에도 기록되어 있는데, 몇 가지 점이 다르다. 먼저 《삼국유사》에는 박제상을 김제상이라고 쓰고 있다. 또 미사흔이 일본에 볼모로 간 것이 내물왕 때이고, 복호가 고구려에 볼모로 간 것이 눌지왕 때라고 하고 있다. 그리고 고구려에서 복호를 데리고 오는 것도 장수왕이 보내 주는 것이 아니라 탈출하는 것으로 되어 있다. 또한 미사흔을 탈출시키고 박제상이 왜왕에게 문초를 받는 부분도 《삼국유사》가 더 자세하다. 마지막으로 박제상의 부인이 국대부인으로 봉해지고 죽어서 신모(神母)가 되었다는 부분도 《삼국사기》에는 없는 내용이다.

현재 울산 두동면 일대에는 박제상과 관련된 유적이 산재한다. 박제상의 부인이 올라가 박제상이 돌아오기를 기다리다가 돌이 되었다는 전설이 깃든 치술령에는 망부석이 남아 있고, 부인이 죽어 새가 되어 날아간 곳에는 은을암이라는 바위가 또한 남아 전한다. 치술령 아래에는 박제상과 그의 부인, 딸을 모시는 치산서원이 세워져 있다.

죽고 사는 것이
이미 정해졌으니

김부식

온달은 고구려 평강왕(재위 559~590) 때 사람이다. 얼굴이 못생겨 남에게 웃음거리가 되었지만 마음씨는 맑았다. 집이 아주 가난하여 늘 밥을 빌어 어머니를 받들었다. 해진 적삼을 입고 낡은 신을 신고 저잣거리를 다녀서 사람들이 그를 '바보 온달'이라고 하였다.

평강왕의 어린 딸이 잘 울어 왕이 놀리기를, "네가 늘 울어 내 귀가 시끄럽구나. 자라면 높은 집안 사람과 결혼시키지 않고 바보 온달에게나 시집보내야겠다." 하였다. 왕이 늘 이렇게 말했다.

공주가 열여섯 살이 되어, 평강왕이 공주를 상부*의 고씨에게 시집보내려고 하였다. 그러자 공주가 말했다.

"대왕께서 늘 '너는 바보 온달의 부인이 될 것이다.'라고 하셨는데, 이제 어찌 전에 하신 말씀을 바꾸십니까? 보잘것없는 사람도 거짓말을 하지 않는 법인데, 하물며 임금이 그래서야 되겠습니까? 예로

---

* **상부(上部)** 고구려 때에, 서울을 다섯 부로 나눈 행정 구역 가운데 동부(東部)를 가리킴.

부터 임금 된 사람은 웃음거리로 하는 실없는 말을 하지 않는다고 하였습니다. 지금 대왕의 명령은 잘못된 것이니, 제가 받들지 못하겠습니다."

평강왕이 화를 내며 말했다.

"네가 내 명을 따르지 않으니, 너는 내 딸이 아니다. 어찌 함께 있을 수 있겠느냐? 네 마음대로 해라."

이에 공주가 값진 팔찌 수십 개를 가지고 궁궐을 나섰다. 혼자 가다가 길에서 어떤 사람을 보고 온달의 집을 물었다. 공주가 온달의 집에 가서 눈먼 어미를 보고 절하고는 온달이 있는 곳을 물었다. 온달의 어미가 대답했다.

"우리 아들은 가난하고 신분이 낮아 귀인이 가까이할 만한 사람이 아닙니다. 지금 당신의 몸내를 맡으니 매우 향기롭고, 당신의 손을 잡으니 솜처럼 부드럽습니다. 당신은 분명 천하의 귀인일 터인데 누구의 꼬임에 빠져 여기에 이르신 것입니까? 우리 아들이 주림을 참지 못하고 느릅나무 껍질을 벗기러 산에 가서 오래도록 돌아오지 않았습니다."

공주가 나가 산 아래에 이르러 온달이 느릅나무 껍질을 지고 오는 것을 보았다. 공주가 온달에게 마음속에 품은 생각을 말하자, 온달이 화를 냈다.

"이는 어린 여자가 할 수 있는 일이 아니다. 너는 분명 사람이 아니고 여우나 귀신일 것이다. 나에게 다가오지 마라."

그러고는 온달이 돌아보지도 않고 가 버렸다. 공주가 홀로 온달의 집으로 돌아와 사립문 밖에서 잤다. 이튿날 아침, 공주가 다시 온달의 집으로 들어가 온달과 그 어미에게 갖추어 말하니, 온달이 머뭇거리고 어찌할 줄 몰랐다.

온달의 어미가 말했다.

"우리 아들은 신분이 낮아 귀인의 짝이 될 수 없습니다. 또 우리 집이 가난하니 진실로 귀인이 살 만한 곳이 아닙니다."

공주가 말했다.

"옛사람이 한 말 곡식도 방아 찧을 수 있고, 한 자 베도 꿰맬 수 있다고 하였습니다. 마음이 같을진대 어찌하여 꼭 부귀한 다음에야 함께할 수 있단 말입니까?"

그리고는 공주가 값진 팔찌를 팔아 논밭과 집, 남녀 종, 소와 말, 그릇 등을 사니 살림살이가 온전히 갖추어졌다.

일찍이 말을 살 때, 공주가 온달에게 말했다.

"저자 상인의 말을 사지 마시고, 나라에서 기른 말로 병들고 야위어 내다 파는 말을 골라 사십시오."

온달이 그 말대로 하였다. 공주가 부지런히 말을 먹여 기르니, 말이 나날이 살이 붙고 튼튼해졌다.

고구려에서는 해마다 3월 3일이면 낙랑 언덕에 모여 사냥을 하여, 멧돼지나 사슴을 잡아 하늘과 산천의 신에게 제사를 지냈다. 그 날이 되어 평강왕이 사냥을 하는데, 여러 신하와 5부의 군사들도 모두 따랐다. 이때 온달도 기른 말을 타고 따랐다. 온달이 말을 타고 달리는데 늘 앞서고 사냥한 것도 가장 많아, 다른 사람이 따를 수 없었다. 평강왕이 온달을 불러 이름을 물어보고는 놀라며 이상하게 여겼다.

이때 중국 후주* 무제가 군사를 일으켜 고구려의 요동을 쳤다. 평강왕이 군사를 이끌고 이산의 들판에서 싸웠다. 온달이 선봉이 되어 날래게 싸워 적 수십 명을 베었다. 이에 고구려 군사들의 사기가 올라 적을 크게 무찔렀다. 싸움의 공을 말하는데, 누구나 온달이 으뜸이라고 말했다. 평강왕이 감탄하며 말했다.

"이 사람이 바로 내 사위다."

그러고는 예의를 갖추어 온달을 맞이하고, '대형' 벼슬을 주었다. 이로부터 온달은 평강왕의 두터운 신임을 받아 권세와 위엄이 날로 커졌다.

영양왕이 왕위에 올랐다. 온달이 왕에게 아뢰었다.

"신라가 우리 한강 북쪽의 땅을 빼앗아 차지하니, 백성들이 한스럽게 여기고 우리 고구려를 잊지 못하고 있습니다. 대왕께서 신을 어리석다 여기지 않으시고 군사를 주신다면 반드시 우리 고구려 땅을 되찾겠습니다."

영양왕이 허락했다. 온달이 떠나면서 스스로 맹세했다.

'계립현과 죽령 서쪽의 땅을 되찾지 못하면 돌아오지 않겠다.'

온달이 아단성 아래에서 신라군과 싸우다가 날아온 화살에 맞아 죽었다. 장사를 지내려 하는데 관이 움직이지 않았다. 공주가 와서

---

* **후주(後周)** 중국 남북조 시대에, 북위가 동서로 갈라선 뒤 557년에 서위의 우문각이 세운 나라.

관을 어루만지며 말했다.

"죽고 사는 것이 이미 정해졌으니, 이제 그만 돌아갑시다."

그러자 관이 움직여 땅에 묻었다. 영양왕이 이 소식을 듣고 몹시 슬퍼하였다.

출전_ 삼국사기

원제_ 열전-온달溫達

■ 一《삼국사기》〈열전〉에는 모두 쉰두 명이 실려 있다. 그중에 고구려 사람은 온달을 포함해 모두 아홉 명이 올라 있다. 백제 사람이 세 명 실린 것에 비하면 많다 하겠으나, 신라 사람이 서른여덟 명 실린 것에 비하면 아주 적은 숫자라고 할 수 있다. 이는 《삼국사기》의 대표 편찬자인 김부식이 신라 김씨의 후예라는 점과 고구려가 신라에 의해 멸망당해 상대적으로 사료가 부족했던 점 때문인 것으로 추측된다.

온달 이야기는 공주와의 사랑으로 해서 더욱 애절하게 다가온다. 사람들이 바보 온달이라고 했던 것은 그가 실제로 어리석어서가 아니라 고지식했기 때문이었던 것으로 보인다. 또한 당시 고구려 지배 세력에 비해 온달이 상대적으로 미천한 가문의 출신이었기 때문이었다고 보기도 한다. 어쨌든 온달은 신분의 벽을 넘어 공주와 결혼함으로써 능력을 발휘할 수 있게 된다. 제천 의식에서의 사냥과 중국과의 전쟁을 통해 온달은 자신의 능력을 인정받고 '대형'이라는 벼슬을 얻는다. 대형은 고구려 13관등 중에서 일곱 번째에 해당한다. 여기까지에서 주인공이 되는 인물은 온달이라기보다는 공주(평강 공주라는 이름은 적절하지 않다. 그것은 진평왕의 공주를 진평 공주라고 하지 않는 것과 같다.)이다.

온달이 〈열전〉에 오른 이유는 벼슬을 받고 난 다음의 일 때문이다. 그것은 국토 수복의 의지와 좌절된 꿈에 대한 이야기다. 신라 진흥왕에게 빼앗긴 계립현과 죽령 서쪽의 땅을 되찾기 위해 출정한 온달은 신라군과 싸우다가 화살에 맞아 죽는다. 빼앗긴 땅을 찾지 못하면 돌아오지 않겠다던 온달의 맹세대로, 장사를 지내려 하는데 관이 움직이지 않는다. 이것은 온달의 국토 수복(고구려어로 '다물(多勿)'이라 함)의 염원과 의지가 얼마나 강했던가를 상징적으로 보여 주는 장면이다.

김부식

깨어진 거울을 던지니

설씨 여자는 율리 민가(民家)의 사람이다. 가난하고 외로운 집안이었지만, 설씨 여자는 얼굴빛이 단정하고 행동이 발라, 보는 사람마다 아름다움을 부러워하였지만 감히 다가가지 못했다.

진평왕 때였다. 설씨 여자의 아버지가 늙었는데, 정곡이란 곳에 수자리*를 살러 가게 되었다. 설씨 여자는 늙고 병든 아버지를 차마 멀리 보낼 수가 없었다. 하지만 여자의 몸이라 아버지를 대신할 수도 없어 몹시 괴로워했다.

사량부에 가실이라는 사내가 있었다. 그는 집이 가난했지만 뜻이 올곧은 사람이었다. 일찍이 설씨 여자를 좋아했지만 감히 말하지 못하고 있었다. 그는 설씨 여자가 늙은 아버지의 수자리 때문에 근심하는 것을 알고, 설씨 여자에게 가서 말했다.

"제가 비록 못났지만 의기가 있다고 생각합니다. 못난 이 몸으로

● **수자리** 국경을 지키던 일. 또는 그런 병사.

아버지의 수자리를 대신하고 싶습니다."

설씨 여자가 매우 기뻐하며 아버지에게 알렸다. 아버지가 가실을 방으로 들어오게 하고는 말했다.

"그대가 내 수자리를 대신해 주겠다고 하니 기쁘면서도 걱정스럽네. 은혜를 갚고 싶은데, 그대가 내 딸을 나쁘다고 버리지 않는다면 아내로 삼게 하고 싶네."

가실이 두 번 절하고는 말했다.

"감히 바라지 못했지만 진실로 제 소원이었습니다."

그가 물러나 설씨 여자에게 혼인날 잡기를 청하니, 설씨 여자가 말했다.

"혼인은 중요한 일이니 갑작스럽게 정할 수가 없습니다. 제가 이미 마음으로 허락하였으니, 죽더라도 변함이 없을 것입니다. 당신이 수자리를 살고 돌아온 다음에 날을 가려 혼인을 하여도 늦지 않을 것입니다."

그러고는 거울을 반으로 나누어 서로 하나씩 가지고는,

"이것이 신표*가 될 것이오. 다음에 마땅히 합치기로 합시다."
라고 하였다.

가실에게 말이 한 마리 있었다. 그가 설씨 여자에게,

"이는 좋은 말이니, 언젠가 쓸 데가 있을 것입니다. 이제 내가 수자리를 살러 가니, 이 말을 기를 사람이 없습니다. 여기 두고 갈 테니

* **신표**(信標) 믿음의 표시라는 뜻으로, 뒷날에 보고 증거가 되게 하기 위하여 서로 주고받는 물건을 이르는 말.

뒷날 쓸 수 있도록 해 주십시오."

라고 말하고는 수자리를 살러 갔다.

　마침 나라에 변고가 생겨 수자리를 다른 사람으로 교대하지 못한
지가 육 년이 넘었다. 가실이 돌아오지 못하니, 설씨의 아버지가 딸
에게 말했다.

　"처음에 삼 년을 약속했는데, 이제 그 기한이 지나 버렸다. 그러니
너는 다른 사람에게 시집가는 것이 좋겠다."

　설씨 여자가 말했다.

　"지난번 가실이 아버지를 편하게 해 드려 저는 그 사람과 굳게 약
속했습니다. 가실은 이를 믿고 여러 해 동안이나 수자리를 살며 배
고픔과 추위를 참아 가며 온갖 고생을 다 하고 있습니다. 더구나 적
가까이 있어 손에서 무기를 내려놓지도 못하고 마치 호랑이 아가리
에 물릴까 걱정하고 있을 것입니다. 제가 믿음을 버리고 거짓말을 한
다면, 그것이 어찌 사람의 도리라 하겠습니까? 아버지의 명을 따를
수 없으니 다시는 그런 말씀 마십시오."

　하지만 아버지는 딸이 나이가 차도록 짝이 없는 것을 안타까워하
여 자신이 더 늙고 약해지기 전에 억지로라도 딸을 출가시키려고 몰
래 마을 사람과 혼인을 약속하였다. 혼인날이 되어 그 사람을 데리
고 오니, 설씨 여자가 굳게 거절하며 도망하려고 하였으나 뜻을 이룰
수 없었다. 설씨 여자가 마구간으로 가 가실이 두고 간 말을 보며 한
숨을 쉬고 눈물을 흘렸다.

　이때 가실이 교대하여 돌아왔다. 그러나 몸이 바짝 야위고 옷이

다 낡아 해져, 사람들이 알아보지 못하고 딴 사람이라고 여겼다. 가실이 앞으로 나와 깨어진 거울을 던지니, 설씨 여자가 거울을 주워 보고는 흐느껴 울었다. 아버지와 사람들이 모두 기뻐하며 어쩔 줄 몰랐다. 마침내 다른 날을 잡아 서로 혼인하기로 하고, 나중에 부부가 되어 해로했다.

출전_ 삼국사기

원제_ 열전-설씨녀 薛氏女

■ —《삼국사기》〈열전〉에 오른 쉰두 명 가운데 여자는 단지 세 사람으로, '효녀 지은, 설씨 여자, 도미의 아내(〈열전〉에는 도미가 입전되어 있지만, 실제로 이야기의 중심인물은 도미의 아내로 볼 수 있다.)'이다. 김부식이 이 세 인물을 여자임에도 입전한 것은 그들이 각각 효행(孝行), 신의(信義), 절행(節行)의 모범이 되었기 때문이다.

설씨 여자의 이야기는 가실이라는 청년과 얽힌 야기로, 사랑에서 신의가 중요하다는 것을 보여 준다. 가실은 여자의 아버지를 대신하여 변방으로 수자리를 살러 간다. 여자와 가실은 헤어지면서 거울을 반으로 나누어 사랑의 증표로 삼고, 수자리에서 돌아오면 혼인할 것을 약속한다. 그러면서 가실은 자신이 기르던 말을 여자에게 맡기고 떠난다.

삼 년을 기약하고 떠난 가실은 나라에 일이 생겨 육 년이 지나도록 돌아오지 못한다. 딸의 혼기가 늦어질까 염려하는 아버지는 딸을 시집보내려고 하면서 갈등이 최고조에 이른다. 딸은 신의를 내세우며 아버지의 말을 따르지 않지만 결국 일은 아버지의 의도대로 진행된다. 마을 사람과의 혼인날이 되어 여자가 가실이 두고 간 말을 보고 눈물을 흘리고 있는데 가실이 돌아온다. 몸이 야위고 옷도 낡고 해져 사람들이 가실을 몰라보지만, 가실은 깨어진 거울을 가지고 자신을 확인시킨다.

결국 이 이야기는 신라 시대 평민 여자의 모습을 통해 사랑에서 신의가 얼마나 중요한가를 잘 보여 준다. 또한 삼국 통일 직전 군역에 시달리던 신라 시대 평민들의 삶이 사실적으로 잘 나타나 있다.

이광수는 이 이야기를 바탕으로 〈가실〉(1923)이라는 단편 소설을 썼는데, 이 이야기와 달리 제목 그대로 가실을 주인공으로 하여 고국 신라에 대한 그리움을 형상화하였다.

여섯 신하의 절개

박팽년

박팽년은 자(字)가 인수로, 세종조에 급제하였다. 일찍이 성삼문 등
과 집현전에서 일하면서 세종에게 아낌을 받았다.

을해년(1455)에 단종이 숙부인 수양 대군에게 왕위를 물려주었다.
박팽년은 왕실의 일을 더 이상 어찌할 수 없다고 생각하여 경회루
연못에 이르러 죽으려 하였다. 그때 성삼문이 굳게 말리면서 말했다.

"바야흐로 지금 임금의 자리가 옮겨졌지만, 아직도 상왕(단종)이
살아 계시오. 죽지 말고 뒷날을 도모합시다. 그러다가 실패하여 그
때 죽어도 늦지 않을 것이오. 오늘 죽는다면 그것은 나라에 아무런
이익도 되지 못하오."

그래서 박팽년이 성삼문의 말을 따랐다.

얼마 뒤에 박팽년이 충청도 관찰사가 되었다. 조정에 일을 아뢸
때, 그는 자신을 '신하'라 하지 않고 '아무 관직의 아무개'라고만 썼으

나, 조정에서 그 뜻을 눈치채지 못했다. 그리고 이듬해 형조 참판이 되었다.

박팽년은 성삼문과 성삼문의 아버지 성승, 그리고 유응부, 하위지, 이개, 유성원, 김질, 권자신 등과 상왕의 복위를 도모하였다. 마침 명나라에서 사신이 왔는데, 세조가 상왕과 함께 창덕궁에서 잔치를 열려고 했다. 박팽년 등이 이렇게 모의했다.

"성승과 유응부를 별운검°으로 세워 잔치 때 일을 일으키면 어떻겠소? 성문을 닫고 측근들을 제거하면 상왕을 다시 임금으로 세울 수 있을 것이오."

이렇게 일을 도모했는데, 마침 그날 세조가 별운검을 두지 못하게 하고 세자 또한 몸이 아파 잔치에 참석하지 못했다. 유응부가 일을 일으키려고 했으나 박팽년과 성삼문이 굳이 말리면서 말했다.

"지금 세자가 왕과 다른 곳에 있고, 공께서 별운검을 서지 못하게 되셨으니, 이는 하늘의 뜻입니다. 일을 일으켰다가 만약 세자가 듣고 경복궁에서 군사를 일으킨다면 일이 어떻게 돌아갈지 알 수가 없습니다. 뒷날을 기다려야 합니다."

그러자 유응부가 말했다.

"일을 할 때는 빠른 것이 생명이오. 자칫 미루다가는 비밀이 새어 나갈까 염려되오. 지금 세자가 잔치에 오지 않았지만, 왕의 측근들이 모두 경회루에 있소. 지금 이들을 모두 죽이고 상왕을 받들어 명

° **별운검**(別雲劍) 조선 시대에, 임금이 거둥할 때 칼을 차고 임금의 좌우에 서서 호위하던 임시 벼슬. 또는 그런 벼슬아치.

령을 내린다면, 이는 천재일우의 기회가 될 것이오."

박팽년과 성삼문이 유응부의 말이 옳지 않다고 굳게 주장해 일을 일으키지 않았다.

김질이 일이 이루어지지 못한 것을 알고는 장인 정창손에게 가서 말했다.

"오늘 세자가 잔치에 참석하지 않고, 별운검을 두지 않은 것은 하늘의 뜻입니다. 먼저 왕에게 알려 살기를 꾀해야 합니다."

이 말을 듣고 정창손이 사위 김질과 함께 세조에게 가서 그 일을 아뢰었다.

"신은 진실로 알지 못한 일이옵고, 제 사위 김질이 홀로 참여했던 것이옵니다. 제 사위의 죄는 만 번 죽어도 마땅하옵니다."

세조가 정창손과 김질을 용서하고 박팽년 등을 잡아들였다. 박팽년이 신문을 받고 자백하자, 세조가 박팽년의 재주를 아깝다고 여겨 몰래 꾀었다.

"그대가 나에게 마음을 주고 처음 계획했던 일을 숨긴다면 살 수 있을 것이오."

박팽년이 웃으며 대답하지 않았다.

박팽년은 문초를 받으면서 세조를 일컬을 때는 반드시 '나리[진사(進賜)]'라고 했다. 세조가 박팽년의 입을 막고 말했다.

"네가 전에 충청도 관찰사로 있으면서 나에게 신하라고 했는데, 이제 와서 신하라 하지 않는구나."

박팽년이 말했다.

"나는 상왕의 신하요. 그러니 어찌 나리의 신하가 될 수 있겠소? 일찍이 충청도 관찰사로 일 년 있을 동안 내가 보낸 문서에서 나를 신하라 칭하지 않았소."

세조가 박팽년이 올린 문서를 보니 과연 '신(臣)'이라는 글자가 하나도 없었다.

박팽년의 이우 박대년과 아들 박헌이 모두 죽음을 당했다. 또 아내는 관가의 종이 되었는데, 죽을 때까지 정절을 지켰다. 아들 박헌은 초시에 합격하여 생원이 되었는데, 마음이 바르고 곧았다.

박팽년이 형장에서 사람들에게 말했다.

"나를 나라를 어지럽힌 신하[난신(亂臣)]라고 하지 마시오."

김명중이라는 사람이 금부랑으로 있으면서 몰래 박팽년에게 말했다.

"공은 어찌하여 이런 화를 닥치게 하였습니까?"

박팽년이 탄식하고는 말했다.

"마음이 편안하지 않아 그렇게 할 수밖에 없었네."

박팽년은 성품이 차분했으며, 말이 많지 않았다. 또한 《소학》으로 몸을 다잡아 하루 종일 단정하게 앉아 옷매무새를 흐트리지 않아서 다른 사람들이 그를 공경했다. 문장은 깨끗했고, 글씨는 왕희지를 본받았다.

일찍이 세조가 영의정이 되어 의정부에서 잔치를 베풀었을 때, 박팽년이 이렇게 시를 지었다.

廟堂深處動哀絲	의정부 깊은 곳에 슬픈 음악 울리니
萬事如今摠不知	온갖 일 이제는 알지 못하겠네
柳綠東風吹細細	푸른 버들에 봄바람 가늘게 불고
花明春日正遲遲	꽃 밝은 봄날 정말 더디구나
先王大業抽金櫃	선왕의 대업은 금궤에서 뽑고
聖主鴻恩倒玉卮	임금님의 큰 은혜 옥 술잔에 넘친다
不樂何爲長不樂	즐기지 않는다고 어찌 늘 즐겁지 않으랴
賡歌醉飽太平時	취하고 배부르니 태평성대를 이어 노래하노라

세조가 이 시를 사랑하여 현판 위에 수를 놓아 의정부의 벽에 걸도록 했다.

성삼문

성삼문의 자는 근보로, 세종조에 급제하였다. 항상 경연°에서 임금을 모시며 아뢴 것이 넓고 많았다. 세종께서 만년에 고질병이 있어 여러 번 온천에 거동하셨다. 그때 세종께서는 늘 성삼문, 박팽년, 신숙주, 최항, 이개 등에게 간편하게 옷을 입고 수레 앞에서 물음에 대답하게 하시니 사람들이 영예로운 일이라고 했다.

• **경연(經筵)** 임금이 학문이나 기술을 강론·연마하고 더불어 신하들과 국정을 협의하던 일.

계유년(1453)에 세조가 김종서를 죽이고 집현전의 여러 학사들에게 정난공신을 내려 주었는데, 성삼문은 이것을 부끄럽게 여겼다. 여러 공신들이 번갈아 가며 잔치를 베풀었으나, 성삼문은 홀로 잔치를 열지 않았다.*

을해년(1455)에 단종이 숙부 수양 대군에게 왕위를 물려줄 때, 성삼문이 예방승지로 옥새를 안고 통곡했다. 세조가 단종 앞에 엎드려 짐짓 왕위를 사양하는 척하다가 머리를 들어 성삼문을 노려보았다.

이듬해 병자년(1456), 성삼문이 그의 아버지 성승, 박팽년 등과 상왕의 복위를 도모하여, 명나라 사신을 불러 잔치를 베푸는 날 일을 일으키기로 하였다. 집현전에 모여 의논할 때 성삼문이 말했다.

"신숙주는 비록 나와 친하지만 죄가 커 죽이지 않을 수 없소."

그러자 사람들이 모두 옳다고 하였다. 무사로 하여금 각각 죽일 사람을 맡게 하였는데, 형조 정랑 윤영손이 신숙주를 맡았다. 마침 그날 별운검을 두지 못하게 해 거사가 중지되었는데, 윤영손은 이를 알지 못했다. 신숙주가 쉬는 방에 가서 머리를 감을 때, 윤영손이 칼을 어루만지며 앞으로 나아가니, 성삼문이 눈짓을 해 중지시켰다.

일이 발각되어 잡혔을 때, 세조가 친히 성삼문을 신문하면서 꾸짖었다.

"너희들은 어찌하여 나를 배반했느냐?"

성삼문이 소리쳤다.

• **계유년에 ~ 않았다** 정난공신은 단종 1년(1453)에 안평 대군, 김종서, 황보인 등을 제거한 공로로 수양 대군, 정인지, 한명회 등 43인에게 내린 칭호이다. 성삼문은 정난공신 3등에 책록되었다.

"상왕을 복위하려고 했을 뿐이오. 세상에 자기 임금을 사랑하지 않는 신하가 있소? 내 마음은 나라 사람들이 모두 알 것이오. 그런데 어찌하여 배반하였다고 하시오? 나리께서 늘 주공을 끌어 말했는데, 주공*께서도 이러하셨소? 내가 그렇게 한 것은, 하늘에는 두 해가 없고 신하에겐 두 임금이 없기 때문이오."

세조가 발을 구르며 말했다.

"상왕이 나에게 왕위를 물려줄 때 막지 않고 나에게 의지하다가 이제 와서 나를 배반하느냐?"

"그때는 형세가 여의치 않았을 뿐이오. 내 진실로 나아가 중지시킬 수 없음을 알고, 물러나 죽으려고 했소. 그러나 헛되이 죽는 것은 아무런 이익이 없어 참고서 오늘에 이른 것은 뒷날을 도모하기 위해서였소."

"너는 내 녹을 먹지 않았느냐? 녹을 먹고도 배반하다니, 너는 이랬다저랬다 하는 사람이구나. 이름으로는 상왕을 복위한다고 하면서 실제로는 자기를 위한 것이 아닌가?"

"상왕께서 계시는데 나리가 어찌 나를 신하라고 하시오? 그리고 나리가 준 녹은 먹지 않았소. 믿지 못하겠거든 우리 집 재산을 헤아려 보시오."

세조가 화가 나 무사로 하여금 쇠를 달구어 다리를 뚫고 팔을 자

---

* **주공**(周公) 이름은 단(旦). 주나라 문왕의 아들이며 무왕의 동생. 무왕이 죽은 뒤 나이 어린 조카 성왕이 제위에 오르자 섭정이 되어 주나라 왕실을 안정시키고, 성왕이 자라자 조카 성왕에게 왕권을 돌려주었다.

르도록 했다. 하지만 성삼문은 얼굴빛을 조금도 바꾸지 않고는 천천히 말했다.

"나리의 형벌이 참혹하십니다그려."

그때 신숙주가 세조 앞에 있었는데, 성삼문이 신숙주를 꾸짖어 말했다.

"내가 너와 집현전에 있을 때, 세종께서 날마다 왕손(단종)을 안으시고 거니시다가, '과인이 죽거든 경들은 이 아이를 잘 보호하라.'라고 우리에게 말씀하시지 않았느냐? 아직도 그 말씀이 귀에 또렷하거늘, 너는 홀로 그 말씀을 잊었단 말이냐? 네가 이렇게 악독한 줄은 내 미처 몰랐구나."

제학 벼슬을 한 강희안이 이 일에 연관되어 고신을 받았지만 자백하지 않았다. 세조가 성삼문에게 물었다.

"강희안도 너희와 함께했느냐?"

성삼문이 말했다.

"강희안은 진실로 알지 못했소. 나리가 이름난 선비를 모두 죽이는데, 마땅히 이 사람은 남겨 두고 써야 할 것이오."

강희안은 이로 해서 죄에서 벗어날 수 있었다.

성삼문이 수레에 실려 문을 나서는데 얼굴빛이 보통 때처럼 침착하였다. 성삼문이 좌우를 돌아보고는 말했다.

"너희들은 어진 임금을 도와 태평성대를 이루어라. 나는 돌아가 지하에서 옛 임금님을 뵙겠다."

그러고는 형을 맡은 관리 김명중에게 웃으며 말했다.

"어찌 일이 이렇게 되었단 말인가?"

성삼문이 죽고 나서 집 재산을 몰수해 보니, 세조가 왕위에 오른 을해년 이후 봉록은 따로 한곳에 쌓아 두고는, '아무 달 봉록'이라고 씌어 있었다. 집에 재산이라고는 아무것도 없고 방 안에 오직 거적자리만 있을 뿐이었다.

아들이 다섯 있었는데 맏이는 성원이다. 성삼문의 아내는 관가의 종이 되어 평생 절개를 지켰다.

수양 대군이 막 단종에게 왕위를 물려받을 때, 성삼문의 아버지 성승이 도총관으로 당번이 되어 근무하고 있었다. 단종이 수양 대군에게 왕위를 물려준다는 소식을 듣고는, 성승이 종을 성삼문이 있는 승정원에 여러 번 보내 물었지만, 성삼문이 대답하지 않았다. 한참 뒤에 성삼문이 일어나 변소에 가서는 하늘을 우러러 크게 한숨을 쉬며 말했다.

"일이 끝났구나!"

종이 돌아와 성승에게 아뢰니, 성승 또한 크게 한숨을 쉬고는 말을 재촉해 집으로 돌아왔다. 종이 가만히 주인의 얼굴을 보니, 눈물이 샘물처럼 솟아 나오고 있었다. 성승이 병이 났다 하고는 방에 들어가 일어나지 않아 사람들이 얼굴을 볼 수 없었다. 오직 아들 성삼문이 오면 좌우를 물리치고 말을 하였다.

성삼문은 사람됨이 익살스럽고 자유분방해 농담을 좋아했다. 생활하는 데 절도가 없어 밖으로는 마치 거리낌이 없는 듯했지만 마음속으로는 뜻이 굳고 단단해 빼앗을 수가 없었다. 성삼문은 이런 시를 지었다.

食君之食衣君衣　임금님이 내린 밥 먹고 옷 입으니
素志平生莫願違　보통 때 뜻 평생토록 어김없기를 바라네
一死固知忠義在　한 번 죽어 충성과 의로움이 있음을 알지니
顯陵松柏夢依依　현릉˙의 소나무와 잣나무가 꿈속에 아른거리네

이개

이개는 자가 청보로, 목은 이색의 증손이며 이종선의 손자이다. 나면서부터 문장에 능했고, 조부의 풍모를 가지고 있었다.

병자년(1456)의 일에 참여했다가 발각되어 신문을 받았다. 바야흐로 박팽년과 성삼문이 묶여 대궐 뜰에서 달구어진 쇠로 형벌을 받자 이개가 천천히 말했다.

"이따위가 무슨 형벌이란 말이냐?"

이개는 몸이 마르고 약했지만, 엄한 형벌에도 얼굴빛을 조금도 바꾸지 않으니 사람들이 모두 훌륭하게 여겼다. 성삼문과 같은 날 죽었는데, 수레에 실려 가면서 다음과 같은 시를 지었다.

˙ **현릉** 단종의 아버지인 문종과 어머니 현덕 왕후의 능.

禹鼎重時生亦大　우임금의 솥이 무거울 때* 삶 또한 컸으나
鴻毛輕處死猶榮　솥이 가벼운 곳에선 죽음이 영광스럽네
明發不寐出門去　날이 새도록 잠 못 이루다 문을 나서니
顯陵松柏夢中靑　현릉의 소나무와 잣나무가 꿈속에서 푸르다

하위지

하위지는 자가 천장으로, 세종조에 급제하였다. 사람됨이 조용하고 말이 없었다. 공손하고 예의가 있어, 대궐을 지날 때는 반드시 말에서 내렸다. 빗물이 길바닥에 고여 있어도 피해 가지 않았다. 일찍이 집현전에 있을 때, 경연에서 임금을 모시고 아뢰어 바로잡은 일이 많았다.

어린 단종이 왕위에 올랐지만, 여덟 대군이 강성해 사람들이 위태롭게 여기고 의심하였다. 일찍이 박팽년이 하위지에게 도롱이를 빌리니, 하위지가 박팽년에게 시를 써 주었다.

男兒得失古猶今　남아의 얻고 잃음은 예나 이제나 같으니
頭上分明白日臨　머리 위에 밝은 해가 떠 있네
持贈蓑衣應有意　도롱이 드림은 뜻이 있으니

* **우임금의 솥이 무거울 때** 나라가 안정되었을 때를 말한다.

五湖煙雨好相尋　오호의 안개비 속에 서로 즐겨 찾으리라[*]

이는 때를 슬퍼한 것이었다.

수양 대군이 김종서를 죽이고 영의정이 되자, 관복을 모두 팔아 버리고는 벼슬을 버리고 경북 선산에 가서 살았다. 수양 대군이 단종에게 아뢰어 하위지에게 좌사간의 벼슬을 주어 불렀으나, 하위지는 글을 올려 사양하고는 나아가지 않았다.

을해년(1455)에 수양 대군이 왕이 되었다. 세조가 하위지에게 글을 내려 간곡하게 부르자, 하위지가 나아가 예조 참판이 되었다. 하위지는 녹을 먹는 것을 부끄럽게 여겨 을해년부터 받은 녹을 한곳에 쌓아 두고는 먹지 않았다.

병자년(1456)의 일을 당해 성삼문 등에게 달구어진 쇠로 형벌을 가하고, 하위지의 차례가 되자 말했다.

"이미 나에게 반역의 이름을 더하였으니, 그 죄는 죽음뿐입니다. 그런데 다시 무엇을 물으려고 하십니까?"

세조가 노여움이 풀려, 달구어진 쇠로 가하는 형벌을 행하지 않았다. 하위지는 성삼문 등과 같은 날 죽었다.

세종께서 기르신 인재는 문종 때에 이르러 가장 빛났다. 당시에 인물을 이야기할 때 하위지를 으뜸이라고 하였다.

---

* **오호의 ~ 찾으리라** 세상을 피해 숨어 지낸다는 뜻이다.

유성원

유성원은 자가 태초로, 세종조에 급제하였다.

계유년(1453)에 여러 사람들이 수양 대군의 공을 주공에 빗대며 상 주기를 청하고는 집현전에 명하여 글을 지어 바치도록 하였다. 학사들이 모두 도망치고 유성원이 홀로 남아 있다가 위협을 받고 글을 지었다. 유성원이 집에 돌아와 통곡하였으나 사람들은 그 까닭을 알지 못했다.

단종이 상왕이 되었을 때, 유성원은 성균관 사예 벼슬을 받았다. 병자년(1456)의 일에 참여하였다가 발각되어 성삼문이 잡혀갈 때, 유성원은 마침 성균관에 있었다. 사람들이 성삼문이 잡혀간 일을 이야기하자, 유성원은 가마를 타고 집으로 돌아왔다.

유성원이 아내와 함께 이별의 술을 마시고는 사당에 올라가 오래도록 내려오지 않았다. 사람들이 가서 보니, 관디를 벗지 않고 칼로 목을 찔러 죽어 있었다. 구하려고 했지만 소용이 없었다. 사람들이 그 까닭을 알지 못했는데, 조금 후에 관리가 와서는 시신을 가져가 찢어 버렸다.

유응부

유응부는 무인으로 빼어나게 용맹하고 활을 잘 쏘았다. 세종과 문종께서 아주 사랑해 벼슬이 이품에 이르렀다.

병자년(1456)에 일이 발각되어 잡혀서 대궐 뜰에 이르자, 세조가
물었다.

"너는 무엇을 하려고 했느냐?"

유응부가 대답했다.

"잔칫날 칼로 당신을 베고 상왕을 복위하려 했소. 그런데 불행하
게도 간사한 자가 고발하였으니, 내가 어쩌겠소. 나를 죽이시오."

세조가 노하여 꾸짖었다.

"너는 상왕의 이름을 빌려 사직을 빼앗고자 한 것이다."

세조가 유응부의 살갗을 벗기게 하며 사건의 진상을 물었으나 유
응부는 자백하지 않았다.

유응부가 성삼문 등을 돌아보고는 말했다.

"사람들이 선비들과 일을 꾀하지 말라고 하더니, 과연 그렇구나.
지난번 잔치를 베풀 때 내가 칼을 쓰자 했는데, 그대들이 좋은 계책
이 아니라고 하더니 결국 일이 이 지경에 이르고 말았구나. 그대들
은 사람이면서도 꾀가 없으니 어찌 짐승과 다르겠는가?"

그러고는 세조에게 말했다.

"만약 나머지 일을 더 알고 싶다면 저 더벅머리 선비들에게나 물
으시오."

곧 입을 닫고 한마디도 하지 않았다. 세조가 더욱 화가 나 쇠를 달
구어 배 아래에 두게 하였다. 기름과 불이 함께 지글거렸으나 유응
부의 얼굴빛은 조금도 변하지 않았다. 쇠가 식자 유응부가 쇠를 땅

바닥에 던지며 말했다.

"쇠가 식었으니 다시 달구어 오너라."

이렇게 끝내 자백하지 않고 죽었다.

유응부는 효성이 지극해 어머니의 마음을 위로하는 일이라면 하지 않는 것이 없었다. 아우 유응신과 함께 활을 잘 쏘아 이름을 드날렸는데, 짐승을 쏘아 맞히지 못한 적이 없었다. 또 집이 가난하여 한 항아리의 곡식도 쌓이지 않았지만, 어머니를 보살핌에 넉넉지 않은 것이 없었다.

일찍이 어머니가 포천의 논밭으로 갔다. 유응부 형제가 어머니를 따라가다 말 위에서 몸을 날려 화살을 쏘니, 활시위 소리와 함께 기러기가 떨어졌다. 이에 유응부의 어머니가 매우 기뻐하였다.

키가 보통 사람보다 크고 얼굴이 엄하고도 장했으며, 깨끗하기가 중국 오릉의 중자와 같았다. 재상이 되어서도 거적자리로 방문을 가리고, 음식을 차리는 데 고기를 찾아볼 수 없을 정도였다. 때때로 양식이 떨어져, 아내와 자식들이 그를 원망했다.

죽는 날 울면서 길 가는 사람들에게 말했다.

"살아서는 도움을 입지 못하고, 죽어서는 큰 재앙을 입는구나!"

처음 일을 계획할 때, 여러 사람 속에서 주먹을 쥐고는 말했다.

"권람과 한명회를 죽이는 데 이 주먹이면 충분하니, 어찌 칼까지 쓰겠는가?"

일찍이 함길도 절제사로 있으면서 이런 시를 지었다.

將軍持節鎮夷邊　장군이 부절을 잡고 오랑캐를 누르니
紫塞無塵士卒眠　변방엔 먼지 없고 병졸은 잠자누나
駿馬五千嘶柳下　준마 오천 필이 버드나무 아래서 울고
良鷹三百坐樓前　좋은 매 삼백 마리가 누각 앞에 앉았구나

이로써 유응부의 기개를 볼 수 있다. 유응부는 아들이 없고 두 딸이 있었다.

태사씨*는 말한다.

누군들 신하가 되지 못하겠는가? 지극하구나, 이 여섯 사람의 신하 됨이여! 누군들 죽지 못하겠는가? 크구나, 이 여섯 사람의 죽음이여! 살아서는 임금을 사랑하여 신하 된 도리를 다하였고, 죽어서는 임금께 충성하여 신하 된 절개를 세웠도다. 그들의 충성스러운 마음은 하늘의 해를 뚫었고, 의로운 기개는 가을 서리를 뛰어넘었구나. 세상의 신하 된 사람들로 하여금 한마음으로 임금을 섬기는 의리를 알게 하였다. 절개를 귀하게 여기고 목숨을 보잘것없는 것으로 하여 인(仁)을 이루고 의(義)를 얻었다. 군자는 "은나라의 세 사람*과 우리나라의 여섯 신하가 비록 행적은 다르지만 도리는 하나이다."라고

● **태사씨** 《사기》를 쓴 사마천이 스스로 태사공이라 한 데서 유래해, 글쓴이가 자신을 이르는 말이다.
● **세 사람** 은나라 말기의 충신인 미자, 비간, 기자를 가리킨다.

말한다.

뛰어나도다, 혜장 대왕*이여! 영의정으로 있을 때의 공은 주공과 나란하고, 왕위에 오르시어 베푼 덕은 요순과 가지런하구나. 우뚝하고 넓은 덕은 이름 할 수 없으니, 여섯 신하가 따르지 않은 것이 무슨 허물이 되겠는가! 백이가 서산에서 고사리를 캐어 먹고 주나라를 섬기지 않았지만, 주나라 무왕의 덕은 떨어지지 않았다. 엄광이 동강에서 낚시질을 하면서 여생을 보냈지만, 후한 광무제의 공은 깎이지 않았다.*

아아! 여섯 신하의 붉은 마음을 쇠와 돌에 기록하고 백두로 강호에서 몸을 보전하게 하였다면, 상왕의 수명은 늘어났을 것이고 세조의 정치는 더욱 훌륭했을 것이다. 그러나 불행하게도 마음이 격동하여 온 들판을 태우고 말았다.

슬프다! 이에 경건히 죽은 여섯 사람을 조문하는 글을 짓는다.

厲氣初濟	사나운 기운 비로소 그치자
衆竅爲塞	모든 구멍 막히게 되었네
霜雪皎皎	서리와 눈이 하얗게 내렸을 때
松獨也碧	소나무만 홀로 푸르다
有臣之首	신하들의 머리카락이

● **혜장 대왕** 세조의 시호.
● **엄광이 ~ 않았다** 엄광은 어릴 때 친구인 유수가 후한을 일으키고 황제가 되어 그를 불렀지만 부름을 거절하고 부춘산 칠리탄에 가서 낚시질하며 숨어 살았다.

愛君而白	임금을 사랑하여 희어졌다
有頭可截	사람의 목은 벨 수 있다지만
節不可屈	절개를 굽히게 할 수 없는 법
他人之粟	다른 사람이 주는 곡식
寧死不食	죽더라도 먹지 않았으니
孤竹淸風	백이숙제의 맑은 바람이요
柴桑明月	도연명의 밝은 달이라네
土中有鬼	땅속에 계신 넋들은
冤血一掬	원통한 피가 한 움큼 맺혔으리라

출전_ 추강집

원제_ 육신전 六臣傳

◼ ― 1453년, 수양 대군은 계유정난을 통해 영의정 황보인, 좌의정 김종서 등을 죽이고 권력을 장악했다. 2년 뒤, 왕위에 오른 지 3년 만에 단종은 숙부인 수양 대군에게 왕위를 물려주었다. 형식적으로는 양위였지만 수양 대군의 세력에 눌려 왕위를 빼앗긴 것이나 마찬가지였다.

1456년, 집현전 학사 출신인 성삼문과 박팽년을 중심으로 단종 복위 사건이 일어난다. 세조가 명나라 사신을 맞아 연회를 베푸는 자리에 운검(雲劒)으로 성삼문의 아버지 성승과 유응부가 임명되었다. 그 자리에서 세조와 그 무리들을 죽인 후에 상왕을 다시 옹립하려고 했다. 그러나 운검을 없애고 세자가 참석하지 않는 바람에 거사는 연기되고 만다. 그 과정에서 김질이 거사 사실을 세조에게 고해바치면서 거사는 실패하고 만다. 이 사건은 단종에게 악재로 작용했다. 단종은 상왕에서 노산군으로 떨어지고 결국에는 서인으로 떨어지면서 숙부 세조에게 죽음을 당한다. (단종은 숙종 때 복위된다.)

박팽년, 성삼문, 이개, 하위지, 유성원, 유응부 등 이른바 사육신(死六臣)으로 일컬어지는 그들이 역사에 남은 것은 생육신(生六臣)의 한 사람인 남효온의 이 〈육신전〉이 있었기 때문이다. 남효온은 스물다섯 살의 나이로 성종에게 소를 올려 문종의 비이자 단종의 어머니인 현덕 왕후의 능인 소릉(昭陵)을 복위할 것을 주장했다. 이 일로 남효온은 훈구파들로부터 미움을 받게 되었고, 세상 사람들로부터 미친 선비로 지목되었다. 그의 문인들이 그가 화를 당할까 염려해 말렸지만 남효온은 충성스러운 신하의 이름을 사라지게 할 수 없다 하며 이 〈육신전〉을 적었다. 결국 남효온은 죽고 나서 화를 입었는데, 1504년 갑자 사화 때 소릉 복위를 상소한 것으로 부관참시(剖棺斬屍)를 당하였다.

단종과 수양 대군의 이야기는 야사 속에 많이 등장하는데, 이광수가 〈단종 애사〉(1929)라는 장편 소설을 통해 단종의 슬픈 생애를 그린 반면, 김동인은 〈대수양〉(1941)이라는 장편 소설을 통해 수양 대군의 위대성을 부각하기도 했다.

신이라 불린 이순신

유성룡

이순신은 자가 여해(汝諧)이고 본관은 덕수이다. 그의 조상 중에 이 변은 벼슬이 판중추부사에 이르렀고 곧은 명성이 있었다. 증조할아버지는 이거로 성종 임금을 섬겼다. 연산군이 세자였을 때, 이거는 시강관으로 세자에게 경서를 가르쳤는데 엄하여 세자가 꺼려했다. 일찍이 사헌부의 장령으로 있을 때, 관리들의 잘못을 꾸짖고 나무라니 모든 사람들이 그를 꺼리며 '호랑이 장령'이라고 불렀다. 할아버지는 이백록인데 아버지의 덕으로 벼슬하였다. 아버지는 이정으로 벼슬하지 않았다.

이순신은 어려서부터 용감하고 뛰어나며 얽매인 데가 없었다. 나무를 다듬어 활과 화살을 만들어 아이들과 놀았다. 마을에서 그의 뜻에 맞지 않은 사람을 만나면 눈을 쏘아 맞히려고 했다. 그래서 어른들도 이순신을 두려워하여 그의 문 앞을 지나가지 못하였다. 자라서는 활을 잘 쏘아 무과에 급제하여 세상에 드러났다. 이순신의 집안은 대대로 유학을 공부하였는데, 이순신에 이르러 무과에 합격하여 훈련원 봉사가 되었다.

그때 병조 판서 김귀영에게 서녀가 있었는데 이순신에게 첩으로 삼도록 하였다. 이순신이 받아들이지 않자 사람들이 의아해하니 이순신이, "내가 갓 벼슬에 나아갔는데 어찌 감히 권세 있는 집안에 기대 승진을 꾀하겠는가?"라고 하였다.

또 병조 정랑 서익이 훈련원에 아는 사람이 있어 차례를 뛰어넘어 벼슬을 높여 주고자 하였다. 이순신이 훈련원의 일을 보면서 이를 받아들이지 않았다. 그러자 서익이 이순신을 불러들여 뜰에 세워 두고 트집을 잡아 꾸짖었다. 그러나 이순신은 말과 낯빛을 바꾸지 않고 곧은 말을 하며 흔들리지 않았다. 서익이 크게 노하여 이순신을 다잡으려 하였으나 이순신은 조용히 대꾸하며 끝내 기를 꺾지 않았다. 서익이 원래 고집이 세고 오만하여 동료들도 그를 싫어해 더불어 말을 나누려고 하지 않았다. 이날 병조의 서리들이 뜰 아래 있었는데, 모두가 서로 돌아보며, "이 사람이 감히 병조 정랑에게 대들다니……. 앞으로 벼슬살이를 어떻게 하려고 그러는지 모르겠군." 하였다. 날이 저물자 서익이 창피하여 기세를 꺾고 이순신을 돌려보냈다. 이에 사람들이 이순신의 사람됨을 알게 되었다.

이순신이 옥에 갇혔을 때, 일이 어떻게 될지 알 수 없었다. 옥리가 몰래 이순신의 조카 이분에게, "뇌물을 주면 죄를 면할 수 있습니다."라고 했다. 이순신이 이 소리를 듣고는 화를 내며 조카에게, "죽을 일이라면 죽는 것이지 어찌 옳은 도리를 어기며 살기를 바란단 말이냐?" 했다. 그의 지조가 이와 같았다.

이순신의 사람됨이 말과 웃음이 적고 용모가 단아해서 마치 학문을 하는 선비와 같았다. 그러나 마음속에는 용감한 기운을 가지고 몸을 잊고 나라를 위해 죽으리라 하며 늘 마음을 닦았다. 형으로 이희신과 이요신이 있었지만 모두 이순신보다 먼저 죽었다. 이순신은 조카들을 자기 자식처럼 보살폈다. 이순신이 장가를 보내면서 죽은 형의 아이들을 먼저 보내고 자기 자식은 뒤에 보냈다.

이순신은 재주가 있었으나 운수가 없어 백에 하나도 펴 보지 못하고 죽었으니 참으로 애석한 일이다.

이순신이 삼도수군통제사가 되어 밤낮으로 경계를 철저히 하여 갑옷을 벗은 적이 없었다. 견내량에서 적과 대치하고 있을 때이다. 모든 배가 닻을 내리고 있었는데, 그날 밤 달빛이 아주 밝았다. 이순신이 갑옷을 입고 북을 베고 누웠다가 문득 일어나 앉아 소주를 가져오라 하여 한 잔을 마셨다. 그러고는 모든 장수들을 불러들여 말했다.

"오늘 밤 참으로 달빛이 밝구나. 적이 간사한 꾀를 부려 달빛이 없으면 우리를 침범했다. 오늘은 달빛이 밝으니 적이 반드시 쳐들어올 것이다. 경계를 철저히 하라."

드디어 나팔을 불게 하여 모든 배의 닻을 올리고 척후선에 명령을 전했다. 척후선의 군사들이 깊이 잠들었다가 일어나 적을 대비했다. 한참 후에 척후선이 와서 적이 왔다고 보고했다. 달은 서쪽 산에 걸렸는데, 산 그림자가 바다에 비쳐 바다의 반이 옅게 그림자가 졌다. 무수히 많은 적의 배가 어둠을 틈타 오고 있었다. 적의 배들이 가까이 오자 가운데 있던 우리 군사들이 대포를 쏘며 소리를 질렀다. 이에 모든 배들이 호응하였다. 적이 우리가 준비하고 있다는 것을 알고 일시에 조총을 쏘니 그 소리가 바다를 흔들고, 날아온 총알이 바다에 떨어지는데 마치 비가 쏟아지는 듯하였다. 적이 마침내 우리 군사를 해치지 못하고 도망하였다. 여러 장수들은 이순신을 '신'이라고 하였다.

출전_ 징비록

▣ — 이순신은 늦은 나이인 서른두 살에 식년 무과에서 병과로 합격한다. 동구비보 권관, 사복시 주부 등을 거쳐 1589년 정읍 현감이 되고, 마흔일곱 살인 1591년 2월 전라좌도수군절도사가 된다. 이때 이순신을 가장 강하게 추천한 사람이 유성룡이었다. 그러나 당시 사간원에서는 이순신의 임명을 강하게 반대했다. 사간원에서 이렇게 아뢰었다.

> 전라좌수사 이순신은 현감으로서 아직 군수에 부임하지도 않았는데 좌수사에 초수(超授)하시니 그것이 인재가 모자란 탓이긴 하지만 관작의 남용이 이보다 심할 수 없습니다. 체차시키소서.
> – 《조선왕조실록》 선조 24년 2월 16일

이틀 뒤에도 역시 사간원은 이순신의 수사 승임에 대해 폐해를 지적하며 체차(관리가 부적당하여 다른 사람으로 바꾸는 일)를 청한다. 전라좌수사에 임명된 이순신은 1592년 임진왜란의 발발과 함께 조선에 승리를 가장 먼저 안겨 주었고, 최초로 삼도수군통제사에 오른다. 그러나 이순신의 관직 생활은 순탄하지 못했다. 알려진 대로 두 번이나 백의종군을 했으며, 두 번째 백의종군 때에는 어머니의 상을 당하기도 했다.

이순신과 같이 자란 유성룡이 쓴 짧은 이 글에는 이순신의 사람됨이 몇 가지 일화를 통해 잘 나타나 있다. 권력에 아부하지 않는 강직함과 곧고 바른 공무 처리, 형의 자식에 대한 보살핌 등을 통해 이순신의 인간적인 면모를 엿볼 수 있게 한다. 또한 임진왜란 때 옥포대첩을 시작으로 연전연승의 신화를 이룬 이순신의 무인으로서의 모습이 잘 그려져 있다.

망태기 거지

김려

삭낭자는 홍씨인데 전주에 살던 거지다. 짚을 엮어 망태기를 만들어, 다닐 때는 메고 밤에는 그 안에 들어가 잤다. 스스로 이름을 삭낭자(망태기)라 하였는데, 다른 사람들도 그를 삭낭자라고 불렀다.

삭낭자는 키가 일곱 자로 수염이 아름답고 얼굴이 얼음과 옥과 같이 맑고 깨끗했다. 사람들이 그에게 나이를 물으면, "스무 살이오." 하였다. 그다음 해에 물어도 역시 스무 살이라고 대답했다. 십 년이 지나 물어도 마찬가지였다. 십 년이 지나도 그의 얼굴은 조금도 늙지 않았다.

삭낭자는 늘 해진 베옷 한 벌을 입고 커다란 나막신 한 켤레를 신고 다녔다. 서울 안에 돌아다니며 쌀을 구걸했는데, 그러다가 많이 얻으면 다른 거지들에게 나누어 주었다. 평생토록 다른 사람과 더불어 이야기하는 것을 좋아하지 않았고, 다른 사람의 집에서 자지도 않았다.

삭낭자는 먹는 양이 대단해서 여덟 말로 밥을 해서 먹어도 양이 차지 않았고, 두어 동이 술을 마셔도 취하지 않았다. 늘 달포나 밥을 먹지 않았는데도 허기지지 않았다.

삭낭자는 바둑을 아주 잘 두었지만 다른 사람과 승부를 겨루는 것을 좋아하지 않았다. 서울에 사는 양반들이 그를 불러 바둑을 두게 하였다. 그는 바둑을 잘 두는 사람과 겨루어도 딱 한 집을 이기고, 바둑을 못 두는 사람과 겨루어도 또한 한 집을 이겼다. 그래서 당시 사람들이 바둑에서 한 집을 이기는 것을 '삭낭자 바둑'이라고 하였다.

삭낭자는 추위를 타지 않았다. 눈보라가 치고 얼음이 얼어 새가 모두 얼어 죽는 한겨울에도 발가벗고 서 있었다. 때로는 시내 바위 사이에 누워 사흘이나 닷새나 잤다. 그러다가 일어나면 땀이 발꿈치까지 흘러내렸다.

사람들이 삭낭자에게 옷을 주어도 그는 받지 않았다. 억지로 주면 옷을 입고 저자에 가서 다른 거지에게 벗어 주었다.

충익공 원두표가 전주 부윤*이 되었을 때, 삭낭자를 불러 두텁게 대우했다. 먹을 것을 주니 삭낭자가 먹었다. 원두표가 더불어 이야기를 나누고자 하였지만 삭낭자는 한마디도 말하지 않았다.

얼마 되지 않아 삭낭자가 간 곳을 알 수 없었다. 그 후 수십 년이 지나 어떤 사람이 관서 지방을 가던 길에 삭낭자를 만났는데, 옛날 모습과 다름이 없었다.

---

* **부윤(府尹)** 조선 시대의 지방 관아인 부(府)의 우두머리. 종이품 문관의 외관직으로 영흥부, 평양부, 의주부, 전주부, 경주부의 다섯 곳에 두었다.

내가 백성들 사이에 떠도는 이야기를 적은 글을 보다 삭낭자의 이야기를 보고는 깜짝 놀랐다. 저 삭낭자는 진실로 속이 있는 사람인데, 다른 사람들이 알아보지 못했다. 도를 지닌 사람이라면 어찌 그렇게 하였겠는가?

어떤 사람은 삭낭자가 높은 가문의 아들로 문장을 잘했는데 집안이 불행을 만나 세상을 피해 숨은 것이라고 한다. 그 말이 가장 그럴듯하다.

출전_ 담정유고

원제_ 삭낭자전 素囊子傳

■ — 이 글은 망태기 거지의 전기다. 이 글이 실린 김려의 문집 《담정유고》 〈단랑패사〉에는 모두 여덟 편의 전(傳)이 실려 있는데, 모두 평범함에도 미치지 못하는 인물들이 등장한다. 김려는 서자로서 과학자인 이안민, 포수인 이사룡, 의원인 안황중, 장사꾼인 가수재, 아전의 아들로 이인(異人)의 삶을 살다 간 장생, 그리고 궁인 한씨 등을 입전해 조선 후기 사회의 변모를 보여 준다. 이들은 '기이한 재주를 지닌 사람이었지만 재주를 가지고도 몰락하여 답답한 마음으로 살다 죽은 사람'(《이안민전》)이거나 '평범하면서도 의리를 소중하게 여기는 사람'(《한숙원전》) 또는 '기이한 재주와 탁월한 뜻을 지니고 숨어 사는 군자'(《가수재전》)이다.

이 망태기 거지의 전기도 위에서 말한 인물들과 별반 다르지 않다. 특히 망태기 거지 이야기는 거지이면서 이인의 면모를 보여 준다는 점에서 〈장생전〉과 비슷하다. 김려는 〈장생전〉에서 "기이한 재주를 간직했으나 인륜의 변고를 만났으므로 일부러 스스로 괴롭게 속세를 떠나서 자신의 슬픈 걱정과 억울한 원한을 풀어냈다."라고 논평했다.

망태기 거지의 모습은 극단적인 기행(奇行)을 보여 준다. 망태기를 집으로 삼아 살고, 여덟 말로 밥을 해서 먹어도 양이 차지 않고, 달포나 밥을 먹지 않았는데도 허기지지 않는다. 또한 추운 한겨울에도 발가벗고 지내고, 남이 옷을 주어도 받지 않는다. 이러한 기행은 재주 있는 사람이 불우하게 살아가는 부조리한 현실 세계에 대한 저항의 몸짓으로도 해석할 수 있다.

1 〈내 차라리 계림의 개나 돼지가 될지언정〉에서 박제상의 충절이 가장 잘 드러난 구절을 말해 보자.

2 〈죽고 사는 것이 이미 정해졌으니〉에서 '바보 온달'이라 불린 이유를 말해 보자.

3 〈죽고 사는 것이 이미 정해졌으니〉에서 온달의 관이 움직이지 않은 것이 상징하는 의미를 말해 보자.

4 〈내 차라리 계림의 개나 돼지가 될지언정〉과 〈죽고 사는 것이 이미 정해졌으니〉에 나타나는 미적 범주를 말하고, 그것을 가장 잘 보여 주는 부분을 찾아보자.

> 비장미 자연을 인식하는 '나'의 실현 의지가 현실적 여건 때문에 좌절될 때 나타난다.
> 숭고미 자연을 인식하는 '나'가 자연의 조화를 현실에서 추구하고 실현하고자 하는 태도를 보임으로써 나타난다.
> 우아미 자연을 바라보는 '나'가 자연의 조화라는 가치에 순응하는 태도를 보임으로써 나타난다.
> 골계미 자연의 질서나 이치를 의의 있는 것으로 존중하지 않고 추락시킴으로써 나타난다.

5 다음 시와 함께 〈깨어진 거울을 던지니〉를 읽고, 이 이야기에 나타나는 신라 사람들의 삶의 모습을 말해 보자.

> 교하에 서리 내려 기러기 남쪽으로 날아가는데
> 구월 금성에 포위가 풀리지 않았다네.
> 아내는 군인 간 남편이 죽은 줄도 모르고
> 깊은 밤 남편 겨울옷 다듬질하네.
>
> —권필, 〈정부원(征婦怨)〉

6 〈깨어진 거울을 던지니〉에서 설씨 여자와 가실이 나누어 가진 '거울'의 상징적 의미에 대해 말해 보자.

7 〈깨어진 거울을 던지니〉에서 찾아볼 수 있는 신라의 사회상에 대해 말해 보자.

8 〈여섯 신하의 절개〉에 나오는 사육신의 모습 중에서 각자의 개성이 두드러지는 부분을 찾아 말해 보자.

9 〈여섯 신하의 절개〉에서 여섯 신하의 죽음이 전하는 교훈을 간단히 말해 보자.

10 〈신이라 불린 이순신〉에 나오는 다음 일화를 통해 드러난 이순신의 사람됨을 말해 보자.

일화	이순신의 사람됨
어려서부터 ~ 못하였다.	어려서부터 용감하고 뛰어나 어른들도 이순신을 함부로 하지 못하였다.
김귀영	
서익	
옥에 갇힘	
형의 아들을 먼저 장가보냄.	조카들을 친자식처럼 보살피는 인정이 있었다.
삼도수군통제사 시절	

11 〈신이라 불린 이순신〉에서 이순신의 신적인 지략을 엿볼 수 있는 부분을 찾고, 그 이유를 말해 보자.

12 〈망태기 거지〉에서 삭낭자의 이인(異人)으로서의 모습이 드러난 부분을 찾아보자.

13 〈망태기 거지〉에 나오는 삭낭자를 혹자는 다음과 같이 논평하였다. 〈여섯 신하의 절개〉의 여섯 신하와 공통점과 차이점을 생각해 보자.

> 기이한 재주를 간직했으나 인륜의 변고를 만났으므로 일부러 스스로 괴롭게 속세를 떠나서 자신의 슬픈 걱정과 억울한 원한을 풀어냈다.
>
> – 김려, 〈장생전〉

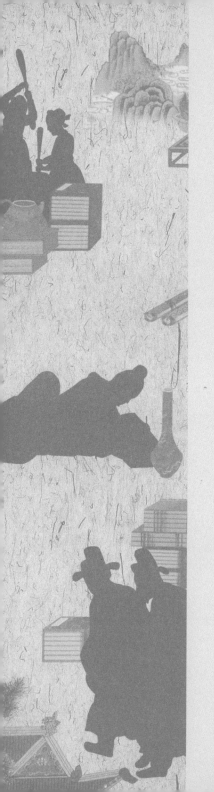

4장

—

옛 노래,
이야기로 읽다

거북아 거북아

머리를 내어라

일연

세상이 처음으로 생긴 후, 이곳에는 아직 나라 이름이나 왕과 신하를 부르는 말이 없었다. 이때 '아도간, 여도간, 피도간, 오도간, 유수간, 유천간, 신천간, 오천간, 신귀간' 등 아홉 명의 우두머리*가 있었다. 이들이 백성을 이끌었는데, 대략 100호* 7만 5000명이었다. 이 사람들은 스스로 산과 들에 모여 살면서 우물을 파서 물을 마시고 밭을 갈아서 농사지었다.

후한의 세조 광무제 건무 18년 임인년(42) 3월 계욕일에 그들이 사는 곳 북쪽 구지봉(이것은 산봉우리의 이름인데 거북이 엎드린 형상과 같아서 구지봉이라 했다.)에서 이상한 소리가 났다. 마을 사람들 200에서 300명이 거기에 모였는데, 사람 소리 같기는 한데 그 모습은 보이지 않고 소리만 났다.

• **아홉 명의 우두머리(구간(九干))** 간(干)은 고대 부족 사회에서, 족장이나 국왕을 이르던 말이다. '칸(khan)'은 예전에 페르시아, 아프가니스탄 따위에서 높은 관리를 이르던 말이었다. 또 중세에 몽고, 터키, 타타르, 위구르에서 군주를 이르던 말이기도 했다.
• **100호** 10000호의 잘못인 듯하다.

"여기 사람이 있느냐?"

아홉 우두머리가 대답했다.

"저희들이 있습니다."

"내가 있는 곳이 어디냐?"

"구지봉입니다."

그러자 또 말했다.

"하늘이 나에게 명해 이곳에 나라를 새로 세워 임금이 되라고 하셔서 내려왔다. 너희들은 이 산 꼭대기에 흙을 파면서,

龜何龜何	거북아 거북아,
首其現也	머리를 내놓아라.
若不現也	내놓지 않으면,
燔灼而喫也	구워 먹겠다.

하고 뛰면서 춤을 추어라. 그러면 곧 하늘에서 임금을 맞이하여 기뻐서 춤추게 될 것이다."

우두머리들은 그 말을 따라 사람들과 함께 모두 기뻐하면서 노래하고 춤추었다. 얼마 후 우러러 하늘을 바라보니, 자주색 줄이 하늘에서 드리워져 땅에 닿았다. 줄 끝을 찾아보니 붉은 보자기에 금합이 싸여 있었다. 열어 보니 해처럼 둥근 황금색 알 여섯 개가 있었다. 사람들이 모두 놀라고 기뻐하며 함께 수없이 절했다. 조금 있다가 다시 보자기에 싸서 안고 아도간의 집으로 돌아와서 자리 위에 두고

사람들은 모두 흩어져 갔다.

열두 시간이 지나고 그 이튿날 아침에 사람들이 다시 모여서 금합을 열어 보니 여섯 개 알이 모두 변해 어린아이가 되어 있었는데 생김새가 아주 빼어났다. 이들을 자리에 앉히고 사람들이 모두 절하고 축하하면서 예의를 갖추어 공경했다.

이들이 자라 십여 일이 지나자 키가 구 척으로 은나라 탕왕과 같았고, 얼굴은 용의 모습으로 한나라 고조와 같았다. 팔자(八字)로 고운 빛깔을 띤 눈썹은 당나라 고조와 같았고, 눈동자가 둘인 것은 우나라 순임금과 같았다. 그 달 보름에 임금의 자리에 올랐다.

세상에 처음 나타났다고 하여 이름을 '수로(首露)'라 했는데 간혹 '수릉(首陵, 수릉은 죽은 뒤의 시호다.)'이라고도 했다. 나라 이름을 '대가락(大駕洛)'이라 했는데 '가야(伽倻)'라고도 했으니 곧 여섯 가야*의 하나이다. 나머지 다섯 사람도 다섯 가야의 임금이 되었다.

출전_ 삼국유사

---

* **여섯 가야** '금관가야(김해), 아라가야(함안), 대가야(고령), 소가야(고성), 고령가야(함창), 성산가야(성주)'를 일컫는다.

■ — 일반적으로 〈구지가(龜旨歌)〉라고 불리는 이 노래는 가야의 건국 이야기에 삽입되어 전한다.

이 노래의 성격은 여러 가지로 살펴볼 수 있다. 노래는 '부름+명령+가정+위협'의 구조를 가지고 있다. 노래를 부르는 사람들은 바라는 것을 이루기 위해 초자연적인 신성한 존재(거북)를 복종시켜 명령하며 위협하고 있다. 이런 점에서 이 노래는 주술적 성격이 강하게 드러난다고 할 수 있다. 또한 노래를 부른 사람들이 구간을 비롯한 여러 사람이라는 점에서 집단적 노래의 성격을 찾아볼 수 있으며, '흙을 파면서' 불렀다는 데서는 노동요적 성격을 찾아볼 수도 있다.

노래의 내용은 간단하게 말하면, 거북에게 머리를 내놓으라는 것이다. 앞에서 거북이를 초자연적인 신성한 존재라고 했는데, 창자들이 요청하는 '머리(수(首))'는 그들을 다스릴 임금이라고 할 수 있다. '머리(수(首))'를 '내놓다(로(露))'라는 명령은 바로 그들에게 임금(수로왕)을 맞이하게 해 달라는 요청이다. 이런 점에서, 이 노래는 왕을 맞이하는 제의에서 불리는 노래로서의 성격을 띤다고도 볼 수 있다.

이와 같은 노래 방식은 신라 시대 수로 부인의 이야기에 나오는 다음 〈해가(海歌)〉에 그대로 나타나 있다.

龜乎龜乎出水路	거북아 거북아 수로 부인을 내어라
掠人婦女罪何極	남의 아내를 앗은 죄 얼마나 크냐
汝若悖逆不出獻	네 만약 어기어 내놓지 않으면
入網捕掠燔之喫	그물을 넣어 잡아 구워 먹으리라

임이여 물을 건너지 마세요

박지원

《태평어람》*에 다음과 같이 적혀 있다.

한나라 때 곽리자고(霍里子高)는 조선 사람이다. 새벽에 일어나 배를 저어 가다가, 머리가 하얀 미친 사내[백수광부(白首狂夫)]가 머리카락을 풀어헤친 채 술병을 들고 물을 첨벙거리며 건너는 것을 보았다. 아내가 막으려 하였으나 미치지 못하여 사내는 물에 빠져 죽었다. 아내가 이에 공후(箜篌)를 들고 두드리며 노래를 불렀다.

公無渡河   임이여 물을 건너지 마세요
公終渡河   임은 그예 물을 건너시네
公淹而死   임이 물에 빠져 돌아가시니
當奈公何   아아 임이여 어찌할거나*

* 《태평어람》 중국 송나라 때 이방(李昉)이 편찬한 백과사전.

그 소리가 아주 처절했는데 노래가 끝나자 아내 역시 강에 몸을 던져 죽었다. 자고가 집에 돌아와 그 소리를 아내 여옥에게 들려주자, 여옥이 슬퍼하며 공후를 끌어와 그 소리를 본떠 〈공후인(箜篌引)〉을 만들었다.

내가 열하의 태학에 있으면서 악기를 두루 둘러보았지만 '공후'라고 하는 악기는 찾을 수가 없었다.

출전_ 열하일기

● 노래 가사는 책마다 약간 다르게 나타난다.
公無渡河 公竟渡河 墮河而死 當奈公何 −《해동역사》
公無渡河 公竟渡河 墮河而死 將奈公何 −《대동시선》
公無渡河 公竟渡河 公墮而死 將奈公何 −《청구시초》

▣ ─ 이 글에 실린 노래와 관련한 이야기에 '조선'이라는 단어가 나오기 때문에 일반적으로 우리나라 노래로 인식되고 있다. 그러나 오랫동안 이 노래는 우리나라 문헌에 기록되지 않았고, 19세기 초에 이르러 우리나라 기록에 보이기 시작한다. 그렇지만 그것도 근거가 되는 것은 모두 중국의 기록이다. 그런 점에서 이 노래는 우리나라 노래라고 확정하기 어렵다.

노래의 발달 과정을 보면, 초기에는 집단적인 형태로 불리다가 뒤에 점차 개인적인 서정을 노래했다. 곽리자고의 아내가 부른 노래와 관련되 내용에 조선(고조선)이라는 시대적 배경이 나오지만, 개인적 서정을 담고 있기 때문에 〈구지가〉보다 뒤에 나타난 형식이라고 볼 수 있다.

노래에서 백수광부의 아내는 사랑하는 남편을 잃게 되는 과정과 자신의 감정을 애절하게 표현하고 있다. 남편의 죽음을 보고 뒤따라 죽음을 선택한 아내의 모습에는 기다림과 한(恨), 체념과 인종(忍從)의 정서가 나타난다. 이러한 정서는 고려 가요와 황진이의 시조와 한시, 그리고 김소월의 시에까지 이어지고 있다는 점에서 전통적인 모습을 찾아볼 수 있다.

이 노래에서 중심 소재가 되는 물의 이미지는 죽음과 이별이다. 이러한 물이 가진 이별의 이미지는 고려 시대 정지상의 다음 한시에서도 찾아볼 수 있다.

비 갠 긴 둑에 풀빛 푸른데
남포에서 그대를 보내니 노랫가락 구슬퍼라
대동강 물은 어느 때나 마를 것인가
해마다 이별의 눈물 푸른 물결에 더하거니

― 정지상, 〈임을 보내며〉

외롭구나 이내 몸은

김부식

유리가 왕위에 오른 지 삼 년이 되었다.

칠월 가을에 골천에 별궁을 지었다.

시월 겨울에 왕비 송씨가 죽어 유리왕은 다시 두 여자를 후실로 삼았다. 한 여자는 화희(禾姬)로 골천 사람의 딸이고, 다른 한 여자는 치희(雉姬)로 한나라 사람의 딸이었다. 두 여자가 서로 유리왕의 사랑을 얻으려 하여 화목하지 않았다. 그래서 왕은 양곡이란 곳에 동서로 두 궁궐을 짓고 두 여자를 살게 했다.

뒷날 유리왕이 기산에 사냥을 나가서 이레 동안이나 돌아오지 않았다. 그 틈에 두 여자가 서로 싸웠는데, 화희가 치희를 꾸짖었다.

"너는 한나라의 천한 여자로 어찌 이리도 무례한가?"

그 말을 듣고 치희는 부끄러워하면서 원한을 품고 집으로 돌아가 버렸다. 왕이 돌아와 이 말을 듣고 말을 달려 쫓아갔으나 치희는 성내며 돌아오지 않았다.

유리왕이 일찍이 나무 밑에서 쉬다가 꾀꼬리들이 모여드는 것을

외롭구나 이내 몸은 165

보고 느끼는 것이 있어 이렇게 노래하였다.

翩翩黃鳥	펄펄 나는 꾀꼬리는
雌雄相依	암수가 서로 정다운데
念我之獨	외롭구나 이내 몸은
誰其與歸	누구와 함께 돌아갈까

출전_ 삼국사기

■ — 먼저 이 글에 들어 있는 노래의 작자를 유리왕으로 볼 것인가라는 문제를 살펴보자. 이 글을 꼼꼼히 읽어 보면, '유리왕이 일찍이 나무 밑에서 쉬다가 꾀꼬리들이 모여드는 것을 보고 느끼는 것이 있어 이렇게 노래하였다.(王嘗息樹下見黃鳥飛集乃感而歌曰)'라고 《삼국사기》는 적고 있다. 유리왕은 노래를 지은(作) 것이 아니라 단지 부른(歌) 것이다. 이를 통해 볼 때, 유리왕은 구전되던 노래를 불렀을 가능성이 크다고 할 수 있다.

이 노래는 우선 사랑하는 사람을 잃은 외로움을 읊은 것으로 볼 수 있다. 그것은 이 노래가 불린 배경을 참고하면 쉽게 이해할 수 있다. 화자와 대비되는 정다운 꾀꼬리의 모습을 통해, 임을 잃은 화자의 외로움을 형상화하고 있기 때문이다.

다음으로 이 노래는 고구려 건국 초기에, 유리왕이 다른 부족을 통합하는 과정에서 겪은 정치적인 어려움을 보여 주는 것으로 해석할 수 있다. 이야기에 등장하는 '화희(禾姬)'와 '치희(雉姬)'는 고유 명사라기보다는 각각 농경 부족의 여자와 수렵 부족의 여자를 나타내는 보통 명사라고 보는 것이 합리적이다('禾'는 벼, '雉'는 꿩이란 뜻이다. '姬'는 여자의 미칭이다.). 이렇게 본다면, 유리왕이 고구려 초기 이웃 부족들을 흡수·통합하는 과정에서 수렵 부족과는 힘든 정치적 관계를 가졌고, 농경 부족과는 정치적 연대를 맺었다는 것을 보여 주는 내용이라고 읽을 수 있다.

선화 공주님

일연

백제 제30대 무왕의 이름은 장(璋)이다. 그의 어머니가 과부가 되어 서울 남쪽 못가에 집을 짓고 살았는데, 못의 용과 관계하여 장을 낳았다. 어릴 때 이름은 서동(薯童)으로 재주와 도량이 커서 헤아리기 어려웠다. 항상 마(薯蕷(서여))를 캐다가 팔아 살아서 사람들이 그를 서동이라고 불렀다.

서동은 신라 진평왕의 셋째 공주 선화(善花 혹은 善化)가 뛰어나게 아름답다는 말을 들었다. 서동은 머리를 깎고 신라 서울로 가서 아이들에게 마를 주어 아이들과 친하게 되었다. 이에 서동이 동요를 지어 아이들을 꾀어서 부르게 하였는데 노래가 이러하다.

善花公主主隱   선화 공주님은
他密只嫁良置古   남몰래 정을 통하고
薯童房乙   맛둥 방을
夜矣卯乙抱遣去如 밤에 몰래 안고 간다

동요가 서울에 가득 퍼져서 대궐 안에까지 들리자 신하들이 임금에게 강하게 말하여 공주를 먼 곳으로 귀양 보냈다. 공주가 떠날 때, 왕후는 순금 한 말을 주어 노자로 쓰게 했다. 공주가 귀양지에 도착하려는데 도중에 서동이 나와 공주에게 절하면서 모시고 가겠다고 했다. 공주는 그가 어디서 왔는지 몰랐지만 그저 우연히 믿고 좋아하였다. 서동은 공주를 따라가면서 몰래 정을 통했다. 그런 뒤에 서동의 이름을 알았고 동요가 맞은 것도 알았다. 함께 백제로 와서 선화 공주는 왕후가 준 금을 꺼내 놓고 살아갈 방도를 의논하였다. 금을 보더니 서동이 크게 웃으면서 말했다.

"이게 무엇이오?"

공주가 말했다.

"이것은 황금입니다. 이것을 가지면 백 년 동안 부유하게 보낼 수 있습니다."

"내가 어릴 때부터 마를 캐던 곳에 이런 것을 흙더미처럼 쌓아 두었소."

공주는 이 말을 듣고 크게 놀라면서 말했다.

"그것은 세상에서 가장 큰 보물입니다. 지금 그 금이 있는 곳을 아시면 우리 부모님이 계신 대궐로 보내는 것이 어떻겠습니까?"

"그럽시다."

이에 금을 모아 산더미처럼 쌓아 두었다. 그들이 용화산 사자사에 있는 지명 법사에게 가서 그 금을 신라에 보낼 방법을 물었다. 법사가 말했다.

"내가 신통한 힘으로 보낼 테니 금을 가져오시오."

이리하여 공주가 부모에게 보내는 편지와 함께 금을 사자사로 가져갔다. 법사는 신통력으로 하룻밤 사이에 그 금을 신라 궁중으로 보냈다. 그러자 진평왕은 그 신비스러운 변화를 이상히 여겨 서동을 믿게 되었고, 항상 편지를 보내어 안부를 물었다. 서동은 이로부터 인심을 얻어서 임금이 되었다.

어느 날 무왕이 부인(선화 공주)과 함께 사자사에 가다가 용화산 밑 연못가에 이르렀다. 그때 미륵 삼존이 못에서 나타났다. 무왕은 수레를 멈추고 절을 했다. 부인이 왕에게 말했다.

"부디 여기에 큰 절을 지어 주십시오. 그것이 제 소원입니다."

왕이 허락하고 곧 지명 법사에게 가서 못을 메울 일을 물었다. 그러자 지명 법사는 신비스러운 힘으로 하룻밤 사이에 산을 헐어 못을 메워 평지로 만들었다. 여기에 미륵 삼존불을 만들고 건물과 탑을 세 곳에 세우고 이름을 미륵사(彌勒寺, 《국사(國史)》에는 왕흥사(王興寺)라고 했다.)라 했다. 진평왕이 기술자들을 보내서 일을 도왔다. 그 절은 지금도 있다.

《삼국사(三國史)》에는 무왕을 법왕의 아들이라고 했는데, 여기에서는 과부의 아들이라고 했으니 자세히 알 수 없다.)

출전_ 삼국유사

■ ― 이 글에 실린 서동의 노래는 '향가(鄕歌)'라고 한다. 향가는 뜻글자인 한자의 뜻과 소리를 빌려 표기한 향찰로 기록되어 있다. 《삼국유사》에는 이러한 향찰로 기록된 향가가 열네 수 실려 있다. 먼저 향찰의 표기 방식을 살펴보자.

중국식 한문	吾去
향찰식 표기	吾隱去內如
15세기 훈민정음	나는 가ᄂᆞ다
오늘날 표기	나는 간다

'吾隱去內如'라는 한문 표기가 어떻게 '나는 간다'라는 뜻을 나타내 주는지 확인해 보자. 아래에서 보듯, 한자는 뜻글자임에도 불구하고 소리를 빌리기도 한다. '隱'과 '內'는 뜻과 관계없이 소릿값만 빌려 썼다.

향찰식 표기	吾	隱	去	內	如
한자의 뜻	나	숨다	가다	안	같다
한자의 소리	오	은	거	내	여
15세기 훈민정음	나	ᄂᆞᆫ	가	ᄂᆞ	다

노래를 살펴보면, 서동은 선화 공주를 모함하는 노래를 퍼뜨려 자신의 목적을 실현하게 된다. 이러한 점에서 이 노래는 시대적 상황이나 정치적 징후를 암시하는 참요(讖謠)적 성격을 보여 준다. 최치원이 신라의 멸망과 고려의 통일을 암시했다는 '곡령청송 계림황엽(鵠嶺靑松鷄林黃葉)'이라는 글이나, 이성계가 위화도 회군 당시 퍼뜨린 '목자득국(木子得國)'의 노래, 조광조를 제거하기 위해 조작했다는 '주초위왕(走肖爲王)'의 이야기에서도 이러한 참요의 특성을 볼 수 있다.

나를 아니
부끄러워하신다면

일연

신라 성덕왕 때 순정공이 강릉 태수로 부임하는 도중에 바닷가에서 점심을 먹었다. 그 곁에는 바위 봉우리가 병풍과 같이 바다를 두르고 있었는데, 그 높이가 천 길이나 되었다. 그리고 그 위에 철쭉꽃이 만발하여 있었다. 공의 부인인 수로(水路)가 그것을 보더니 좌우에 있는 사람들에게 말했다.

"내게 꽃을 꺾어다 줄 사람이 없는가?"

그러자 사람들이,

"저곳은 사람이 갈 수가 없습니다."

하고 아무도 나서지 못했다.

이때 암소를 끌고 길을 지나가던 늙은이 하나가 있었는데, 부인의 말을 듣고는 그 꽃을 꺾어 노래까지 지어서 바쳤다. 그러나 그 늙은이가 어떤 사람인지 알 수가 없었다.

그 뒤 이틀을 가다가 바닷가 정자에서 점심을 먹었다. 그때 갑자기 바다에서 용이 나타나더니 부인을 끌고 바다 속으로 들어갔다.

공이 땅에 넘어지면서 발을 굴렀으나 어찌할 수가 없었다. 이때 또 한 노인이 나타나더니 말했다.

"옛사람의 말에, 여러 사람의 말은 쇠도 녹인다 했습니다. 지금 바다 속의 용인들 어찌 여러 사람의 입을 두려워하지 않겠습니까? 마땅히 인근의 백성들을 모아 노래를 지어 부르면서 지팡이로 언덕을 치면 부인을 볼 수 있을 것입니다."

공이 그대로 하였더니 용이 부인을 모시고 나와 도로 바쳤다. 공이 바다 속에 들어갔던 일을 부인에게 물으니 부인이 말했다.

"칠보 궁전에 음식은 맛있고 향기롭고 깨끗한 것이 인간 세상의 음식이 아니었습니다."

부인의 옷에서 이상한 향기가 풍기는데 이 세상의 것이 아니었다.

수로 부인은 모습이 너무나 아름다워 깊은 산이나 큰 못을 지날 때마다 여러 차례 신물*에게 잡혀갔다.

이때 여러 사람이 부르던 〈해가(海歌)〉는 이러하다.

龜乎龜乎出水路	거북아 거북아 수로 부인을 내어라
掠人婦女罪何極	남의 아내를 앗은 죄 얼마나 크냐
汝若悖逆不出獻	네 만약 어기어 내놓지 않으면
入網捕掠燔之喫	그물을 넣어 잡아 구워 먹으리라

* **신물(神物)** 신령스러운 인물 또는 동물. '용'을 말하기도 함.

노인이 수로 부인에게 꽃을 꺾어 바치며 부른 〈헌화가(獻花歌)〉는
이러하다.

紫布岩乎邊希	자줏빛 바위 가에
執音乎手母牛放敎遣	잡은 암소 놓게 하시고
吾肹不喻慚肹伊賜等	나를 아니 부끄러워하신다면
花肹折叱可獻乎理音如	꽃을 꺾어 바치오리다

출전_ 삼국유사

■ ─ 오늘날 전히는 신라 이야기에서 가장 아름다운 여인을 꼽는다면 단연 수로 부인일 것이다. 이 이야기에 보이는 것처럼 수로 부인은 '너무나' 아름다워 가는 곳마다 사람들을 매료시켰다.

길을 가던 수로 부인이 천 길이나 되는 높은 곳에 피어 있는 철쭉꽃을 가지고 싶어 한다. 하지만 수로 부인을 가까이에서 모시던 사람들은 수로 부인에게 꽃을 꺾어다 줄 수 없다고 대답한다. 그곳은 사람이 이를 수 없는 그런 곳이기 때문이다. 그때 길을 가던 노인이 수로 부인에게 그 꽃을 꺾어 주고 노래를 지어 바친다.

이 이야기에서 수로 부인에게 사랑을 바치는 사람은 젊은이가 아닌 노인이다. 그것은 길을 가던 이름 없는 노인이 사랑을 표현할 만큼 수로 부인이 아름다웠다는 것을 말해 준다. 노인은 암소까지 버려두고 수로 부인에게 꽃을 꺾어 바친다. 암소를 놓는다는 것은 모든 사회적 제약을 부정하겠다는 것이며, 그렇게 해서 꺾어 바친 '꽃'은 아름다운 수로 부인이면서 동시에 수로 부인에 대한 노인의 지고지순한 사랑을 의미한다.

수로 부인이 바다 용에게 잡혀간 이야기도 수로 부인의 아름다움을 짐작하게 해 준다. 바다 용까지도 수로 부인의 아름다움에 감동했던 것이다. 이때 불린 노래 〈해가〉는 가락 건국 이야기에 들어 있는 〈구지가〉와 매우 비슷하다. 이는 집단적이고 주술적인 성격을 가진 〈구지가〉가 700여 년 동안 전승되었음을 보여 준다.

임금답게 신하답게 백성답게

_{충담사}

삼월 삼짇날, 경덕왕이 귀정문 누각 위에 올라 좌우 신하들에게 말했다.

"누가 가서 위엄이 있는 스님 한 분을 데려올 수 있겠느냐?"

이때 마침 스님 하나가 위엄이 있는 차림새를 하고 길에서 이리저리 돌아다니고 있었다. 신하들이 그 스님을 보고 데리고 오자, 왕이 말했다.

"내가 말하는 스님이 아니다."

경덕왕이 그 스님을 돌려보냈다.

그때 한 스님이 가사를 입고 삼태기를 지고 남쪽에서 오고 있었다. 왕이 보고 기뻐하며 누각 위로 그 스님을 맞이했다. 삼태기 안을 보니 차를 달여 마시는 데 쓰는 것들이 들어 있었다. 경덕왕이 스님에게 물었다.

"스님은 누구시오?"

"충담이라고 합니다."

"어디서 오는 길이오?"

"저는 3월 3일과 9월 9일이면 차를 달여서 남산 삼화령의 미륵 부처님께 드립니다. 오늘도 부처님께 차를 드리고 돌아오는 길입니다."

"나에게도 그 차를 한 잔 나누어 주겠소?"

충담 스님이 이에 차를 달여 왕에게 드렸다. 경덕왕이 차를 마시니 맛이 이상하고 찻잔 속에서 이상한 향기가 풍겼다. 왕이 다시 물었다.

"내가 듣기를, 일찍이 스님이 기파랑을 예찬한 노래를 지었는데 그 뜻이 무척 고상하다고 하더군요. 그것이 사실이오?"

"그렇습니다."

"그렇다면 짐을 위해 백성들이 편안하게 살도록 다스리는 노래(안민가(安民歌))를 지어 주시오."

충담은 경덕왕의 명을 받아 노래를 지어 바쳤다. 경덕왕은 충담을 칭찬하여 왕사로 삼으려 했지만 충담은 두 번 절하고 굳이 사양하고는 받지 않았다. 그 노래는 이러하다.

君隱父也	임금은 아버지고
臣隱愛賜尸母史也	신하는 자애로운 어머니며
民焉狂尸恨阿孩古爲賜尸知	백성은 어리석은 아이고 하신다면
民是愛尸知古如	백성들이 사랑을 알리라
窟理叱大肹生以支所音物生	구물거리며 살아가는 중생
此肹喰惡支治良羅	이들을 먹여 다스려

此地肹捨遣只於冬是去於丁爲尸知	이 땅을 버리고 어디 갈까 한다면
國惡支持以支知右如	나라가 지니기를 알리라
君如臣多支民隱如爲內尸等焉	임금답고 신하답고 백성답다면
國惡太平恨音叱如	나라가 태평하리라

기파랑을 찬미한 노래(찬기파랑가(讚耆婆郎歌))는 이러하다.

咽鳴爾處米	열치니
露曉邪隱月羅理	나타난 달이
白雲音逐于浮去隱安支下	흰 구름 좇아 떠가는 것 아닌가
沙是八陵隱汀理也中	새파란 냇가에
耆郎矣貌史是史藪邪	기파랑의 모습이 있어라
逸烏川理叱磧惡希	이로부터 냇가 조약돌에
郎也持以支如賜烏隱	낭이 지니시던
心未際叱肹逐內良齊	마음의 끝을 좇고 싶어라
阿耶 栢史叱枝次高支乎	아아, 잣나무 가지 높아
雪是毛冬乃乎尸花判也	서리 모르실 화랑이여

출전_ 삼국유사

◼ ─ 이 이야기에는 두 편의 향가가 들어 있다. 첫 번째 노래는 경덕왕의 요청대로 '백성들이 편안하게 살도록 다스릴 수 있는 노래', 즉 〈안민가(安民歌)〉이다. 경덕왕이 나라가 바르게 다스려질 수 있는 방법을 묻자 충담사는 먼저 임금과 신하와 백성의 관계를 한 가족의 관계, 곧 아버지와 어머니와 자식의 관계에 빗대어 역할을 제시한다.

이 작품은 다른 향가 작품과 달리 유교적인 성격을 보여 준다. '이들을 먹여 다스려'라는 말은 맹자가 한 "일정한 생산을 가져야만 일정한 마음을 가질 수 있다.(有恒産者 有恒心)"(《맹자》〈등문공〉)라는 말과 일맥상통하고, '임금답고 신하답고 백성답다면 나라가 태평하리라.'라는 말은, 제나라 경공이 공자에게 정치를 물었을 때 공자가 대답한 "君君臣臣父父子子(임금은 임금답고, 신하는 신하답고, 아버지는 아버지답고, 자식은 자식다워야 한다.)"(《논어》〈안연〉)라는 말을 가져온 것이다.

두 번째 노래인 〈찬기파랑가〉는 제목 그대로 기파랑이라는 화랑을 찬미하는 내용이다. 창문을 열자 나타난 달은 고매한 인품을 가진 기파랑의 모습이다. 그 기파랑의 인품은 '서리'를 이겨 내는 '(높은) 잣나무 가지'로도 형상화되어 있다. 화자는 그 기파랑의 인품을 찬미하고 있는 것이다.

고도의 비유와 상징을 사용한 〈찬기파랑가〉는 월명사가 지은 〈제망매가(祭亡妹歌)〉와 함께 향가 가운데 문학성이 뛰어난 작품으로 평가받고 있다.

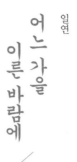

어느 가을 이른 바람에

일연

월명은 또 일찍이 죽은 누이동생을 위해서 재를 올렸는데 향가를 지어 제사 지냈다. 이때 갑자기 회오리바람이 일어나더니 지전(紙錢)을 불어서 서쪽으로 날려 없어지게 했다. 향가는 이러하다.

生死路隱	삶과 죽음의 길은
此矣有阿米次肹伊遣	예 있음에 머뭇거리고
吾隱去內如辭叱都	나는 간다는 말도
毛如云遣去內尼叱古	못다 이르고 가는가
於內秋察早隱風未	어느 가을 이른 바람에
此矣彼矣浮良落尸葉如	여기저기 떨어지는 잎처럼
一等隱枝良出古	한 가지에서 나고
去奴隱處毛冬乎丁	가는 곳 모르는구나
阿也彌陀刹良逢乎吾	아아, 극락에서 만날 나
道修良待是古如	도 닦으며 기다리리라

출전_ 삼국유사

■ ─ 이 글에 실린 향가의 제목은 〈제망매가(祭亡妹歌)〉이다. 이 노래는 크게 세 부분(4행+4행+2행)으로 나눌 수 있다. 먼저 4행에서 화자는 누이의 죽음을 말하고 있다. 사람과 죽음의 갈림길에서 머뭇거리는 것은 모든 사람에게 공통적이며, 죽음의 길은 누구도 피할 수 없다는 것을 말한다. '간다는 말도 못다 이르고' 죽은 누이는 화자에게 크나큰 슬픔을 가져다준다.

다음의 4행에서 화자는 누이의 죽음을 자연물에 빗대 표현함으로써 공감의 폭을 넓혀 준다. '이른'이라는 말에서 누이가 요절했음을 알 수 있다. 화자는 누이와 자신의 관계를 '한 가지에 난 나뭇잎'에 비유하고, 누이의 죽음을 나뭇잎이 떨어지는 모습에 비유하고 있다. '가는 곳 모른다'라는 화자의 말은, 누이의 죽음이 얼마나 아픈 것인지를 나타내 준다.

이러한 슬픔을 화자는 마지막 2행에서 불교적 가르침을 통해 극복하고 있다. 누이의 죽음은 화자와 누이를 갈라놓았지만, 화자는 죽음이 끝이 아니라고 인식한다. 그 죽음을 극복하는 것은 물론 '기다림의 의지'이다. 화자는 이승에서 불도를 닦으며 극락에서 만날 누이를 기다리겠다고 말한다. 이러한 태도는 한용운이 〈님의 침묵〉에서, "우리는 만날 때에 떠날 것을 염려하는 것과 같이 떠날 때에 다시 만날 것을 믿습니다."라고 한 것과 다르지 않다.

서라별 밝은 달밤에

일연

신라 제49대 헌강왕 때에는 서울에서 지방에까지 집과 담이 이어지고 초가는 하나도 없었다. 음악과 노래가 길에 끊이지 않았고, 바람과 비는 사철 순조로웠다.

어느 날 왕이 개운포(開雲浦, 학성(鶴城) 서남쪽에 있으니 지금의 울주이다.)에서 놀다가 돌아가려고 낮에 물가에서 쉬고 있었다. 그런데 갑자기 구름과 안개가 자욱해서 길을 잃었다. 왕이 이상히 여겨 신하들에게 물으니, 천문을 관찰하는 관리가 아뢰었다.

"이것은 동해 용의 조화입니다. 마땅히 좋은 일을 해서 풀어야 할 것입니다."

이에 왕은 관리에게 명하여 용을 위해 근처에 절을 짓게 했다. 왕이 명을 내리자 구름과 안개가 걷혔으므로 그곳을 '개운포'라 했다.

동해 용은 기뻐하며 아들 일곱 명을 데리고 왕의 앞에 나타나 덕을 찬양하며 춤을 추고 음악을 연주했다. 그중 한 아들이 왕을 따라 서울로 들어가서 정치를 도왔는데, 이름을 처용이라 했다. 왕은 아름다운 여자로 처용의 아내를 삼아 머물러 있도록 하고 급간 벼슬도 주었다.

처용의 아내는 무척 아름다웠다. 그래서 역신(疫神)이 흠모해서 사람으로 변하여 밤에 그 집에 가서 몰래 동침했다. 처용이 밖에서 놀다가 집에 돌아와 두 사람이 누워 있는 것을 보았다. 처용은 노래를 부르고 춤을 추면서 물러 나왔다. 그 노래는 이러하다.

東京明期月良	서라벌 밝은 달밤에
夜入伊遊行如可	밤들이 노닐다가
入良沙寢矣見昆	들어와 자리 보니
脚烏伊四是良羅	다리가 넷이로구나
二肹隱吾下於叱古	둘은 내 것인데
二肹隱誰支下焉古	둘은 누구 것인가
本矣吾下是如馬於隱	본디 내 것이지만
奪叱良乙何如爲理古	앗거늘 어찌하리오

이 노래를 듣고 역신이 본래의 모양을 나타내어 처용의 앞에 꿇어 앉아 말했다.

"제가 공의 아내를 사모하여 잘못을 저질렀습니다. 그러나 공은 이를 노여워하지 않으니 감동하여 아름답게 여기는 바입니다. 맹세코 이제부터는 공의 모습을 그린 것만 보아도 그 문에 들어가지 않겠습니다."

이 일로 해서 나라 사람들은 처용의 모습을 문에 그려 붙여서 나쁜 귀신을 물리치고 경사스러운 일을 맞아들이게 되었다(벽사진경(辟邪進慶)).

왕이 서울로 돌아와서 이내 영취산 동쪽 기슭의 경치 좋은 곳에다 절을 세우고 이름을 '망해사(望海寺)'라 했다. 이름을 '신방사(新房寺)'라고도 했는데, 바로 용을 위해서 세운 것이다.

출전_ 삼국유사

◉ — 처용이 부른 노래는 이야기에 나와 있는 것처럼 역신(전염병을 퍼뜨리는 신)을 물리치는 벽사진경의 주술적인 성격을 보여 준다.

서라벌의 아름다운 밤을 구경하고 돌아온 처용은 아름다운 아내에게 역신이 침범한 것을 보았다. 이 상황에 대처하는 처용의 태도는 이 노래의 성격을 이해하는 데 중요한 실마리를 제공한다. 처용은 나쁜 귀신을 물리치는 방법으로 위협이라는 형식을 취하지 않고, '앗거늘 어찌하리오?' 하면서 춤을 추면서 물러난다. 즉, 처용은 체념적이고 관용적인 태도를 보임으로써 역신을 굴복시킨다. 이런 점에서 〈처용가〉는 이전의 주술적인 노래인 〈구지가〉나 〈해가〉와는 다르다고 할 수 있다.

이 노래는 고려 가요 〈처용가〉로도 불리어져 향찰을 해석하는 단서를 제공했다. 특히 이 노래에서 처용이 누구인지에 대해 많은 논란이 있어 왔다. 가장 일반적인 해석은 민속학적 관점에서 처용을 동해 용왕을 모시는 무당이라고 보는 것이다. 이는 먼저 '처용'이라는 이름이 '제웅'과 닮았다는 점에서 확인할 수 있다. 제웅은 정월 대보름 전날에 액막이를 하기 위해 짚으로 만든 허수아비를 말한다. 또한 '처용'은 무당을 뜻하는 '자충(차차웅)'이라는 말과도 비슷하다. 특히 이 노래가 고려와 조선 시대에 섣달 그믐날 밤에 궁중이나 민가에서 악귀를 쫓던 의식인 '나례(儺禮)'에서 불렸다는 것도 이러한 해석을 뒷받침한다. 이렇게 본다면 이 노래는 동해의 용신제의(龍神祭儀)에서 불리던 무가로 볼 수 있다.

이 밖에도 정치적인 관점에서 처용을 울주 지방 호족의 아들로 보고, 중앙에 질자(인질)로 보내진 사람이라고 해석하기도 하고, 당시 신라와 교역을 하던 아라비아 상인이라는 흥미로운 주장도 있다.

1 〈거북아 거북아 머리를 내어라〉에 실린 노래에서 '거북'과 '머리'가 상징하는 의미를 말해 보자.

2 〈거북아 거북아 머리를 내어라〉에 실린 노래의 주술적인 요소를 설명해 보자.

3 〈임이여 물을 건너지 마세요〉에 실린 노래와 다음 시의 중심 소재는 '물'이다. 두 작품에 나타난 물의 이미지가 어떻게 다른지 설명해 보자.

> 우리가 물이 되어 만난다면
> 가문 어느 집에선들 좋아하지 않으랴.
> 우리가 키 큰 나무와 함께 서서
> 우르르 우르르 비 오는 소리로 흐른다면.
>
> 흐르고 흘러서 저물녘엔
> 저 혼자 깊어지는 강물에 누워
> 죽은 나무 뿌리를 적시기도 한다면.
> 아아, 아직 처녀인
> 부끄러운 바다에 닿는다면.
>
> 그러나 지금 우리는
> 불로 만나려 한다.
> 벌써 숯이 된 뼈 하나가

세상에 불타는 것들을 쓰다듬고 있나니
만 리 밖에서 기다리는 그대여
저 불 지난 뒤에
흐르는 물로 만나자.

푸시시 푸시시 불 꺼지는 소리로 말하면서
올 때는 인적 그친
넓고 깨끗한 하늘로 오라.

― 강은교, 〈우리가 물이 되어〉

4 〈외롭구나 이내 몸은〉에 실린 노래를 읽고, 다음 물음을 확인해 보자.

1) 이 노래는 선경 후정(先景後情)의 방식으로 전개된다. (○ ‖ ×)

2) 노래 원문에서, 화자의 정서가 집약된 한자는 (   )이다.

3) 임을 잃은 화자의 정서를 환기하기 위해 제시된 사물, 즉 객관적 상관
물은 (   )이다.

4) 이 노래는 (개인적 서정요 ‖ 집단적 의식요)이다.

5 〈선화 공주님〉에서 서동이 지어 부른 노래에 나타나는 참요적 성격을 말해 보자.

6 〈나를 아니 부끄러워하신다면〉에 나오는 '꽃'의 의미를 말해 보자.

7 〈임금답게 신하답게 백성답게〉에 나오는 〈안민가〉를 다음처럼 정리해 보자.

나라에서	가정에서 비유하면?
임금	
신하	
백성	
충담사가 나라를 평안하게 다스릴 방법으로 제시한 것은?	

8 다음 글을 참고하여, 〈임금답게 신하답게 백성답게〉의 〈찬기파랑가〉에 나오는 다음 낱말들의 함축적 의미를 말해 보자.

> 지시적 의미 그 언어의 일차적인 의미로, 사전적 의미라고도 한다. 일상 언어는 주로 이러한 의미를 가진다.
>
> 함축적 의미 문학 언어에서 보이듯, 문맥을 통하여 암시되거나 내포된 의미를 말한다.

낱말	함축적 의미
달	
조약돌	
잣나무 가지	
서리	

9 다음 시를 읽고, 〈어느 가을 이른 바람에〉에 실린 노래와의 공통점과 차이점을 말해 보자.

유리에 차고 슬픈 것이 어린거린다.
열 없이 붙어 서서 입김을 흐리우니
길들은 양 언 날개를 파다거린다.
지우고 보고 지우고 보아도
새까만 밤이 밀려 나가고 밀려와 부딪히고,
물먹은 별이, 반짝, 보석처럼 박힌다.
밤에 홀로 유리를 닦는 것은
외로운 황홀한 심사이어니,
고운 폐혈관이 찢어진 채로
아아 너는 산새처럼 날아갔구나!

― 정지용, 〈유리창 1〉

10 〈서라벌 밝은 달밤에〉에서 역신을 대하는 처용의 태도를 설명해 보자.

5장

—

세상 사는 법을
깨우치다

이규보

흰 구름을 우러러 받들다

늙은 내가 이름을 숨기고자 내 이름을 대신할 만한 것을 생각해 보았다.

'옛사람은 호(號)를 지어 이름을 대신한 경우가 많았다. 사는 곳을 가지고 호를 지은 경우가 있고, 간직한 것을 가지고 호를 지은 경우도 있으며, 얻고자 하는 바탕을 가지고 호를 지은 경우도 있다. 왕적이 동고자, 두보가 초당선생, 하지장이 사명광객, 백낙천이 향산거사로 각기 호를 지은 것은 사는 곳을 따른 것이다. 도연명이 오류선생, 정훈이 칠송처사, 구양수가 육일거사로 각기 호를 지은 것은 간직한 것을 따른 것이다. 장지화가 현진자, 원결이 만랑수로 각기 호를 지은 것은 얻고자 하는 바탕을 따른 것이다.●

나는 이들과 처지가 다르다. 이리저리 옮겨 다니다 보니 사는 곳이

● **왕적이 ~ 것이다.** 동고자(東皐子, 동쪽 못가에 사는 사람), 초당선생(草堂先生, 초가집에 사는 사람), 사명광객(四明狂客, 사명의 미친 사람), 향산거사(香山居士, 향산에 사는 사람), 오류선생(五柳先生, 도연명이 집 앞에 버드나무 다섯 그루를 심었음), 칠송처사(七松處士?), 육일거사(六一居士, 책 1만 권, 거문고 1장, 바둑 1국, 술 한 병, 학 한 쌍, 자신), 현진자(玄眞子, 장지화가 도교 책 《현진자》 10권을 지음), 만랑수(漫浪叟?).

일정하지 않다. 또 휑하니 텅 비어 간직한 것이 없다. 게다가 얻고자 하는 바탕도 간직하지 못했다. 그러니 세 가지가 모두 옛사람에게 미치지 못하니 무엇으로 호를 삼는 것이 좋을까?'

어떤 사람이 나를 보고 초당선생이라 하지만, 나는 두보가 이미 초당선생이라는 호를 써서 사양하고 받아들이지 않았다. 하물며 나는 초당에 잠깐 지냈을 뿐 오랫동안 사는 곳으로 정하지도 않았다. 잠깐 지낸 것을 가지고 호를 짓는다면 호가 너무 많지 않겠는가?

나는 평생토록 거문고와 술, 그리고 시를 아주 좋아해 스스로 '삼혹호선생'이라고 호를 짓기도 했다. 그러나 거문고를 잘 타는 것도 아니고 또한 시를 잘 짓는 것도 아니며 술을 많이 마시는 것도 아니다. 그러니 이 호를 세상 사람들이 듣는다면 크게 비웃지 않겠는가? 그래서 호를 고쳐 '백운거사(白雲居士)'라고 했다.

그러자 어떤 사람이 나에게 말했다.

"그대는 청산에 들어가 흰 구름 속에 누워 지내려고 하는가? 어찌 그렇게 호를 지었단 말인가?"

내가 말했다.

"아닙니다. 흰 구름은 내가 우러러 받드는 것입니다. 우러러 받들어 배운다면 비록 그 본바탕은 얻지 못하더라도 가까이 다가갈 수는 있을 것입니다.

구름이란 넘실넘실 바람 부는 대로 흘러 산에 머무르지 않고 하늘에도 매이지 않아, 동서로 날아다니며 모양과 자취가 얽매이지도 않습니다. 잠깐 사이에 모양이 바뀌어 시작과 끝을 알 수 없습니다.

구름이 뭉게뭉게 피어오르는 모양은 군자가 세상에 나아가는 모습과 같습니다. 구름이 흩어져 사라지는 모양은 뜻이 높은 사람이 세상을 벗어나 숨어 사는 모습과 같습니다. 또 구름은 비가 되어 가뭄에 시든 것을 되살리니 진실로 어질다 할 것이요, 와도 집착하지 않고 가도 미련을 가지지 않으니 통달했다고 할 것입니다. 구름은 푸르기도 하고 누렇기도 하며 붉기도 하고 검기도 합니다. 그러나 이것은 구름의 본래 빛깔이 아닙니다. 구름의 본래 빛깔은 그와 같은 색깔이 없는 흰빛입니다.

구름의 덕과 빛깔이 이와 같습니다. 그러니 구름을 그리워하여 배운다면, 세상에 나아가서는 만물에 은혜를 베풀 것이고, 세상에서 물러난다면 고요한 마음을 갖게 될 것입니다. 구름의 흰빛과 본바탕을 지킨다면 깊은 이치를 깨달아 자연 그대로의 경지˙에 들어가, 구름이 나인지 아니면 내가 구름인지 차별하지 않게 될 것입니다. 그런 경지가 바로 옛사람이 말한, 본바탕을 얻는다는 뜻에 가까울 것입니다."

그 사람이 또 말했다.

"거사라고 이름 붙인 것은 무엇 때문인가?"

내가 말했다.

"산속에 숨어 살든 세상에 나아가 살든 오직 도(道)를 즐길 줄 알아야만 그렇게 이름 할 수 있을 것입니다. 저는 세상에 나아가 살면

˙ **자연 그대로의 경지** 무하유지향(無何有之鄕). 《장자》〈소요유〉편에 나오는 말. 사람이 손대지 아니한 자연 그대로의 세계.

서 도를 즐기는 사람입니다."

그 사람이 말했다.

"진실로 그러하다면 자네가 백운거사라고 호를 지은 것은 적절하다고 하겠네. 마땅히 기록하여 두게."

이에 내가 이 글을 썼다.

출전_ 동문선

원제_ 백운거사어록 白雲居士語錄

■ ─ 이 글은 이규보가 그의 호를 '백운거사'라고 지은 까닭을 적은 것이다. 일찍부터 이규보는 당시 문인들의 모임이었던 강좌칠현(江左七賢)에 출입하기도 했다. 1189년 사마시에 응시해 수석으로 합격하였고, 이듬해 예부시에서 급제하였지만 관직을 받지 못하고 불우하게 지냈다. 1192년, 스물다섯 살 때 개경의 천마산에 들어가 시를 지으며 지내면서 장자의 사상에 깊이 빠지기도 하였다. 백운거사라는 호도 이때 지은 것이다.

이규보는 이름을 숨기기 위해 이름을 대신할 호를 짓는다고 했다. 이는 앞에서 말한 것처럼, 과거에 합격하고도 벼슬을 받지 못한 자신의 불우함을 드러낸 것이라고 할 수 있다. 그래서 이규보는 흰 구름을 우러러 받든다는 뜻으로 '백운거사'라고 하였다.

구름은 일정하게 머무르지 않고 또한 얽매이지도 않는다. 구름이 피어오르는 모양은 군자가 세상에 나아가는 모습과 같고, 구름이 흩어져 사라지는 모양은 뜻이 높은 사람이 세상을 벗어나 숨어 사는 모습과 같다. 또 구름은 비가 되어 가뭄에 시든 것을 되살리고, 집착하지도 미련을 가지지도 않는다. 그것은 궁극적으로 《장자》에서 말하는 '무하유지향(無何有之鄉)', 즉 사람이 손대지 아니한 자연 그대로의 세계를 말한다. 이러한 구름의 모습을 이규보는 본받고자 한다.

또한 "저는 세상에 나아가 살면서 도(道)를 즐기는 사람입니다."라는 그의 말은 최씨 무신 집권기를 살아가던 문한직 관료의 출세 지향적이고 보신주의적인 태도를 보여 준다고 하겠다.

유방선

유익한 세 벗

'서파삼우(西坡三友)'는 내 벗 이이립이 스스로 지은 호이다. 이립은 호걸이다. 어려서 육경*에 통달하여 유학자들 사이에 이름을 드날렸다. 을유년(1405) 과거에 급제하여 대간을 지내고 인재를 뽑는 일을 맡았다. 십 년 동안 벼슬살이를 하며 공적과 이름이 드러났으니, 그는 하늘이 준 덕을 갖춘 인재라 할 만하다.

기해년(1419) 가을, 그는 벼슬에서 물러나 남쪽으로 돌아가 영천 서파리에 살면서 스스로 '서파삼우'라고 하였다. 세 벗은 돋보기와 뿔잔, 그리고 쇠칼이다.

그가 나에게 말했다.

"내가 사람을 피하여 한적한 곳을 찾아서 살아가네. 다른 사람이 나를 벗으로 찾지도 않고, 나 또한 다른 사람을 벗으로 찾아 구하지 않는다네. 이제 세 가지를 벗으로 삼아, 돋보기로는 불붙이는 것

• **육경(六經)** 여섯 가지 경서인 《역경》, 《서경》, 《시경》, 《춘추》, 《예기》, 《악기》.

을 맑게 하고, 뿔잔으로는 술을 채우게 하고, 쇠칼로는 생선회를 친다네. 이렇게 하여 스스로 술을 따라 마시니, 취하고 배부르게 할 수 있다네. 물고기와 쌀이 나는 시골에 거닐며 살아가니 곧 태평성대라 할 만하지 않은가? 이것이 바로 내가 이들을 세 벗으로 삼은 까닭이네. 자네가 나의 뜻을 더 자세하게 밝혀 주게나."

내가 생각하니 벗한다는 것은 다른 사람을 넓게 이해하고 받아들이는 마음이나 행동을 일컫는 것이니, 사람이나 사물이 모두 벗이 될 수 있다. 그래서 옛사람은 많은 사물을 벗으로 삼았다. 그러니 사물 가운데 벗으로 삼을 만한 것으로 그 세 가지만 있는 것은 아니다. 그런데도 그가 굳이 이 세 가지로 벗을 삼은 것은 먹는 것을 위해서만은 아닐 것이다. 그의 말은 겸손해서 그런 것이다.

내가 볼 때, 돋보기는 불을 붙이기 위한 물건이다. 한번 불을 붙여 꺼지지 않게 하면 그 빛이 비치지 않는 곳이 없다. 그것은 덕이 한번 밝아져 그치지 않는다면, 그 덕의 밝음이 꺼지지 않는 것과 같다. 돋보기로 불을 붙이는 뜻에서 이러한 생각을 이끌어 낸다면, 《대학》에서 말한 것처럼 나날이 새로워지게 될 것이다. 그러니 돋보기를 벗으로 삼은 뜻이 어찌 화덕에 불을 피우는 것에만 그치겠는가?

뿔잔은 뿔로 만든 것인데, 가운데는 비고 안으로 향하며 아래에 이르는 길이 있다. 뿔잔에 들어가는 것은 맑기도 하고 흐리기도 하니, 그것은 사물을 감싸 주는 넓은 마음과 깊은 생각을 가지고 있다. 그 뿔잔을 사용하는 사람이 그 덕을 생각한다면 도를 즐기고 착함을 좋아하는 마음을 갖게 될 것이다. 그러니 어찌 석 잔 술의 뜻을 알지 못할 걱정이 있겠는가?

쇠칼은 곧 쇠다. 쇠의 기운은 가을을 나타내고,* 쇠의 덕은 날카로움에 있다. 한나라의 진평은 쇠의 날카로움을 사물에 써서 고기를 썰어 고르게 했고, 여회는 쇠의 날카로움을 정치에 적용하여 일을 처리함에 결단력이 있었다.* 이 칼을 잡고 그 쓰임을 살펴보면, 칼을 쓰는 데는 여유가 있어야 한다. 그러니 남들이 어찌 그의 옳은 말을 거스르겠는가?

이 세 가지 벗은 안으로는 스스로를 수양하는 방법을 갖추고 있고, 밖으로는 백성들을 대하는 도리를 갖추고 있다. 공자께서 《논어》에서 도움이 되는 세 벗*에 대해 말씀하시고, 맹자께서 옛사람을 벗으로 삼는다*고 하신 것도 바로 이것이다. 그는 이러한 사람으로, 이러한 벗을 얻었으니 가히 벗을 얻는 방법을 안다고 할 것이다. 세 벗의 좋은 점을 자기 것으로 만들어 가진다면 어찌 그 효과가 작다고 하겠는가?

뒷날 그가 높이 벼슬하여 관리들을 임명하고 파면하기도 하며 세상을 다스려, 위로는 임금의 정치를 돕고 아래로는 역사에 아름다

- **쇠의 ~ 나타내고** 음양오행에서 금(金)은 서쪽, 가을, 흰색을 나타낸다.
- **진평, 여회** 각각 한나라, 당나라 때의 재상.
- **도움이 되는 세 벗** 해설 참조.
- **맹자께서도 ~ 삼는다** 맹자가 만장에게 말했다. "한 고을의 우수한 선비는 한 고을의 우수한 선비와 사귀고, 한 나라의 우수한 선비는 한 나라의 우수한 선비와 사귀고, 천하의 우수한 선비는 천하의 우수한 선비와 사귄다. 천하의 우수한 선비를 사귐으로써도 부족하다면, 또 옛사람을 논한다. 그의 시를 외우고, 그의 책을 읽고도 그 사람을 모른다면 되겠느냐? 그래서 그 세대를 논하는 것이 바로 이것이 나아가 옛사람과 벗으로 사귀는 것이다." (《맹자》〈만장〉)

운 이름을 전하게 된다면, 그 세 벗에 힘입었다고 해야 할 것이다.

아, 대장부가 이 세상에 나서 때를 만나고 만나지 못하는 것은 하늘의 뜻이다. 그러나 지금은 밝은 임금이 위에 계시어 큰 도가 새롭고, 어질고 현명한 사람이 잇따르니, 함께 나아갈 때이다. 그러니 내 어찌 기쁘지 않겠는가? 내 마땅히 눈을 비비고 그를 기다릴 것이다.

출전_ 동문선

원제_ 서파삼우설 西坡三友說

▣ ─ 공자는 유익한 세 가지 벗과 해로운 세 가지 벗을 이렇게 설명한다.

정직한 사람, 진실한 사람, 견문이 넓은 사람을 벗하면 유익하고, 겉차림만
그럴싸하고 정직하지 않은 사람, 다른 사람 앞에서 부드럽게 잘 보이려는 사
람, 이리저리 말을 잘 둘러대는 사람을 벗하면 해롭다.　　　－《논어》〈계씨〉

연암 박지원은 벗을 두고 이렇게 말했다.

옛날에 벗을 말하는 사람은 벗을 '제2의 나'라고 일컫기도 하고, 주선(周旋)
하는 사람이라 일컫기도 했다. 이 때문에 한자를 만드는 사람은 날개 우(羽)
자를 빌려 벗 붕(朋) 자를 만들었고, 손 수(手) 자와 또 우(又) 자를 합쳐서 벗
우(友) 자를 만들었으니, 벗은 마치 새에게 두 날개가 있고, 사람에게 두 손
이 있는 것과 같음을 말한 것이다.　　　－《연암집》〈회성원집 발문〉

글쓴이는 경북 영천 서파리에 살면서 돋보기와 뿔잔, 그리고 쇠칼을 벗으로
삼고 스스로 '서파삼우(서파의 세 벗)'라고 한 이이립의 뜻이 무엇인지 풀어 준
다. 불을 붙이는 돋보기를 벗한 것은 덕을 밝혀 나날이 새로워지려는 뜻으로,
안이 비어 있는 뿔잔은 사물을 감싸 주는 넓은 마음과 깊은 생각을 가지고 살
려는 뜻으로, 그리고 날카로운 쇠칼은 일을 처리함에 결단력과 여유를 갖추겠
다는 뜻으로 풀이한다.
결국 이이립이 이 세 가지를 벗 삼은 것은 안으로 스스로를 수양하겠다는 마
음 자세를 갖추고 밖으로는 사람들을 대하는 도리를 갖추고 살아가겠다는 것
을 나타낸다. 사물을 벗하며 이름 하나에도 의미를 부여하고 살아간 옛사람의
모습이 잘 나타나 있다.

게으름이 나에게

성현

병술년(1466) 여름, 나는 밖에 나가지 않고 낮잠을 이웃하고 있었다. 꿈인 듯 꿈이 아닌 듯 마음이 어지럽고, 병인 듯 병이 아닌 듯 몸에서 기운이 빠져나갔다. 가슴을 돌이 누르는 듯 답답해 무당을 불러 귀신에게 빌었다.

"네가 내 마음속에 들어와 동정을 엿보니 나는 병이 들었다. 그 이유를 말할 테니 잘 들어 보아라.

내가 고금의 역사를 살피고 성현의 글을 읽어 보니, 게으른 사람은 이룬 것이 없었고 노력하는 사람은 양식이 넉넉했다. 또한 제멋대로 하는 사람은 공을 이루지 못했고, 성실한 사람은 업적을 남겼다. 하나라 우임금 같은 똑똑한 분도 촌음(寸陰)조차 아까워했고, 주나라 무왕 같은 성인도 해가 지도록 쉴 겨를이 없었다.

그런데 지금 나는 어떤가? 일찍이 그런 생각도 못하고, 일을 게을리 하고 놀기만 일삼았다. 농부들은 일 년 내내 바쁘게 일하고, 공인들도 저마다 있는 힘을 다한다. 그런데 나는 그들과 달리 게으름을 이기지 못하고 날마다 잠만 사랑했다.

벼슬살이를 살펴보면, 사람들은 남보다 뒤처질까 두려워한다. 그래서 바쁘게 높은 벼슬아치를 기웃거리다가 마침내 높은 벼슬을 얻는다. 나는 그 사람들과 달리 발이 있어도 남보다 뒤처지고 낮은 벼슬에 매여 세 임금님을 모셨지만 승진하지 못했다.

세상 사람들을 살펴보니, 사람들은 재물만 찾는다. 털끝만 한 이익으로도 다투고, 자손에게 많은 재산을 물려주려고 한다. 나는 그들과 달리 주먹을 쥐고 다투지 않는다. 나는 화려한 것을 싫어하고 저 안회와 같이 가난 속에서도 소박한 생활을 즐긴다.

젊은 사람들을 살펴보니, 아름다운 노래와 춤에 빠져 여름이고 겨울이고를 가리지 않고 흠씬 취해 논다. 나는 초대를 받았지만 한 번도 가지 않았다. 그러자 그들은 나를 보고 목석같은 사람이라고 비웃는다.

책이 있지만 읽지 않으니 사리를 분별하지 못하고, 거문고가 있어도 타지 않으니 정서가 쓸쓸하다. 손님이 와도 대접하지 못하니 돌아가면서 성을 낸다. 말이 있어도 잘 먹이지 않으니 엉덩이뼈가 솟아나고, 병이 있어도 치료하지 않으니 원기가 날로 줄어든다. 아이가 있어도 가르치지 않으니 세월만 허송한다.

활이 있어도 바루지 않고, 술이 있어도 거르지 않는다. 손이 있어도 세수하지 않고, 머리카락이 있어도 빗지 않는다. 길이 있어도 쓸지 않고, 풀이 있어도 뽑지 않는다.

게을러서 나무도 심지 않고, 게을러서 고기도 낚지 않는다. 게을러서 바둑도 두지 않고, 게을러서 집도 수리하지 않는다.

솥발이 부러져도 게을러서 고치지 않고, 옷이 해져도 게을러서 깁지 않는다. 종들이 잘못해도 게을러서 묻지 않고, 사람들이 시비를 걸어도 게을러서 화를 내지 않는다.

내 지식은 날로 거칠어지고, 내 마음은 날로 졸렬해지고, 내 모습은 날로 여위어지고, 내 말은 날로 못해진다.

내 허물은 모두 네가 만든 것이다. 어째서 너는 다른 사람에게 가지 않고 나만 따라다니는가? 이제 나를 떠나 좋은 곳으로 가거라. 그러면 나도 너에게서 받는 해로움이 없어지고, 너도 네가 마땅히 있을 곳을 얻을 것이다."

그러자 귀신이 말했다.

"그렇지 않다. 내가 너에게 재앙을 내린 것이 아니다. 운명은 하늘에 달려 있으니 내 허물이라 하지 마라.

굳센 쇠는 부서지기 쉽고, 단단한 나무는 부러지기 쉬우며, 깨끗한 것은 더러워지기 쉽고, 우뚝 선 것은 꺾이기 쉽다. 단단한 돌은 고요함으로 해서 이지러지지 않고, 높은 산은 고요함으로 해서 무너지지 않는다.

움직이는 것은 일찍 사라지고, 고요한 것은 오래 산다. 이제 너도 저 돌과 산처럼 오래 살 것이다.

세상 사람들의 부지런함과 노력은 화근이 되지만, 너의 게으름은 복을 받는 근원이 된다. 세상 사람들은 형세를 좇다가 시비에 휩쓸리지만, 너는 물러나 있어서 다른 사람의 입방아에 오르내리지 않는다. 세상 사람들은 물욕에 휘둘려 이익을 얻으려 소란스럽지만, 너는 아무런 걱정이 없어 정신을 온전히 기른다.

네 몸과 마음에 어느 것이 좋고 어느 것이 나쁘겠느냐?

너는 앎(知)을 버리고 알지 못함(不知)으로 나아가고, 억지로 하려고 하지 말고 무위(無爲)에 나아가라. 또 유정(有情, 감정에 흔들림)을 버리고 무정(無情)을 지키며, 유생(有生, 삶에 대한 집착)을 버리고 무생(無生)을 즐겨라. 그러면 도를 잃지 않아서 하늘과 짝이 되고, 아득히 태초의 모습으로 돌아갈 것이다.

내가 이처럼 너를 잘 지켜 주는데, 너는 도리어 나를 원망하는구나. 네가 그걸 모르다니 어찌하려고 그러는가?"

이에 내가 입을 다물고 아무 말도 못했다. 나는 게으름 귀신에게 이전의 잘못을 고치고 더불어 함께하자고 청했다. 마침내 게으름이 떠나지 않았다.

출전_ 허백당집

원제_ 조용 嘲慵

◼ — 게으름을 긍정적으로 말하는 사람은 없다. 그러나 어디에나 삐딱한 사람은 있는 법이다. 게으름을 긍정하는 대표적인 사람이 버트란트 러셀과 피에르 쌍소이다. 러셀은 《게으름에 대한 찬양》에서 "노는 시간은 발효와 숙성의 시간이다. 그래야 세상 뒤편을 응시할 수 있다."라고 '빈둥거리는' 시간을 찬양했다. 쌍소는 《느리게 산다는 것의 의미》라는 책에서 파스칼의 "인간의 모든 불행은 단 한 가지, 고요한 방에 들어앉아 휴식할 줄 모른다는 데서 비롯한다."라는 말을 인용하면서 '느림'을 "부드럽고 우아하고 배려 깊은 삶의 방식"이라고 말했다.

글쓴이는 게으름에게 병이라고 말하면서 떠나라고 요구한다. 그러나 게으름은 사람들의 부지런함과 노력이 오히려 화근이 된다고 말하면서, 알지 못함·무위·무생으로 나아가라고 대답한다. 게으름이 도리어 복의 근원이 되고, 시비에 휩쓸리지 않게 하고, 아무런 걱정이 없어 정신을 온전히 기르게 해 주는 것이라는 말이다.

이 글을 통해서 글쓴이가 말하고 싶어 하는 것은 게으름의 당당한 자기변명이다. 이런 식의 글쓰기 방식은 이규보의 〈시 귀신을 몰아내는 글〉에서도 이미 보인다. 시 귀신에게 떠나라고 요구하는 이규보를 시 귀신은 나무란다. 이규보도 자신의 생각이 그르다는 것을 깨닫고 시 귀신을 맞아들여 스승으로 삼는다는 글이다.

흔히 살기 위해 일하는지 일하기 위해 사는지 생각하다 보면, 무엇이 목적이고 또 무엇이 수단인지 헷갈린다. 때로는 기존의 확고한 가치에 대해 반문해 보는 태도가 삶을 더욱 행복하게 만들어 준다는 것을 기억할 필요가 있다. 러셀은 앞의 책에서 "행복하려면 게을러져라."라고 말한다.

굽은 나무와 곧은 나무

장유

이웃에 장씨 성을 가진 사람이 살고 있었다. 그가 집을 짓기 위해 나무를 베려고 산에 갔다. 그러나 나무들이 모두 굽어서 쓸 만한 것이 없었다. 산비탈에 나무 한 그루가 있는데 앞에서 보고 좌우에서 살펴보아도 곧았다. 쓸 만하다고 생각하여 도끼를 들고 나무를 베려고 뒤로 가 살펴보니 나무가 굽은 게 아닌가? 그가 도끼를 내던지고 한숨을 쉬며 말했다.

"아, 쓸 만한 나무는 찾기도 쉽고 가리기도 쉽다. 그러나 내가 이 나무를 세 번이나 살펴보았는데도 쓰지 못할 나무라는 것을 알아차리지 못했다. 하물며 겉으로는 인자한 모습을 하고 있으나 안으로 제 속마음을 깊이 감추고 있는 사람이라면 어떠하겠는가? 말을 들으면 아름답고 얼굴을 보면 착하고 행동을 자세하게 살펴보면 부지런하니, 이런 사람은 분명 군자라고 할 것이다. 그러나 큰일이 닥치면 속마음이 드러나게 된다. 나라가 무너지는 것은 바로 이런 사람을 등용하는 데서 비롯된다.

나무라는 것은 짐승이 짓밟지 않고 도끼로 찍지 않으면 비와 이슬을 받아 곧게 자라기 마련이지만, 이처럼 굽어서 쓸모없는 나무가 되기도 한다. 나무도 이러한데 사람이 세상을 살아가는 데 있어서는 오죽하겠는가? 욕심이 도리를 어지럽히고 잇속이 안목을 흐리게 해서 도리를 잃고 처음 먹은 마음을 버리는 사람이 많다. 그래서 거짓된 사람이 많고 정직한 사람이 적은 것도 이상할 것이 없다."

장 씨가 나에게 이 이야기를 해 주기에 나는 이렇게 말해 주었다.

"그대는 정말 잘 보았습니다. 그렇지만 제 생각은 다릅니다. 오행에서 나무는 굽은 성질과 곧은 성질을 모두 다 지닌 것으로 설명합니다. 그러니 나무가 굽은 것은 집 짓는 데는 적절하지 않을지 모르지만 나무의 타고난 성질로 볼 때는 당연한 것입니다. 공자께서 사람은 정직해야 한다고 하셨습니다. 정직하지 않으면서도 살고 있는 것은 요행히 해로움을 벗어나 사는 것이라고 하셨지요. 그러니 사람이 정직하지 않으면서 죽지 않고 살아가는 것은 뜻밖의 행운일 따름입니다.

제가 세상을 살펴보니 굽은 나무는 집을 짓는 데 목수가 가져다 쓰지를 않습니다. 그렇지만 정직하지 못한 사람은 세상을 다스리는 데 버려지지 않고 쓰입니다. 큰 집을 짓는 것을 자세히 살펴본 적이 있습니까? 대들보나 기둥, 서까래, 각목 등이 모두 다르지만 굽은 것은 보지 못했을 것입니다. 그런데 지금 조정을 한번 살펴보십시오. 높고 낮은 벼슬아치들이 푸른색, 붉은색 옷을 입고 왔다 갔다 하지만 곧은 사람은 보지 못했을 것입니다. 이는 굽은 나무는 늘 불행한데 정직하지 못한 사람은 오히려 뜻밖의 행운을 쥐고 있는 것을 보여 주는 것입니다. 줄같이 곧으면 길에서 죽고 갈고리같이 굽으면 높은 벼슬을 받는다는 말이 있습니다. 이것이 정직하지 못한 사람이 굽은 나무보다 많다는 것을 보여 주는 증거가 될 것입니다."

출전_ 계곡집

원제_ 곡목설 曲木說

◉ — 이웃에 사는 장 씨가 나무를 베려고 하다가 다시 자세히 살피니 나무가 굽어 있었다. 나무가 굽었는지 곧은지를 살피는 것은 쉬운 일인데도 이러했으니, 속마음을 깊이 감추고 있는 사람을 살피고 판단하는 일은 얼마나 어려운 일일까 탄식한다. 나무는 곧게 자라는 것이 본성이지만, 사람은 욕심과 잇속으로 도리를 잃고 흐려져 착한 본성을 버리고 만다. 그래서 세상에 거짓된 사람이 많고 정직한 사람이 적은 것도 이상할 것이 없다.

이에 대해 글쓴이는 장 씨와 다른 생각을 진술한다. 나무는 곧게만 자라는 것이 본성이 아니라 굽은 것도 나무의 본성이다. 그러나 사람은 나무와 다르다. 사람은 바르고 곧아야 하는데, 그러지 않으면서도 세상을 사는 것은 뜻밖의 행운에 불과한 것이다.

살펴보면, 목수가 집을 짓는 데 굽은 나무는 가져다 쓰지를 않지만, 정직하지 못한 사람은 버려지지 않고 세상에 쓰인다. 조정의 높고 낮은 벼슬아치들을 보면 곧은 사람을 찾기가 힘들다. 이는 나무와 달리 정직하지 못한 사람이 뜻밖의 행운을 누리고 있는 것을 보여 주는 것이다. 곧은 사람은 세상으로부터 배척을 당해 길에서 죽고 굽으면 높은 벼슬을 받는다.

예나 지금이나 글쓴이의 이 말은 그대로 현실에 적용되는 듯하다. 다른 사람을 헐뜯고 세상의 비위를 맞추는 사람이 부귀와 권세를 누리는 것은 옛날과 지금이 다름이 없다. 오늘의 정치를 보면 이 말은 더욱 쉽게 다가온다. 정치를 한다면 무엇을 먼저 할 것인지 제자가 묻자 공자는 이렇게 대답했다. "명분을 바로 세우겠다." 또 정치란 무엇인가에 대한 공자의 대답은 더욱 간결하다. "정치란 바름이다."

삽 때문에 장님이 된 사람

이상적

유 공(兪公)이 젊었을 때, 함께 공부하는 친구 예닐곱 명과 남쪽으로 길을 가다가 날이 저물어 충청도의 어느 객점에 들어갔다. 저녁을 먹고는 친구들이 떠들썩하게 이런저런 이야기를 하다가 주먹질과 발길질을 하면서 힘자랑을 했다.

그때 방에 장님이 한 사람 있었는데 덥수룩한 수염에 나이가 쉰쯤 되어 보였다. 그 장님은 방 한 귀퉁이에서 짚신을 삼으면서 그들의 이야기를 듣고는 피식 웃었다. 친구들이 장님을 잡고는 왜 비웃는지 물었다.

그러나 장님은 또 피식 비웃으며 대답을 하지 않았다. 그들이 다 그치자 그제야 그 장님이 입을 열었다.

"보아하니 젊은이들은 부잣집 도령들이로구먼. 그래 얼마나 힘이 센가 보세."

그러고는 그 장님이 오른팔을 굽혀 땅에 세우고 말했다.

"자네들이 내 팔을 굽혀서 넘어뜨려 보게. 만약 그렇게 못 하면 나에게 술을 내야 하네."

한두 사람이 나서서 그 장님의 팔을 넘어뜨리려 했지만 할 수가 없었다. 친구들이 모두 나서서 그 장님의 팔을 쓰러뜨리려고 했지만, 그 장님의 팔은 산처럼 우뚝 서서 움직이지 않았다. 객점°에 있던 사람들이 모두 놀랐다. 그 장님이 크게 웃고는 술을 가져오라 하면서 말했다.

"내가 자네들을 위해 젊은 혈기를 꺾어 주려고 그랬으니, 너무 이상하게는 생각지 말게."

젊은이들이 숨을 진정시키고는 말했다.

"안됐어. 정말 장사인데."

그러자 장님이 한숨을 쉬고는 눈을 비비고 말했다.

"삽이 이렇게 만들었지."

장님이 술이 얼큰해지자 젊은이들에게 이야기를 해 주었다.

"나는 충청도 사람인데 어려서부터 힘이 세었소. 그런데 집이 가난해서 남의 집에 일을 해 주고 살았다오. 다른 사람의 이틀 거리를 나는 아침나절에 해내고, 열 사람 몫을 해냈다오. 그래서 이웃에서 서로 나를 데려다 쓰려고 했소.

그럭저럭 몇 해가 흐르고, 어느 해 여름에 큰비가 내려 논밭이 모두 잠겼다오. 나는 방죽 둑을 터서 물을 빼려고 밤중에 삽을 들고 나갔소. 일을 마치고 둑에 앉아 쉬고 있었소. 동이 트기 전이라 달빛이

° 객점(客店) 예전에, 오가는 길손이 음식을 사 먹거나 쉬던 집.

환하게 비추는데, 삽날이 달빛을 받아 번쩍였소.

그때 마침 어떤 사람이 그곳을 지나가고 있었는데, 갑자기 봇짐을 길에 던지고는 허둥지둥 달아나는 것이었소. 이상했지만 영문을 몰랐다오. 아침에 가 보니 봇짐에 백 냥이나 되는 돈이 들어 있었소. 생각해 보니 그때 경상도와 충청도에 거듭 흉년이 들어서 도둑이 날뛰던 것이었소. 아마도 그 나그네는 번쩍이는 삽을 보고는 나를 도둑으로 여겼던 모양이오.

내가 일부러 빼앗은 것도 아니고 저절로 굴러 온 것이라 무슨 잘못이 있으랴 싶어서 그 봇짐을 가지고 왔소. 그 돈으로 집도 짓고 장가도 들고 술과 고기도 사고 도박도 했다오. 하는 일도 없이 그렇게 지내다 보니 그 돈도 다 떨어졌소. 다시 삽을 들고는 말했다오. '삽아, 네가 나와 남의 집에 품을 팔고 힘들게 일하는 것보다 이번 한 번으로 편하게 살아가는 것이 좋지 않겠느냐?'라고.

이때부터 매일 밤이면 으슥한 곳에서 사람을 기다렸다가 사람이 보이면 삽을 휘둘러서 뜻대로 되지 않은 적이 없었소. 여기서 안 되면 다음 날은 저기로 가서 그랬소. 그때 스스로 세상에 힘으로 나를 당할 자가 없다고 여겼다오.

아, 그러나 그렇게 힘을 쓰는 게 아니었소. 어느 날 들에서 한 나그네를 만났는데 차림새를 보아하니 부유한 장사꾼인 듯했소. 옷차림이 호화롭고 생긴 것도 곱상했소. 나는 그 사람을 대수롭지 않게 여기고 물건에 눈독을 들였소. 그래서 말 머리를 치면서 크게 소리를 질렀소.

'어이, 말을 이리 주고 꺼져.'

그 사람이 아래위로 훑어보더니 말에서 내리고는 '예, 예.' 하면서 고삐를 주었소. 나는 옷도 내라고 을렀소. 그 사람이 갖옷*을 벗어 주면서 허리를 굽히고는 말하더이다.

'장사 어른, 날이 이렇게 추운데 속옷은 제발 빼앗지 말아 주시오. 이 갖옷만 해도 백 냥이나 나가니 이것만 가지고 목숨만은 살려 주시오.'

나는 안 된다고 하면서 삽을 휘두르며 위협했소. 그러다가 갑자기 그 사람의 발길질에 열 걸음 밖으로 나가떨어졌소. 정신을 잃었다 깨어나니 그 사람이 호통을 치더이다.

'이놈, 갖옷과 말로도 부족해서 욕심을 부리느냐? 사람을 죽이면서 속옷까지 빼앗으려 하다니, 어찌 그럴 수 있단 말이냐? 이미 네 놈의 삽에 죽은 사람이 얼마나 많겠느냐? 내 너를 죽여야겠지만, 네 놈 눈을 뽑아서 행인들에게 보여야겠다. 내가 이렇게 하지 않으면 네 놈은 어디서 죽을지 모른다.'

그 사람이 나를 일으키고는 내 뒤통수를 치자 내 두 눈알이 땅에 떨어졌소. 나는 외마디 비명을 지르고 정신을 잃고 말았다오.

다음 날 아침에 이웃 사람이 나를 보고는 집에 업어다 놓았소. 겨우 죽음을 면했지만 두 눈을 잃고 말았소. 그리고 이십여 년 동안 여기저기 저자를 떠돌면서 짚신을 삼고 입에 풀칠을 하고 있다오. 이

* **갖옷** 짐승의 털가죽으로 안을 덧대어 만든 옷.

재앙은 스스로 부른 것이니 누굴 원망하겠소.

　내가 비록 늙었지만 힘은 젊은이들보다 열 배는 더할 것이오. 하지만 그때 그 나그네는 나보다 열 배도 훨씬 넘게 힘이 셀 것이오. 그러니 세상 사람들의 힘을 어찌 헤아릴 수 있겠소."

　그 이야기를 듣던 사람들이 모두 탄식했다. 그 사람에게 이름을 물었지만 웃으면서 대답하지 않았다.

출전_ 은송당집

원제_ 서삽할 書鍤瞎

■ — 우리 속담에 '뛰는 놈 위에 나는 놈 있다.'라는 말이 있다. 영어에도 비슷한 뜻으로 'There may be blue and better blue.'라는 말이 있다. 아무리 재주가 뛰어나다 하더라도 그보다 더 뛰어난 사람이 있다는 뜻이다.

객점에 들른 사람들이 힘이 엄청나게 센 어느 장님의 사연을 듣는다. 젊은 시절 그는 힘이 세고 성실했다. 어느 날 번쩍이는 삽날을 든 그를 본 행인이 도둑으로 오인해 봇짐을 버리고 달아난다. 그래서 그는 뜻하지 않게 재물을 얻는다. 그때부터 그는 스스로 이 세상에 힘으로 자기를 당할 자가 없다고 여기고, 번쩍이는 삽으로 사람들을 위협해 손쉽게 재물을 얻는다. 그렇게 지내던 어느 날, 그는 곱상하게 생긴 부유한 장사꾼을 만나 재물을 빼앗는다. 그는 장사꾼의 외양을 보고 대수롭지 않게 여기고 갖옷에 속옷까지 빼앗으려 한다. 그러다가 그 장사꾼의 발길질에 나가떨어지고 두 눈을 잃게 된다.

그가 이처럼 장님이 된 것은 스스로 부른 재앙이다. 한 번의 요행을 뜻밖의 행운으로 여기고 편안하게 살아가려는 욕심이 그를 장님으로 만든 것이다.

《한비자》에 다음과 같은 이야기가 있다.

> 송나라 사람이 밭갈이를 하다가, 토끼가 밭 가운데 있는 나무 밑동에 걸려 죽는 것을 보았다. 그는 쟁기를 버리고 나무 밑동을 지키며 다시 토끼를 얻기만 바랐다. 그러나 토끼는 다시 얻을 수 없었고, 그는 나라 사람들의 웃음거리가 되었다.

이른바 '수주대토(守株待兎)'라는 고사다. 요행을 바라는 어리석음을 경계시키는 이야기다.

백과 흑의 대화

홍우원

백이 흑에게 물었다.

"너는 어찌하여 그렇게 검은가? 그러면서도 씻지 않는 까닭은 무엇인가? 나는 희고 깨끗하니 나에게 가까이 오지 마라. 내가 더럽혀질까 겁난다."

그러자 흑이 껄껄 웃으며 말했다.

"내가 너를 더럽힐까 겁나는가? 너는 스스로 희고 깨끗하다고 말하지만, 내가 보기에 너는 썩은 흙보다 훨씬 더 더럽다."

백이 성을 내며 말했다.

"너는 어찌하여 나를 썩은 흙보다 더럽게 여기느냐? 나는 장강이나 한수로 씻은 것보다 깨끗하고 또 가을볕을 쬔 것보다 희다. 검은 물감도 나를 물들일 수 없고, 더러운 먼지도 나를 흐릴 수 없다. 세상에 나만큼 맑고 깨끗한 것이 없는데도 너는 어찌하여 나를 썩은 흙보다 더럽게 여기느냐?"

흑이 말했다.

"그렇게 말하지 말고 내 말을 들어 보아라. 지금 너는 스스로 깨끗하다고 하면서 나를 더럽다 하는구나. 그렇지만 내가 볼 때, 나는 깨끗하고 너는 더럽다. 그렇다면 과연 너는 깨끗하고 나는 더러운 것인가, 아니면 내가 깨끗하고 네가 더러운 것인가? 이것은 알 수 없는 것이다. 내가 이렇게 주장하면 너는 저렇게 주장할 것이고, 내가 저렇게 주장하면 너는 이렇게 주장할 것이다. 그러니 너와 내가 다툰들 해결할 수 있는 것이 아니다.

내가 세상 사람들이 어떻게 말하는지 들려주마. 지금 세상에 너를 좋아하는 사람이 있느냐? 아무도 없다. 그럼 나를 미워하는 사람이 있느냐? 아무도 없다. 왜 그런지 아느냐? 사람이 젊을 적에 머리털과 살쩍이 검고 젊음과 아름다운 얼굴을 간직한 것도 모두 나 때문이다. 그러다가 세월이 흘러 모르는 사이에 예전의 검은 머리털과 살쩍이 희끗희끗하게 세어 버리니, 어찌 사람들이 젊음과 아름다운 얼굴을 간직할 수 있겠느냐? 그래서 사람들이 모두 놀라며 거울을 보고는 족집게로 흰 머리털을 뽑아 버린다.

아아! 슬프다. 사람들은 내가 머무르지 않는 것을 한스러워하고, 네가 떠나지 않는 것을 괴로워한다. 사람들은 희고 깨끗한 것을 좋아하지 않고 오히려 미워한다. 너는 사람들을 아름답게 하지 못하고 도리어 걸림돌이 된다. 그러니 세상에 너의 깨끗함이 무슨 소용이 있겠느냐?

무릇 밝음을 숨기고 사람들과 뒤섞여 어울리는 것이 세상에 받아들여지는 길이다. 나는 지나치게 깨끗하고 밝으면서 세상에 서 있는 사람을 보지 못했다. 백이°는 깨끗해서 수양산에서 굶어 죽었고, 굴원°도 깨끗하여 멱라수에 몸을 던져 죽었다. 조맹°은 신분이 높고 계씨°는 재산이 많아, 사치스럽고 제가 하고 싶은 대로 인생을 즐겼다. 이들 가운데 누가 낫고 누가 고달팠는가? 또 누가 성공하고 누가 실패했는가?

슬프다! 굴원과 백이의 죽음은 오로지 네가 만든 재앙 때문이다. 그리고 계씨와 조맹의 빛나는 부귀공명은 내가 이루어 준 것이다. 지금 너는 시대 흐름을 좇지 않고 굳게 지조를 지켜 자신을 고상하다 하고, 기운이 맑고 깨끗하다 하여 자신을 뛰어나다 하고 있다. 더러운 진흙탕에서 벗어나 깨끗한 자기의 몸으로 더러운 것을 받아들이지 않고 세상의 더러운 먼지를 뒤집어쓰지 않는다.° 돈이나 값진 물건은 누구나 갖고 싶어 하는 것이지만, 너는 쓸모없고 하찮은 것으로 여긴다. 또 천 대의 수레와 만 섬의 곡식은 누구나 바라는 것이지만, 너는 뜬구름과 같이 덧없이 여긴다. 사람들을 배고픔과 추위에

• 백이(伯夷) 중국 은나라 말 고죽국의 왕자로, 주나라 무왕이 은나라 주왕을 쳐 주나라가 천하를 통일하자 수양산으로 들어가 굶어 죽었다.
• 굴원(屈原) 중국 전국 시대 초나라 사람으로, 반대파의 모함을 입어 자신의 뜻을 펴지 못하고 마침내 물에 빠져 죽었다.
• 조맹(趙孟) 춘추 전국 시대 진(晉)나라의 권력자. 《맹자》에서 맹자는, "귀하게 되려는 마음은 모든 사람이 똑같다. 사람은 누구나 귀한 것을 지니고 있지만 이를 생각하지 않을 따름이다. 남이 귀하게 만들어 준 것은 좋은 귀함이 아니다. 조맹이 귀하게 만든 것은 조맹이 천하게 만들 수도 있다."라고 말했다.
• 계씨 공자가 살아 있을 때, 노나라의 실권을 장악하고 있던 사람.
• 더러운 ~ 않는다 굴원이 말했다. "내가 듣기에 머리를 새로 감은 사람은 관을 털어 쓰고, 새로 목욕을 한 사람은 옷을 털어 입는다 하였소. 사람이 또한 깨끗한 몸으로 어찌 더러운 것을 받아들이겠소? 차라리 항상 흐르는 저 물로 가서 물고기 배에 장사 지낼지언정 또 어찌 희고 깨끗함으로 세상의 더러운 먼지를 뒤집어쓰겠소?" 《사기》 〈굴원·가생 열전〉)

떨게 하고 고생시키며 힘들게 하여 그들로 하여금 가난하여 견딜 수 없게 만든다.

아아! 덧없는 우리 인생은 짧고 더구나 세월은 눈 깜짝할 사이에 지나가 버린다. 그러니 미쳐서 정신을 잃고 마음이 어지러워 세상을 등진 사람이 아니라면, 누가 너를 좇아 사서 고생하겠는가?

나는 도리에 어둡고 마음이 흐려 티끌과 함께하고, 세상일에 어두워 먼지를 머금는다. 밝게 빛나지도 않고 갈고닦지도 않는다. 재물과 보배가 있다면, 높은 벼슬이나 부귀를 누린다. 만약 얻을 수 있다면 구하여 사양하지 않고, 가질 수 있다면 받아 거절하지 않는다. 사람들은 좋은 비단옷을 입으면 따뜻하다고 하고, 많은 음식을 차려 놓으면 가득하다고 한다.

무릇 자기 몸과 집을 이롭게 하는 사람은 마음에 따라 뜻을 시원하게 하니 세상에 이로움이 어떠한가? 때문에 온 세상이 휩쓸리듯 떠들썩하게 나를 좇아 모여든다. 간과 쓸개를 쪼개 보이듯 나와 사이가 벌어지지 않고, 심장과 허파를 열어 보이듯 나와 하나가 된다. 가죽신을 끌고 패옥* 소리를 내며 황각*에 올라 지위가 높은 사람은 모두 나와 매우 친해 떨어지려고 하지 않는다. 금으로 만든 인장을 걸고 자주색 인끈을 매어 재상이 되어 나라의 중요한 언론을 맡은 사람도 모두 나와 금란*을 맺은 사이다.

• **패옥(佩玉)** 조선 시대에, 왕과 왕비의 예복이나 문무관의 예복 좌우에 늘이어 차던 옥. 흰 옥을 이어서 무릎 밑까지 내려가도록 하였다.
• **황각(黃閣)** 조선 시대에 둔, 행정부의 최고 기관인 의정부.
• **금란** 친구 사이의 매우 두터운 정을 이르는 '금란지계(金蘭之契)'의 줄임말.

쇠로 살을 댄 관을 쓰고 흰 붓을 늘어뜨려 관리를 감찰하는 사헌부를 맡다가 대사헌*에 오르는 사람은 모두 나와 정신적으로 사귀는 사람들이다. 대장 깃발을 둘러 세우고 용맹한 군사들이 빙 둘러서서 칼과 창을 들고 호위하는 관찰사의 일을 맡아 나라의 기둥이 된 사람들은 모두 나와 같은 당파를 이룬 사람들이다. 좋은 수레에 붉은 가리개와 검은 일산*을 하고 한 지방을 맡아 다스리는 수령들은 모두 나의 무리들이다.

이들은 모두 의기양양하여, 기개는 우주를 업신여기고 콧숨은 무지개를 불 정도이다. 이들이 일을 할 때는 사람들이 그 일의 잘잘못을 지적하지 못하고, 이들이 말을 할 때는 사람들이 그 말의 옳고 그름을 따지지 못한다. 이들은 죽을 때까지 즐겨 놀며 자손들에게까지도 그 즐거움이 끊어지지 않는다.

그러나 네가 좇아 함께 지내는 사람들을 돌아보아라. 쑥대로 얽은 지붕 아래서 살고 있으며, 산이나 들판 사이에서 시름겨워 한다. 네 벽은 거칠고 쓸쓸하며, 한 바가지의 물도 자주 거른다. 옷은 모자라 춥고, 손과 발은 얼어서 터진다. 얼굴은 누렇게 뜨고, 목은 비쩍 말라서 거의 죽을 지경이다.

너는 벼슬이 재상의 자리에 있으면서도 집을 지을 땅도 없다. 또한 지위는 높고 중요한 자리에 있으면서도 가난에서 벗어나지 못한다.

• 대사헌(大司憲) 조선 시대에 둔 사헌부(정치적·행정적인 일을 논의하고 풍속을 바로잡으며 관리의 비행을 조사하여 그 책임을 규탄하는 일을 맡아보던 관아)의 으뜸 벼슬로, 종이품에 해당한다.
• 일산(日傘) 수령이 부임할 때 받치던 양산.

살아서는 몸과 마음을 즐겁게 하지 못하고, 죽어서는 자식에게 물려줄 재물이 없다. 이 얼마나 부끄러운 일인가? 그래서 세상 사람들은 너를 막고 돌아보지도 않고 떠나 버리며 혹시라도 마주칠까 두려워한다. 반대로 사람들은 나를 사랑하여 온 정신을 쏟아 나에게 오려고 하고 또 나를 보지 못하게 될까 두려워한다.

이로 보면, 너는 세상 사람들이 버린 것이고, 나는 세상 사람들이 좇는 것이다. 세상 사람들이 버린 것은 하찮은 것이며, 세상 사람들이 좇는 것은 귀한 것이다. 나는 귀한 것이 깨끗한지 하찮은 것이 깨끗한지, 귀한 것이 더러운지 하찮은 것이 더러운지 알지 못한다. 세상 사람들이 모두 더럽다고 하는 것으로 더러운 흙만 한 것이 없다. 더러운 흙을 보면 사람들은 모두 침을 뱉는다.

지금 세상 사람들은 모두 너를 하찮게 여기고 있다. 사람들이 지나가면서 더럽다고 침을 뱉는 것이 어찌 더러운 흙뿐이겠는가? 너는 앞으로 자기 스스로를 더럽다 하기에도 겨를이 없을 텐데, 어찌 나를 더럽다고 할 겨를이 있겠는가? 너는 가라. 그리고 나를 더럽다고 하지 마라."

이에 백이 멍하니 정신을 잃고는 오래도록 말이 없었다.

이윽고 백이 말했다.

"아아! 옛날 장의˚가 소진˚에게 말하기를, '소진이 힘을 쓰는 세상

• **장의(張儀)** 중국 전국 시대 위나라의 정치가로 진(秦)나라의 재상이 되어 연횡책을 써 이웃 나라들이 진나라에 복종하도록 했다.
• **소진(蘇秦)** 중국 전국 시대의 유세가로, 강한 진(秦)나라에 대항하여 연, 조, 한, 위, 제, 초의 합종을 설득했다.

에 내가 무얼 말하겠는가?' 하였다. 지금은 진실로 너의 세상이니,
내가 감히 무슨 말을 하겠는가?"

　그러고는 백이 더 이상 말을 하지 못했다.

출전_ 남파집

원제_ 백흑난 白黑難

▣ — 이 글에서 백과 흑은 서로의 잘잘못을 다투고 있다. 먼저 백이 자신을 깨끗하다고 말하면서 흑을 더럽다고 나무란다. 이러한 백의 태도는 "까마귀 싸우는 골에 백로야 가지 마라 / 성낸 까마귀 흰빛을 새울세라 / 청강에 맑게 씻은 몸을 더럽힐까 하노라."와 같은 시조에서도 비슷하게 나타난다.

이런 백의 태도에 대해 흑은 두 가지 관점에서 반박한다. 먼저 흑은 "지금 너는 스스로 깨끗하다고 하면서 나를 더럽다 하는구나. 그렇지만 내가 볼 때, 나는 깨끗하고 너는 더럽다."라는 말처럼, 상대주의적 관점에서 백을 꾸짖는다. 물론 이런 상대주의적 관점만으로 절대적 진리에 도달할 수는 없다. 그래서 흑은 세상 사람들의 평판과 태도라는 현실주의적 관점을 바탕으로 백을 비판한다. 백은 깨끗함을 추구하다 사람들로부터 더럽고 하찮게 여겨진다고 흑은 주장한다. "너는 세상 사람들이 버린 것이고, 나는 세상 사람들이 좇는 것이다."라는 흑의 말은, 흑과 백에 대한 당시 사람들의 태도가 어떠한지 단적으로 보여 준다. 결국 흑의 두 가지 논리 앞에 백이 굴복하고 만다는 것이 이 글의 표면적인 내용이다.

그러나 이러한 표면적인 내용에 담긴 비유적인 의미를 파악하기 위해서는 글쓴이의 삶을 알아보는 것이 필요하다. 1674년 제2차 예송 논쟁(갑인 예송)에서 승리한 남인은 정권을 장악했지만, 1680년 경신환국으로 몰락하게 된다. 이때 당색이 남인이었던 홍우원은 함경북도 명천으로 유배를 가서 죽는다. 이러한 사실을 두고 본다면, 백은 자신이 속한 남인을, 흑은 반대편인 서인을 비유하는 것으로 읽을 수도 있다. 그러나 홍우원이 남인에 속했지만 서인이었던 김육의 대동법을 지지하는 등 정치적으로 당색을 초월하는 태도를 보였다는 점을 참고로 한다면, 이러한 해석에 좀 무리가 있다. 오히려 참과 거짓이 뒤집어져 거짓이 활개 치는 세상의 모습을 흑과 백의 대화를 통해 보여 주고자 했던 것 같다.

1 〈흰 구름을 우러러 받들다〉의 글쓴이가 호를 '백운거사'라고 한 것은 구름의 어떤 속성
때문인지 말해 보자.

2 〈유익한 세 벗〉에서 글쓴이가 친구의 세 벗에 부여한 의미를 정리해 보자.

돋보기	
뿔잔	
쇠칼	

3 〈게으름이 나에게〉에서 게으름이 글쓴이에게 한 말을 정리해 보자.

4 〈굽은 나무와 곧은 나무〉에서 장 씨와 글쓴이가 '나무'와 '사람'에 대해 가지는 생각의 차이를 말해 보자.

	장 씨	글쓴이
나무		나무가 굽은 것은 타고난 성질이다.
사람	욕심이 도리를 어지럽히고 잇속이 안목을 흐리게 하기 때문에 도리를 잃고 처음 먹은 마음을 버리는 사람이 많다.	

5 다음 이야기를 읽고, 〈삽 때문에 장님이 된 사람〉과 공통되는 주제를 말해 보자.

원숭이 사냥꾼이 원숭이를 잡는 방법이 있다. 주둥이가 좁은 항아리 안에 원숭이가 좋아하는 음식을 넣어 둔다. 물론 항아리의 구멍은 원숭이가 주먹을 펴야 겨우 뺄 수 있는 정도의 크기여야 한다. 원숭이가 항아리 속에 손을 넣고 음식을 쥐면, 사냥꾼이 원숭이를 잡기 위해 다가간다. 원숭이가 음식을 놓고 손을 빼면 도망갈 수 있지만, 욕심이 원숭이로 하여금 주먹을 펴지 못하게 한다. 그래서 결국 원숭이는 사냥꾼에게 잡히고 만다. 원숭이는 목숨을 단 한 줌의 음식과 맞바꾸는 것이다.

6 〈백과 흑의 대화〉를 참고하여 다음 두 편의 시조를 읽고, 대상을 대하는 화자의 태도를 말해 보자.

(가) 까마귀 싸우는 골에 백로야 가지 마라
    성낸 까마귀 흰빛을 새울세라
    청강에 맑게 씻은 몸을 더럽힐까 하노라

— 정몽주 어머니

(나) 까마귀 검다 하고 백로야 웃지 마라
    겉이 검은들 속조차 검을쏘냐
    아마도 겉 희고 속 검을손 너뿐인가 하노라

— 이직(1362~1431)

7 〈백과 흑의 대화〉에서 백의 논리에 반박하는 흑의 논리를 정리해 보자.

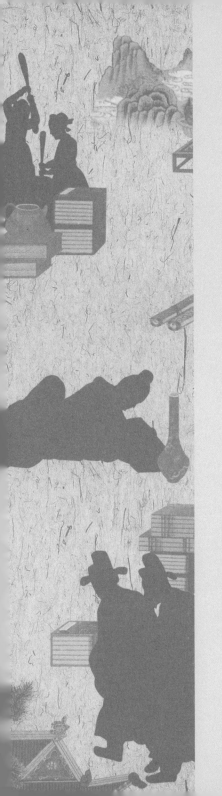

6장

―

올바른 가르침을
전하다

몸을 지키는 말
이이

생질* 홍석윤이 제 어머니를 뵈러 가다가 나와 말을 나누었다.

"제가 배우고 싶으나 뜻이 굳지 못해 하는 일 없이 세월을 보내고 말았습니다. 제가 삼가 조심해 따라야 하는 말씀을 해 주시면, 자리 옆에 붙여 놓고 밤낮으로 보면서 반성하여 게으름을 부리지 않겠습니다."

"옥을 갈고 닦지 않으면 그릇이 될 수 없다. 마찬가지로 사람이 배우지 않으면 도리를 알 수 없고, 도리를 알지 못하면 사람이 될 수 없다. 그러므로 배우려고 하지 않는 선비는 짐승이 되려는 것을 꺼리지 않는 사람이다. 짐승이 되려는 것도 겁내지 않는다면, 자리 옆에 경계하는 말을 써 붙인들 무슨 소용이 있겠느냐?"

"본디부터 배우려고 하지 않은 사람에게는 경계하는 말씀이 소용

---

* 생질(甥姪) 누이의 아들을 이르는 말.

없습니다. 그러나 배우고자 하나 뜻이 굳지 못한 사람에게 경계의 말씀을 들려주시면 도움이 될 것입니다."

"그렇겠구나. 사람의 병에는 두 가지가 있다. 하나는 기운이 병드는 것이고, 다른 하나는 뜻이 병드는 것이다. 기운이 병들면, 의원에게 물어보고 약을 구해 치료해야 한다. 이는 바깥 사물로 병을 치료하는 것이다. 뜻이 병들면, 스스로 깨닫고 마음을 닦아 치료해야 한다. 이는 안에 있는 마음으로 병을 치료하는 것이다. 바깥 사물로 병을 치료하는 것은 다른 사람에게 달려 있고, 안에 있는 마음으로 병을 치료하는 것은 자기 자신에게 달려 있다. 사람들은 다른 사람에게 달려 있는 기운의 병은 치료하려고 하면서도, 정작 자기 자신에게 달려 있는 마음의 병은 치료하려고 애쓰지 않으니, 이 얼마나 우스운 일이냐?

진실로 스스로 마음을 닦으려고 한다면, 게으름의 병은 부지런함으로 치료하고, 욕망의 병은 올바른 이치로 치료하고, 자신을 다잡지 못하는 병은 조심스러움과 엄격함으로 치료하고, 어수선한 생각의 병은 정신 집중으로 치료해야 한다. 자기 자신에게 있는 병은 밖에서 약을 구하지 않아도 되니 치료하지 못할 것이 없다. 그러니 어찌 배움이 이루어지지 않는 것을 걱정하겠느냐?"

"몸을 지키는 데 필요한 말씀을 해 주십시오."

"집에 들어오면 어버이께 효도하고, 밖에 나가면 어른을 공경해야 한다. 또 책을 읽어 사물의 이치를 파고들어 연구하고, 선을 행하여 본디 성품이 돌아오기를 구해야 한다. 마음을 고요히 하고 있을 때는 마음을 다잡아 곧게 하며, 몸을 움직일 때는 바깥 사물과 잘 조화되도록 해야 한다. 자기 자신을 채찍질할 때는 용맹스럽게 하고, 자기 몸을 지킬 때는 끈기 있게 해야 한다."

이렇게 말하고, 드디어 글을 써서 홍석윤에게 주었다.

출전_ 율곡전서

원제_ 증흥생석윤설 贈洪甥錫胤說

■ ─ 생질 홍석윤이 외삼촌인 이이에게 삶의 지침이 될 말을 구한다. 그러자 먼저 이이는 배움의 태도를 말해 준다. 옥이 있어도 갈고 닦지 않는다면 그것은 옥이 될 수 없듯이, 사람도 배우지 않으면 짐승과 다를 바가 없다. 그러므로 사람은 꾸준히 배우고 그것을 실천할 줄 알아야 한다.

사람의 병에는 두 가지가 있다. 하나는 몸이 병드는 것이고 또 하나는 마음이 병드는 것이다. 몸에 든 병은 의원에게 치료를 받으면 되지만, 마음에 든 병은 자기 자신에게 달려 있다. 사람들은 몸에 든 병은 고치려고 하면서도 정작 마음에 든 병은 고치려고 하지 않는다.

일찍이 공자도 이런 것을 한탄한 적이 있다.

옛날에 배우는 사람들은 자기 자신을 위한 학문을 했는데, 요즘 배우는 사람들은 남에게 자신을 드러내기 위해서 학문을 한다.   ─ 《논어》 〈헌문〉

이이는 마음에 든 병을 고치는 방법을 구체적으로 말한다. 게으름은 부지런함으로, 욕망은 올바른 이치로, 해이함은 엄격함으로, 어수선한 생각은 정신 집중으로 치료해야 한다. 또한 집에 들어오면 어버이께 효도하고, 밖에 나가면 어른을 공경해야 한다. 그리고 책을 읽어 사물의 이치를 파고들어 연구하고, 선을 행하여 본디 성품이 돌아오기를 구해야 한다. 그러고 나면 배움은 저절로 다가오는 것이다.

공자 또한 이렇게 말했다.

배우는 사람은 집에 오면 효도하고, 밖에 나가서는 공순하며, 삼가고 믿음직스럽게 하고 널리 사람을 사랑하고 어진 사람을 가까이해야 한다. 그러고도 힘이 남으면 공부하는 것이다.   ─ 《논어》 〈학이〉

늙은 의원은
사람을 죽이지
않는다

이호민

논한다.

어떤 의원을 선택해야 하는가? 무엇보다 나이 든 의원을 찾아서 선택해야 한다. 어째서 그런가?

어떤 의원이 있는데, 의술이 뛰어난지 그렇지 못한지를 알지 못했지만 나이가 많았다. 집안에 병자가 있는 사람이 늙은 의원에게 와서 말했다.

"저희 부모님의 병환이 이러저러하고, 처자식의 병이 또한 이러저러합니다. 어떻게 하면 고칠 수 있겠습니까?"

그 말을 듣고 늙은 의원은 놀라는 기색도 없이 조용하고 간단하게 말했다.

"이 약을 가져다 먹이시오."

늙은 의원이 내미는 약을 보니 세상에 흔한 처방이라 다른 의원들과 다를 바가 없었다. 그는 별로 탐탁하게 여기지 않고, 집으로 돌아와서는 화를 내며 사람들에게 말했다.

"부모님과 처자식이 이만저만해서 의원에게 달려갔더니, 그 의원이란 작자가 별로 놀라는 기색도 없이 약을 하나 지어 주더니 써 보라고 하더군."

그 약을 썼지만 효험이 없었다. 그는 의원이 준 약을 버리고 다른 의원을 찾아갔다.

저자로 가서 보니, 한 의원이 앉아 있는데 용모가 수려하고 말솜씨 또한 뛰어났다. 의서에 있는 주옥같은 말들을 쏟아내고, 그 앞에는 인삼과 금초, 지초, 삽주 등과 같은 약재를 늘어놓았다. 그가 의원에게 병을 말하자, 의원은 놀라며 동정하는 기색이 역력했다. 의원이 말을 하는데 똑 부러졌다.

"저번 약이 잘못됐으니 빨리 다른 처방을 써야 합니다. 만약 그렇게 하지 않으면 삼 일 안에 장사를 치러야 할 거요."

그러면서 의원이 말을 하는데, 세상의 온갖 의서를 넘나들고 천지자연의 이치를 담고 있었다. 그 말을 들으면, 물이 용솟음치는 듯하고 산이 솟아나는 듯해서, 세상에 아무리 뛰어난 의원이라도 미치지 못할 것 같았다. 그가 만족하여 약을 사서 집에 돌아와 사람들에게 말했다.

"오늘 저자에서 아주 뛰어난 의원을 만났다네. 그러니 병은 다 나은 것이나 마찬가지야."

그러고는 가져온 약을 먹였다. 그러자 병자가 현기증을 일으키며 어지럽다고 했다. 두 번 세 번 약을 먹이자 병이 더욱 악화되었다. 그가 나에게 상황을 말하면서 물었다.

"지난번 늙은 의원의 약을 먹었을 때는 아무런 해가 없었습니다. 그런데 저자 의원은 그 약만 먹으면 다 나을 것처럼 말했는데, 오히려 병이 더 나빠졌으니 어찌 된 일일까요?"

이에 내가 말했다.

"큰 지혜는 한 곳으로만 파고들지 않고, 바른 도리는 상도를 벗어나지 않는다네. 지난번 자네가 늙은 의원에게 부모와 처자식의 병을 말했을 때, 늙은 의원인들 인정상 어찌 마음이 동요하지 않고 구하고 싶은 생각이 없었겠는가?

그런데도 그 늙은 의원이 놀라는 기색도 없이 무덤덤하게 자네를 대한 것은 다른 이유가 없다네. 늙은 의원은 많은 병을 보면서 깊이 살폈던 것이라네. 자네가 하는 말을 듣고는 곧 병의 원인도 또 어떻게 병이 진전될지도 알았을 게야. 그러니 약을 처방할 때, 모든 것을 예상해서 살릴 수 있는 방법을 확실히 찾았던 것이지. 어떤 큰 병도 그의 의술을 어지럽힐 수 없다네. 하물며 자네가 찾아왔을 때, 의원이란 자가 병을 두려워하는 기색을 보인다면 어떻겠는가? 자네는 틀림없이 놀라고 허둥지둥했을 테지. 병자의 마음이 그렇게 된다면 해로움이 더욱 심하다네. 그래서 늙은 의원은 놀라는 기색도 없이 무덤덤했던 것이라네.

의원이 약을 처방할 때는 먼저 자세히 살피고 경험을 살려야 세상에서 말하는 뛰어난 의원이라고 할 수 있지. 그런 다음에 하늘의 뜻을 기다린다네. 그건 특별히 새로운 것도 아니고 다른 사람과 다른 비방도 아니라네. 사람의 병에 어찌 신선의 명약을 기다려야 한단 말인가? 그래야 옳은 의원이라네.

늙은 의원의 말은 단순하고 쉬운 듯하면서도 깊은 뜻이 있었던 것이야. 그런데 자네는 어찌 한 번 먹이고 효험이 없다고 두 번 세 번 먹여 보지도 않고 약을 바꾸었단 말인가? 늙은 의원의 약은 효험이 없다 하더라도 사람을 죽이는 지경에까지는 가지 않는다네. 하물며 효과가 없는 것도 아닌데 말인가?

저자 의원은 그렇지 않다네. 그는 의서는 보았겠지만 병자를 치료해 보지 않아서, 약을 쓸 때 경험에 의지하지 않는다네. 비유하자면 물고기와 그물이 따로 노는 것이지. 그는 병의 증세를 들어도 갈팡질팡하면서 실마리조차 잡지 못하고, 의술이 없는 것이 두려워 자기가 들어서 알고 있던 것을 죄다 떠벌린다네. 말재주는 뛰어나지만 의술은 형편없지. 또 사람들이 그 늙은 의원의 말을 따르고 자기의 의술을 무시할까 봐 늙은 의원을 욕하면서 삼 일도 못 넘긴다고 한 것이라네. 이것이 바로 어진 사람을 모함해서 세상에 자신을 드러내려는 것이 아니겠는가?

자네도 저자 의원이 놀라고 애처로워하는 것을 보았지? 또 그 사람의 똑 부러지는 말을 듣고 자네는, '저 의원은 내 말을 듣고 의술을 다 쓰는구나.' 하지 않았던가? 그것이 바로 자네가 잘못 안 것이라네.

'삼대를 계속한 의원이 아니면, 그 의원의 약을 먹지 마라.'라는 말이 있고, 또 '사람이 정직하지 않으면서 의원 노릇을 하면 안 된다.'라는 말도 있다네. 그 말이 믿을 만하지 않은가?"

이에 내가 느끼는 것이 있어 옛날 일을 살펴보았다.

사람들 중에 나이가 어리고 기백이 날카로우며 말재주가 빼어나고 행동이 굳센 사람이 있었다. 그는 의리를 높이 말하고, 경전을 두루 읽어서 세상일에 능통할 뿐 아니라, 말로는 하지 못하는 것이 없어 쇠를 부드럽게 하고 산을 낮게 만들었다. 사람들은 그가 이리저리 둘러대는 말을 고상하다고 여겨 일을 맡기고는 따랐다. 그래서 그는 오만하게 스스로 지혜롭다고 여기고 자신과 견줄 사람이 없다고 하며 나라의 법을 바꾸어 버렸다.

이는 전래의 법을 무시하고 이전 사람들의 말을 조롱한 것으로, 늙은 의원의 약이 잘못되었으니 자신의 약을 먹어야 한다는 저자 의원의 경우와 같다. 전래의 법을 고쳐서 사리에 맞으면 해로움보다는 이로움이 크다 할 수 있지만, 저자 의원의 약은 병을 더욱 깊어지게 만들었다.

이전 사람들이 말한 것은, 깊이 근심하여 너르고 자세히 알게 된 것이라서 비록 단점이 있더라도 장점이 많았다. 또한 이전 사람들은 모두 그 근심하는 것을 헤아리고, 그것을 위해 번거로운 것을 줄여서 간결하게 하고, 펼친 것을 수습해 고요하게 행했다.

이는 늙은 의원이 보여 준 태도와 다르지 않다. 늙은 의원은 이미 수많은 경험 속에서 통달한 법을 통해 근심(병)을 다스리고자 했던 것이다. 이런 늙은 의원의 모습은, 앞에서 내가 '큰 지혜는 한 곳으로만 파고들지 않고, 바른 도리는 상도를 벗어나지 않는다.'라고 한 말과 잇닿는다.

그러니 세상 사람들 누구라도 '늙은 의원의 말이 취할 만하고, 저자 의원의 말은 멀리할 만하다'고 할 것이다. 저자 의원의 말이 새로워 힘을 얻고 기이한 방법으로 사람들을 어지럽히지만, 저자 의원의 약은 오히려 병에 더욱 해로울 뿐이기 때문이다.

조조는 제후를 억누르려고 조급하게 행동하여 일곱 나라가 군사를 일으키게 하였고, 왕안석은 신법을 써서 희풍의 정치에 화를 불러일으켰다.[*] 늙은 의원의 말은 들어맞아 바루기 쉽고, 법은 오래되어 따르기 쉬웠다. 그런데 늙은 의원의 약은 소용없는 것으로 여겨져 버려졌다. 이는 당나라 때 현명한 재상이었던 방현령과 두여회가 공이 없다 하여 폐해지고, 농조의 말을 듣고 송나라 재상 이항을 어리석다 한 것과 같다.

내가 유안세가 이항을 논단한 것을 취해서 삼가 논한다.

출전_ 오봉집

원제_ 노의불맹랑살인론 老醫不孟浪殺人論

• **조조가 ~ 불러일으켰다.** 조조(晁錯)는 한나라 경제 때 신하로 권력을 잡고 제후의 영토를 줄이는 정책을 펴다가 일곱 나라가 전쟁을 일으키자 죽음을 당했다. 왕안석은 송나라 신종 때 신법을 행해 보수주의자들로부터 공격을 받았다. 희풍(熙豐)은 신종 때 연호로, 희풍의 정치는 태평스러운 정치를 일컫는다.

■ ─ 글쓴이는 늙은 의원과 젊은 의원을 대조하여 늙은 의원이 현명하다는 것을 이야기한다. 늙은 의원은 병을 자세히 살피고 경험을 살려서 처방하는 것뿐 특별히 새로운 것도 아니고 다른 사람과 다른 비방도 아니다. 그것은 단순하고 쉬운 듯하면서도 깊은 뜻이 있다. 늙은 의원의 약은 효험이 없다 하더라도 사람을 죽이는 지경에까지는 가지 않는다.

그러나 사람들은 직수굿하게 기다리지 않는다. 한 번 먹어 당장 효험이 없으면 의원을 바꾼다. 저자의 젊은 의원을 찾아가 보면, 그는 경험에 의지하지 않아 의술은 형편없는데 말은 현란하여 온갖 세상의 이치를 넘나들며 떠벌린다. 그는 바로 어진 사람을 모함해서 세상에 자신을 드러내려는 사람이다.

세상에 누가 저자의 젊은 의원의 약보다 늙은 의원의 약이 이롭다는 것을 모르겠는가? 늙은 의원은 오랜 시간을 거치면서 상세하게 시험하여 장점이 많다. 늙은 의원의 말은 들어맞아 바루기 쉽고, 법은 오래되어 따르기도 쉽다. 그런데도 세상에서는 저자 의원의 말이 옳다고 여겨 힘을 얻는다. 그래서 늙은 의원의 처방을 젊은 의원의 처방이 대신하게 된다.

늙음이 만사는 아니지만, 오랜 삶의 경험과 그 속에서 얻은 지혜는 결코 가벼운 것이 아니다. 보기 좋고 듣기 좋은 것에 현혹되어 그것들을 무시해 버린다면 일을 그르칠 수도 있다. 그런 의미에서 이 글은, 속고 속이며 거짓으로 위장한 사람들이 넘쳐나는 오늘을 사는 우리에게 잔잔한 가르침을 전하고 있다.

홍대용

글을 어떻게 읽을 것인가

독서란 외우는 것을 귀하게 여기지 않습니다. 그렇지만 처음 배울 때 외우는 것을 하찮게 여긴다면 의지할 데가 없어집니다. 그러므로 매일 배운 것을 먼저 정확하게 외우고, 잘못 읽으면 안 됩니다. 그런 다음에 산가지*를 세우고 한 번 읽고 나서 한 번 외우고 한 번 보고, 그러고 나서 다시 읽어 삼사십 번을 거듭합니다. 한 권 또는 반 권을 배웠을 때도 아울러 먼저 읽고 나서 외우고 보기를 서너 번 거듭해야 합니다.

무릇 책을 읽을 때 소리를 크게 하면 안 됩니다. 왜냐하면 소리를 크게 하면 기운이 달리기 때문입니다. 책을 읽을 때 눈을 딴 데로 돌려서도 안 되는데, 마음이 딴 데로 달아나기 때문입니다. 책을 읽을 때 몸을 흔들어서도 안 되는데, 몸을 흔들면 정신이 흐트러지기 때문입니다.

---

* **산(算)가지** 예전에, 수효를 셈하는 데에 쓰던 막대기. 대나무나 뼈 따위를 젓가락처럼 만들어 가로세로로 벌여 놓고 셈을 하였는데, 일·백·만 단위는 세로로 놓고, 십·천·십만은 가로로 놓았다.

글을 외울 때는 뒤엉키거나 중복되어서는 안 됩니다. 또 너무 급하게 해서도 안 되는데, 너무 급하게 하다 보면 거칠고 사나워 글맛을 느끼기가 어렵기 때문입니다. 너무 느려서도 안 되는데, 너무 느리게 하다 보면 생각이 풀어져서 제멋대로 되어 미덥지 못하게 되기 때문입니다.

글을 볼 때는 마음속으로 외우면서 글이 지닌 깊은 뜻을 생각하여 찾으려고 해야 합니다. 풀이한 것을 살피고 깊이 파고들어 생각해 보아야 합니다. 한갓 눈으로만 보고 마음으로 깊이 생각해 보지 않는다면 아무런 이익이 없을 것입니다.

앞의 세 조목은 말을 나누면 다른 것 같지만 마음을 오로지하여 깊이 살펴야 한다는 점에서는 같습니다. 모름지기 몸을 다잡고 바르게 앉아, 눈은 바르게 보고 귀는 거두어 들으며 손과 발은 함부로 움직이지 말고 정신을 모아 글에 집중해야 합니다. 이렇게 한다면 의미가 나날이 새로워져 최고의 경지에 이를 것입니다.

무릇 처음 배울 때 의문을 갖지 않는 것이 사람들의 일반적인 병통입니다. 그 병통의 근원은 들뜬 생각에 치달아 글을 읽고서는 마음을 오로지하지 않기 때문입니다. 들뜬 생각을 없애지 못하고 억지로 의문을 가지려고 하면, 멀어지거나 막히고 얕아지며 거칠어져 진정한 의문이 생기지 않습니다. 이런 까닭에 진정한 의문을 갖고자 한다면 먼저 들뜬 생각부터 없애야 합니다. 그러나 이 들뜬 생각 또한 억지로 물리칠 수 없습니다. 억지로 물리치려고 하면 한 가지 생각이 더해져 어지러워집니다. 오직 윗몸을 곧게 하고 뜻을 세워 한 글자 한 구절에 마음과 입이 서로 맞으면 들뜬 생각이 자신도 모르게 흩어집니다.

하루아침에 들뜬 생각을 없앨 수는 없습니다. 오직 정신을 맑게 하는 법을 잊어버리지 않는 것이 중요합니다. 혹 마음과 기운이 고르지 못하고 얽혀서 없어지지 않는다면, 고요히 앉아 눈을 감고 마음을 배꼽에 집중시킵니다. 그러면 정신이 제자리로 돌아가고 들뜬 기운이 순순히 물러날 것입니다.

이렇게 하면 몇 달 안에 공부가 점점 나아져 보람이 있을 것입니다. 지식이 날로 쌓일 뿐만 아니라 마음이 편안하고 기운이 잘 어울려, 일을 하는 데 빈틈이 없어질 것입니다. 높은 배움에 도달하는 것도 이러한 방법에서 벗어나지 않습니다.

올바른 도리는 끝이 없으니, 헛되이 스스로 만족하면 안 됩니다. 아무렇게나 글을 읽은 사람에게 의문이 있을 수가 없습니다. 이는 의문이 없는 것이 아니라 깊은 이치를 따지는 데 이르지 못했기 때문입니다. 맛이 없는 데서 맛이 생기듯, 의문도 의문이 없는 데서 생깁니다. 이러한 다음에라야 글을 읽었다고 할 것입니다.

독서는 의문을 가진다고만 해서 되는 것이 아닙니다. 오직 마음을 고르게 하고 뜻을 오로지하여 읽어야 합니다. 의문이 생기지 않는 것을 걱정하지 말고, 의문이 생기면 곧바로 거듭하여 속속들이 파고들어야 합니다. 글자에만 매달리지 말고, 사물에 대한 경험을 통하기도 하고 이리저리 노니는 중에서 구하기도 합니다. 길을 걸어가거나 자리에 앉고 누울 때도 언제나 속속들이 파고들어 그치지 않는다면 막히는 것이 없을 것입니다. 설사 막히는 것이 있다 하더라도, 먼저 속속들이 파고든 다음 다른 사람에게 물어본다면 곧바로 깨닫게 될 것입니다.

독서는 실속 없이 허세를 부리거나, 어지럽게 글을 읽고 억지로 글자를 맞추거나, 입에서 나오는 대로 의문을 내뱉고, 대답이 끝나기도 전에 지나치고 돌아보지 않으며, 한 번 묻고 한 번 대답하고 다시 생각해 보지 않는다면, 이는 독서의 이익을 구하려는 데 뜻이 없는 것이니 함께 학문을 이야기할 수가 없습니다.

성현의 글을 볼 때는 옛사람이 이미 이룩한 자취를 참고하여 자기 자신을 돌아보아 올바른 방법을 찾아야 합니다. 마음을 움직여 근심하는 것이 마치 바늘로 자기 몸을 찌르듯 해야 합니다. 옛사람의 독서는 대체로 이러하였습니다. 만약 이러하지 못하다면 모두 거짓 학문이 됩니다.

저는 일찍이 맹자가 말한 '이의역지(以意逆志, 자신의 생각으로 다른 사람의 뜻을 헤아림)' 네 글자를 독서의 비결로 삼았습니다. 옛사람의 글에는 올바른 도리나 일에 관한 것뿐만 아니라, 시에서 편을 짓는 방법이나 기승전결과 같이 글을 구성하는 방법 등 사소한 것들까지도 말해 두었습니다. 이제 내 생각으로 옛사람의 뜻을 헤아리니, 두 가지가 녹아 합하여 하나가 됩니다.

이렇게 나와 옛사람이 어울리니, 이것이 바로 옛사람의 마음과 지식이 내 마음에 환하게 닿은 것입니다. 빗대어 말하자면, 무꾸리하는데˙ 신이 내려 무당에게 붙으면 무당이 신들려서 어디로부터 왔는지 모르는 것과 같습니다. 이처럼 옛사람의 문장에 기대거나 옛사람의 묵은 자취를 좇지 않고 변화시켜 근본을 캔다면, 나 또한 옛사람인 것입니다. 이와 같이 독서한 다음에라야 뛰어난 독서가라고 할 수 있습니다.

옛사람이 글을 쓴 것은 문장을 갖추어 이름을 얻으려 하거나, 기억하고 본 것을 통하여 이름을 얻으려는 것이 아니었습니다. 문장을 꾸미거나 기억하고 본 것을 쓰려는 사람도 또한 조급하게 대충 글을 읽어서는 아무것도 얻을 수 없습니다. 온종일 글을 외우고 읽으며 글에서 눈을 떼지 않는 것으로써 스스로 만족해하거나 생각이 들뜨고 입으로만 읽고 마음으로 읽지 않으면, 글을 쓴 사람의 본뜻과 열 겹 스무 겹이나 막히게 되는 것입니다. 그러니 마땅한 도리에서 더욱 멀어진 것이 아닙니까? 이것은 세상에서 자신의 재주를 버리는 것입니다.

처음 독서를 할 때, 어느 누가 그 어려움을 괴로워하지 않겠습니까? 어려움을 당해 애오라지 괴롭지 아니함만 좇아 편안함만 꾀한다면, 이는 마침내 자기 재주를 버리는 것입니다. 만약 괴로움을 조금만 참고 견디며 반성하고 살피는 것을 잊지 않는다면, 열흘 안에 반드시 좋은 소식이 있을 것입니다. 괴로움과 어려움은 차츰 사라지고 즐거움은 나날이 새로워져, 손과 발이 춤추는 경지에 이르러 즐거움이 끝없을 것입니다.

● **무꾸리하다** 무당이나 판수(점치는 일을 직업으로 삼는 맹인)에게 가서 길흉을 알아보거나 무당이나 판수가 길흉을 점치다.

백 년 인생에 근심과 괴로움이 잇따라 찾아오니, 편안히 앉아 독서할 날이 얼마 되지 않습니다. 진실로 일찍 스스로 깨달아 노력하지 않고 미룬다면, 마침내 자신의 재주를 버리게 될 것입니다. 늙어서 궁핍하여 탄식할 때, 어느 누구를 탓하겠습니까?

출전_ 담헌서

원제_ 여매헌서 與梅軒書

▣ — 글쓴이는 독서의 방법을 아주 구체적으로 이야기하고 있다. 소리를 크게 내서도 안 되고, 눈을 딴 데로 돌려서도 안 된다. 너무 빨리 읽어서도 안 되고, 너무 느리게 읽어서도 안 된다. 또 눈으로만 보지 말고 마음으로 깊이 생각하면서 읽어야 한다. 이 모든 것은 마음을 오로지하여 정신을 모아 글에 집중하는 것으로 귀결된다.

글쓴이는 배움에서 가장 중요한 것으로 의문을 갖는 것을 지적한다. 일반적으로 사람들은 처음 배울 때 의문을 갖지 않는다. 그저 책에 주어진 것을 그대로 받아들인다. 그것은 의문이 없어서 그러는 것이 아니라 깊은 이치에 이르지 못했기 때문이다.

그렇다면 글쓴이가 독서의 비결로 삼은 것은 무엇일까? 바로 맹자의 '이의역지(以意逆志)'이다. 자신의 생각으로 다른 사람의 뜻을 헤아린다는 말이다. 글을 읽을 때 무엇보다 자신의 생각을 바탕에 두고 다른 사람의 생각을 파악한다는 뜻이다. 그래야 그 글을 온전히 이해할 수 있는 것이다.

일찍이 송나라 주자는 〈학문을 권함(勸學文)〉이라는 글에서 이렇게 말했다.

少年易老學難成　소년은 늙기 쉽고 배움은 이루기 어려우니
一寸光陰不可輕　짧은 시간도 가벼이 하지 마라
未覺池塘春草夢　연못의 봄풀, 꿈이 깨기도 전에
階前梧葉已秋聲　계단 앞 오동나무 가을 소리를 알리네

독서의 어려움은 말할 필요도 없다. 무지에서 앎으로 새로운 사실을 안다는 것은 힘든 일이다. 우리 시대의 뛰어난 평론가였던 김현 교수가 낸 첫 책의 이름은 '책 읽기의 괴로움'이었다. 김현 교수가 죽고 난 다음, 그 제자들은 김현 교수의 유고를 모아 책을 만들어 고인에게 바쳤다. 그 책 이름은 역설적으로 '행복한 책 읽기'였다.

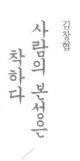

사람의 본성은 착하다. 순자는 사람의 본성이 악하다고 하였는데, 악한 것은 본성이 아니라 기질이다. 기(氣)는 바탕이 되고 이(理)는 본성이 된다.* 이(理)는 선하기만 할 뿐 악하지 않다. 그러나 기(氣)는 선하기도 하고 선하지 않기도 하다. 사람이 선하지 않기도 한 것은 기의 작용 때문이다.

인간의 본성은 다른 것이 조금도 섞이지 않은 이(理)이니 어찌 선하지 않은 속성을 가지겠는가? 공자가 "사람은 올바르게 살아야 한다."라고 하였을 때, 이 올바르다는 것은 곧 선한 것을 말한 것이다. 순자가 "인간의 본성은 악하다"고 한 것은 사실 기질을 두고 말한 것이지 본성이 그렇다는 것은 아니었다.

아득히 먼 옛날에 사람이 만물과 함께 생겨났을 때, 짐승을 사냥

---

* **기는 ～ 된다** 이(理)는 존재가 존재이게 하는 원리이며, 변화 속에서 자기 동일성을 유지하게 하는 존재의 본질이다. 이에 비해 기(氣)는 이가 존재하는 데 갖추어야 할 터전이며, 현실 존재의 구체적이고 물질적인 구성 요소를 말한다.

하여 털도 뽑지 않고 피도 씻지 않은 채 먹었으며, 나무 위에 보금자리를 만들고 굴 같은 곳에 살았으니, 사람은 짐승과 다를 바가 없었다. 남자와 여자가 가까이하여 서로 간에 구별이 없었으며, 어버이와 자식은 버릇없이 친하여 자식이 어버이를 공경하는 것이 없었다. 또 임금과 신하가 있었지만 서로 도덕을 어기고 잘못을 저지르며, 벗을 사귀면서도 서로 다투었다.

이에 성인이 나타나, 중매를 하여 시집가고 장가들게 하고 집 안팎의 예법을 만들자 남자와 여자가 구별되었다. 자식이 아침저녁으로 어버이의 안부를 보살피고 받들어 모시며 청소하고* 순종하는 예법을 만들자 자식이 어버이를 공경하게 되었다. 수레, 옷, 이름, 등급, 조현,* 지위 등의 예법을 만들자 임금과 신하가 도덕을 어기고 잘못을 저지르는 일이 없게 되었다. 서로 오가며 안부를 묻고 축하하고 위로하며 술 마시고 활 쏘는 예법을 만들자 벗 사이에 다투는 일이 없어졌다.

이렇게 했는데도 남녀 사이에 음란하고 행실이 좋지 못하고, 자식이 예의가 없고 어버이를 업신여기고, 신하가 올바른 길에서 벗어나 어그러지고, 벗 사이에 해를 입히면 법으로 다스려 바르게 하였다. 이렇게 하자 비로소 사람이 짐승에게서 멀어지고 세상이 바르게 되었다.

---

* **청소하다** 원문은 '파쇄(播灑)'인데, '빗자루질을 하다', '물을 뿌리고 청소하다'라는 뜻이다. 유학자들이 생활의 기본 또는 기초가 되는 행위를 말할 때, '청소하는 법을 배운다'라고 한다.
* **조현(朝見)** 신하가 조정에 나아가 임금을 뵙던 일.

그런데 순자라는 사람은 지난날은 저러하고 지금은 이러하다 하여, 마침내 사람의 본성은 본디 악한데 그것이 선한 것은 의식적으로 꾸민 것이라고 주장하였다. 더 나아가 사람의 본성이 악하므로 성인이 예의와 법도를 만들어 사람의 본성과 감정을 바로잡았다고 하였다.

순자의 주장은 너무나도 잘못되었는데, 이는 생각이 깊지 못했기 때문이다. 남자와 여자가 서로 가까이하면 음란하여 행실이 좋지 못하게 되고, 어버이와 자식이 버릇없이 친하면 자식은 예의가 없고 어버이를 업신여기게 되며, 임금과 신하가 서로 도덕을 어기고 잘못을 저지르면 신하가 올바른 길에서 벗어나게 되고, 벗을 사귀면서도 서로 다툰다면 해가 된다. 이것이 어찌 사람의 본성이 본디 그러해서겠는가. 앞에서 숨기고 뒤에서 깨뜨리니, 기(氣)가 선하지 않아 나타나는 해로움이 이처럼 심하다.

오직 성인만이 태어나면서부터 기(氣)가 선하며 본성도 본바탕 그대로 선하다. 그러므로 성인은 남자와 여자 사이를 뚜렷하게 구별하여 가까이하지 않고, 어버이와 자식 사이에서도 서로 존중하여 버릇없이 친하게 되지 않으며, 임금과 신하와 벗의 사귐에 이르러서도 예의와 겸손을 갖추어 올바른 길에서 벗어나거나 다투지 않는다. 성인은 그렇게 하는 것이 선해서 억지로 그렇게 하는 것이 아니라, 본성이 본디 그러하여 좇아 따르는 것이다. 성인이 다른 사람을 가르칠 때, 사람들에게 억지로 자신을 따르게 하지 않는다. 다만 사람들이 그 본성을 따르게 하여 기질이 가진 해로움을 제거해 주는 것이다. 진실로 사람의 본성이 악한데 성인이 바로잡아 선하게 한 것이라면, 아주 옛날 성인도 본성이 악했을 것이 아닌가? 도대체 누가 그를 가르치고 억지로 시켜 악한 본성을 따르지 않게 하여 성인의 경지에 이르게 하였단 말인가.

사람의 본성이 본디부터 선하다는 것은, 빗대어 말하면 물이 아래로 흐르는 것과 같다. 중국 요임금 때, 물이 거슬러 흘러 온 세상이 어지러웠다. 온 세상이 나서서 힘을 쏟았지만 막을 수가 없었다. 이것이 어찌 물의 본성이 본디 그러해서였겠는가. 다만 물의 본성을 해치는 것이 있었기 때문이었다. 우임금이 그 이치를 알아 땅을 파서 물을 아래로 흐르게 하여 바다로 흘려보냈던 것이다. 그런 뒤에 중국의 강물이 옛길을 따라 흘러 해로움이 사라졌다. 이것이 우임금이 물을 잘 다스리게 된 까닭이다.

성인이 사람을 다스리는 일도 이와 같다. 마찬가지로 사람의 본성을 해치는 것을 없앨 뿐이다. 사람의 본성이 선하지 않은데 어떻게 억지로 선하게 만들 수 있단 말인가.

순자는 이렇게 말했다.

"굽은 나무는 도지개*를 써야만 곧게 되고, 무딘 쇠는 숫돌에 갈아야만 날카롭게 된다. 사람의 악한 본성은 스승에게 배워야만 바르게 되고 예의를 배워 알아야만 다스려진다."

순자의 주장을 보면, 굽은 나무는 곧게 될 수가 없는데 도지개로

---

* **도지개** 틈이 가거나 뒤틀린 활을 바로잡는 틀.

곧게 만들 수 있고, 무딘 쇠는 날카로울 수 없는데 숫돌에 갈아 날카롭게 할 수 있다는 것이다. 과연 그러한가?

아니다. 사물은 반드시 먼저 그 본성을 가지고 있어야 하는 것이다. 굽은 나무가 곧게 될 수 있는 것은 본디 나무의 본성이 부드럽기 때문이고, 무딘 쇠가 날카롭게 될 수 있는 것은 본디 쇠의 본성이 단단하기 때문이다. 만일 나무가 쇠와 같이 단단하다면 도지개로 곧게 할 수 있겠는가? 또 쇠가 나무와 같이 부드럽다면 숫돌에 갈아 날카롭게 할 수 있겠는가?

이것으로 볼 때, 나무가 본디 곧게 될 본성을 가지고 있기 때문에 도지개로 곧게 만들 수 있는 것이며, 쇠가 본디 날카롭게 될 본성을 가지고 있기 때문에 숫돌로 갈아 날카롭게 만들 수 있는 것이다. 마찬가지로 사람의 본성도 본디 선하기 때문에 성인이 사람을 선하게 만들 수 있는 것이다. 그러므로 사람의 본성이 본디 선하지 않았는데 억지로 그렇게 만들었다고 할 수 없는 것이다.

눈으로 볼 수 있고 귀로 들을 수 있는 것은 사람이 하늘로부터 모두 같이 받은 것이다. 눈으로 볼 수 없고 귀로 들을 수 없다면 그것은 병이 든 것이지 눈과 귀의 본성이 그래서가 아니다. 그래서 뛰어난 의사가 탕약, 알약, 침, 뜸으로 치료하면 눈이 밝아져 볼 수 있고 귀가 뚫려 들을 수 있게 된다. 그렇지만 의사가 아무리 뛰어나다 하더라도 눈과 귀가 보거나 들을 수 있는 본성을 가지고 있지 못하다면 어찌 보거나 들게 할 수 있게 한단 말인가? 그러니 의사도 병든 것을 없앤 것뿐이다.

사람의 본성이 선한 것은 눈과 귀로 보거나 들을 수 있는 것과 같다. 또 악하다고 하는 것은 눈과 귀로 보거나 들을 수 없는 것과 같다. 그러므로 성인은 뛰어난 의사에 빗댈 수 있다. 성인이 사람들을 가르치고 이끌어서 좋은 방향으로 나아가게 하는 것과 법을 만들어 사람들로 하여금 본받도록 하는 것은 의사가 치료하는 탕약, 알약, 침, 뜸과 같다.

이제 누군가가 눈멀고 귀먹은 사람을 보고 눈과 귀의 본성이 본디 그러했는데 의사가 보고 들을 수 있게 만들었다고 하면, 누구나 그를 어리석다 할 것이다. 순자의 주장은 바로 이와 같다. 순자가 이렇게 하면서 맹자를 넘어서려 하고, 사람의 본성은 본디 선하다고 한 맹자의 주장을 반대하였다. 내가 볼 때, 순자의 주장은 너무나도 잘못되었다.

순자는 느껴서 저절로 그러한 것이 감정·본성이며, 느껴서 그러하지 못하고 반드시 어떤 원인으로 그렇게 된 것이 거짓 꾸밈이라고 하였다. 그러나 맹자가 이렇게 말하지 않았는가? 어린아이가 우물에 빠지는 것을 보면 누구나 불쌍히 여기는 마음이 생기고, 어버이의 시체가 골짜기에 내버려진 것을 보면 자식은 이마에 땀을 흘린다고. 이것이 어찌 느껴서 저절로 그러한 것이 아니겠는가? 혹시 불쌍히 여기는 마음이 생기는데 어린아이를 구해 주지 않고, 이마에 땀을 흘리면서 어버이의 시체를 거두어 주지 않는 것은 사사로운 마음이 생겨 본성을 해친 것이다. 이것은 거짓 꾸밈이라고 해야 한다. 순자가 말한 거짓 꾸밈과 내가 말하는 거짓 꾸밈은 다르다.

순자는 다음과 같이 말하기도 했다.

"길을 가는 사람은 누구나 우임금과 같은 성인이 될 수 있다."

"길을 가는 사람은 누구나 어짊과 의로움, 법도의 올바른 바탕을 알고 있다. 또한 누구나 어짊과 의로움, 법도의 올바른 기량을 가지고 있다."

순자가 말한 '어짊과 의로움, 법도의 올바른 바탕과 기량'은 사람이 본디부터 가진 것인가, 아니면 바깥 사물로부터 받은 것인가? 만약 '어짊과 의로움, 법도의 올바른 바탕과 기량'을 바깥 사물로부터 받은 것이라면, 사람들이라면 누구나 반드시 가지고 있는 것이라고 말할 수 없다. 만약 사람이라면 누구나 반드시 가지고 있는 것이라면, '어짊과 의로움, 법도의 올바른 바탕과 기량'을 바깥 사물로부터 받은 것이라고 볼 수가 없다. 바깥 사물로부터 받은 것이 아니라면, 진실로 본성이 본디 그러하여 거짓 꾸밈을 기다릴 필요가 없는 것이다. 이것이 바로 맹자가 말한 "사람의 본성은 선하다."라는 것으로, 사람이라면 누구나 요임금이나 순임금과 같은 성인이 될 수 있다는 말이다.

순자가 맹자의 논리를 부수려고 했지만 끝내 맹자의 논리를 넘어뜨릴 수 없었다. 이는 이치로 볼 때 당연한 것으로, 순자가 자기 논리로 바꿀 수 없는 것이었다.

순자의 학문이 넓고 깊었으나 오직 본성과 기질을 나누는 데는 밝지 못해 선악의 뿌리를 파고들지 못했다. 그래서 본성을 악하다고 하고 또 선한 것을 거짓 꾸민 것이라고 생각하며 맹자가 틀렸다고 하여 이와 같은 주장을 하였다. 순자는 거침없이 주장하였으나 그 논리가 어그러지고 한결같지 않았다. 그것은 스스로 자기 논리가 모순된 것을 깨닫지 못했기 때문이다.

순자가 일찍 태어나지 않아 맹자와 만나 이야기하지 못해 맹자의 논리에 미치지 못한 것은 안타까운 일이다. 또 순자가 늦게 태어나지 않아 정호, 정이, 장재˙를 만나 본성에 대하여 후천적으로 생기는 기질에 대한 설명을 듣지 못해 자신의 잘못을 거두지 못한 것도 안타까운 일이다.

어떤 사람이 나에게 말했다.

"그대의 말에 동의합니다. 그러나 옛날 본성을 말하면서 양웅이나 한비 같은 사람도 맹자와 다른 논리를 폈습니다. 그런데도 그대는 어찌하여 순자의 논리만 비판하는 것입니까?"

그래서 내가 대답했다.

"양웅이나 한비의 논리도 이(理)와 기(氣)를 구별하지 못한 점에서는 순자와 마찬가지입니다. 순자를 비판하면, 양웅과 한비의 논리는 다시 비판할 필요가 없어집니다."

그 사람이 말했다.

"본성과 기질에 대한 설명은 분명 그대의 말이 맞습니다. 그렇다면 사람의 기질에 속하는 것을 본성이라고 할 수는 없지 않겠습니까?"

● **정호, 정이, 장재** 모두 중국 북송의 유학자이다. 정호(1032~1085)는 도덕설을 주장하여 우주의 본성과 사람의 성(性)이 본래 같다고 보았다. 정이(1033~1107)는 정호의 동생으로, 최초로 이기(理氣)의 철학을 내세우고 유교 도덕에 철학적 기초를 부여하였다. 그리고 장재(1020~1077)는 유가와 도가의 사상을 조화시켜 우주의 일원적 해석을 설파함으로써 정호, 정이, 주자의 학설에 영향을 끼쳤다.

내가 대답했다.

"그렇지 않습니다. 사람이 기질을 가지고 태어났는데 그것을 어찌 본성이라고 하지 않을 수 있겠습니까? 그러나 이미 선현들이 그것을 본성이라고 하지 않았습니다. 이것은 정호, 정이, 장재가 이미 다 설명하였습니다."

출전_ 농암집

원제_ 성악론변 性惡論辨

■ ─ 순자는 정치적·사상적으로 혼란했던 전국 시대를 살면서 공자의 사상을 보다 이론적으로 체계화시킨 사상가였다. 공자의 사상을 계승한 점에서 순자는 맹자와 비슷했지만, 맹자가 이상적이었던 데 비해 순자는 보다 현실적이었다고 할 수 있다.

순자의 사상 가운데 성리학적 관점에서 이단시되던 것이 바로 성악설이다. 이는 순자의 여러 사상 체계 가운데 하나임에도 순자의 대표적인 사상인 것처럼 오해되고 있는 것이다.

> 사람의 본성은 악하다. 착한 것은 거짓이다. (人之性惡其善者僞也)
>
> ─《논어》〈성악〉

그러나 이러한 성악설의 근거는 사람의 욕망에 있는 것이기 때문에, 사람이 착해질 수 있는 요소가 완전히 부정되는 것은 아니다. 그러므로 순자는 반드시 스승의 교화와 지도를 통해서 선(善)에 이르게 된다고 본 것이다. 굽은 나무는 반드시 도지개를 대고 불을 쬔 후에야 곧게 되고, 무딘 쇠붙이는 반드시 숫돌에 갈고 닦은 후에야 날카로워진다. 그렇듯 사람의 악한 본성도 인의(仁義)와 법도로 바로잡으면 "누구나 성인이 될 수 있다."(《순자》〈성악〉) 이는 사람이라면 누구나 인의와 법도를 알 수 있는 바탕을 가지고 있고 또한 실천할 수 있는 요건을 갖추고 있기 때문이다.

이 글은 순자의 성악설에 대한 비판이다. 사실 순자의 사상은 인간관계를 도덕적으로 규명하는 유가 철학의 입장에 서 있음에도 이 성악설 하나로 성리학적 관념 속에서 오랫동안 부정되어 왔다. 순자의 성악설은 인간이 사회적 존재로 악한 성질이 발현된다는 점을 지적한 것이다. 그러나 이는 동시에 예의의 회복을 통해 선한 존재로 변화할 가능성을 열어 놓은 적극적인 뜻을 지니고 있었다는 점을 생각해 볼 필요가 있다.

《논어》 다시 읽기

성인의 글을 볼 때, 뒷사람의 해석을 그대로 지키는 것도 옳지만, 모름지기 이리저리 생각하고 널리 찾아서 결국 바른 데로 돌아가야 비로소 깊이 깨달았다고 할 수 있다. 그렇게 하지 않는다면 입으로 외우고 귀로 듣기만 하는 거친 학문을 벗어날 수가 없다.

《논어》 첫 장에서 '배운다(學)'는 것을 말하였다. 사람은 처음에 이치를 알지 못하기 때문에 배우는 것이다. 만약 사람이 처음부터 환히 알고 있다면 배운다는 것이 필요 없을 것이다. 그러므로 사람들은 성인의 글을 보고 이치를 알기도 하고 뒷사람의 해석을 보고 깨닫기도 한다. 이것이 바로 배운다는 것이다. 무릇 일은 도(道)를 따라 드러나고, 도(道)는 배워야 알게 된다. 이것이 《논어》 첫 장에서 말한 뜻이다.

'배운다(學)'는 것은 앎에 가깝고, '익힌다(習)'는 것은 실천에 가깝다. 그러므로 배우기만 하고 익히지 않으면 '기쁨(說)'에 이를 수 없다. 이는 마치 고기는 먹을 수 있는 것임을 안다 하더라도 씹어서 맛

본 뒤에라야 입이 기쁜 것과 같다.

벗이 먼 데서 찾아오면 왜 '즐겁다〔樂〕'라고 했을까? 그것은 '어짊〔인(仁)〕'을 돕는 데 벗만 한 존재가 없기 때문이다. 벗은 사람이 마땅히 지키고 행하여야 할 일을 이야기하고, 착한 일로 나를 이끌며, 잘못을 고치도록 해 준다. 내가 비록 배우고 실천하여 기뻐한다 하더라도, 좋은 벗과 만나 널리 구하고 깊이 생각해야 한다. 그렇게 한다면 내가 알고 실천하는 것이 하늘이나 다른 사람에게 부끄럽지 않아 마음이 넓어지고 몸이 편안해지게 된다. 그래서 벗이 먼 데서 찾아오면 즐겁다고 한 것이다.

'기쁘다〔說〕'는 것은 고기를 먹는 것처럼 그것을 좋아한다는 뜻이고, '즐겁다〔樂〕'는 것은 이미 배부르게 먹고 하늘과 땅 사이에 기운이 꽉 찼다는 뜻이다. 그러므로 기쁨은 대상에 속하여 둘로 나뉘지만, 즐거움은 자신에게 속해 하나가 된다. 이는 일찍이 공자가, "아는 것은 좋아하는 것만 못하고, 좋아하는 것은 즐거워하는 것만 못하다."라고 한 것과 비슷하다.

배운다는 것은 안다는 것에 가깝고, 기뻐한다는 것은 좋아한다는 것에 가깝다. 그러니 앞에서 말한 두 '즐겁다'는 말은 서로 어우러지는 것이다. 바꾸어 말하면, 배워서 아는 것은 그것을 기뻐하는 것만 못하고, 이 기뻐하는 것도 스스로 자신이 즐거워하는 것만 못한 것이다.

'성내다〔慍〕'와 '근심하다〔憫〕'는 뜻이 같지 않다. '성내다'는 대상과 관계가 있지만, '근심하다'는 자신과 관계가 있다. 그러므로 다른 사람이 자신을 알아주지 않는다고 성내는 사람은 보잘것없는 사람이다. 만약 다른 사람이 알아주지 않더라도 성내지 않는다면, 그저 보통 사람에 지나지 않는다. 그러니 어찌 군자라고까지 칭송할 수 있겠는가?

내가 볼 때, '다른 사람이 알아주지 않는다(人不知)'는 말은 《시경》에서, "나를 모르는 자는 나에게 무엇을 구하느냐고 한다."라고 한 것과 비슷하다. 다른 사람이 나를 알아주지 않는 것은 반드시 까닭이 있다. 그래서 다른 사람이 나를 대할 때, 인정을 넘어 이치에 어긋난 점이 있는 것이다. 나는 스스로 최선을 다할 뿐 다른 사람에게 성내지 말아야 한다. 이는 《논어》에서 "다른 사람이 나에게 욕을 보여도 따지고 다투지 않는다.(犯而不校)"라고 한 것과 같다. 만약 길을 가는 나그네처럼 나와 아무런 상관이 없다면, 그가 나를 알아주든 그렇지 않든 뭐 따질 것이 있겠는가?

옛사람의 말은 군더더기 꾸밈이 없다. 그래서 벗이 찾아오면 즐겁다고 하면서도 그 즐거운 것이 무엇인지 말하지 않았고, 다른 사람이 나를 알아주지 않더라도 성내지 않는다고 하면서도 알아주지 않는 것이 무엇인지 말하지 않았다. 이는 모두 미루어 알도록 하기 위한 것이다.

《맹자》에 나오는 "천하의 훌륭한 선비는 천하의 훌륭한 선비를 벗으로 삼는다."라는 말은, 《논어》에서 공자가 "벗이 있어 먼 데서 찾아오면 또한 즐겁지 아니한가?"라고 말한 것을 풀어 쓴 것이다. 또 《중용》에 나오는 "너그럽고 넉넉한 마음으로 가르치고 도가 없다고 보복하지 않는다."라는 말은, 《논어》에서 "다른 사람이 나를 알아주지 않더라도 성내지 않는다."라고 말한 것을 풀어 쓴 것이다.

　이 글에서 내가 말한 것이 모두 옳다는 것은 아니다. 다만 좁은 길을 찾고 더듬어 본다면 깊은 경지에 이르게 될 수 있음을 말하려는 것이다.

출전_ 성호사설

원제_ 논어수장論語首章

■ ─ 이익이 말하는 《논어》 첫 장은 누구에게나 익숙한 글이다.

子曰 學而時習之不亦說乎 有朋自遠方來不亦樂乎 人不知不慍不亦君子乎

공자가 말하였다. 배우고 때에 맞추어 익히면 또한 기쁘지 아니한가? 벗이
있어 먼 데서 찾아오면 또한 즐겁지 아니한가? 남이 나를 알아주지 않더라
도 성내지 아니하면 또한 군자가 아닌가?

첫머리에서 이익은 주희와 같은 뒷사람의 해석을 그대로 지키는 것도 옳지만,
모름지기 이리저리 생각하고 널리 찾아야 바른 데로 돌아가 깊이 깨달을 수
있다고 선언한다. 그렇게 하지 않고 입으로 외우고 귀로 듣기만 하면 거친 학
문에서 벗어날 수가 없게 된다. 이는 기존의 유학에 대한 도전이며, 이것은 뿌
리부터 개혁하려는 실사구시의 학문 태도라고 할 수 있다. '배우고〔學〕 익힌다
〔習〕'는 《논어》의 첫머리 글자를 앎과 실천으로 해석하는 이익의 태도에는 그
러한 모습이 잘 나타나 있다.

기쁨〔說〕과 즐거움〔樂〕의 차이를 이익은 분명하게 알려 준다. 즉, 배운다〔學〕는
것은 앎〔知〕을 말하는 것이고, 기뻐한다는 것은 좋아하는 것을 말하는 것이며,
즐거워한다는 것은 그것을 넘어서 있는 경지를 말하는 것이다.

이처럼 이익은 좁은 길을 찾고 더듬어 새로운 출발점에 서 있다. 일찍부터 이
익은 '논어익(論語翼)'이라는 책 이름까지 붙여 두고 《논어》의 새로운 해석을
시도했다. 비록 한 권의 책으로 완성하지는 못했지만 《성호사설》〈경사문〉은
기존의 해석에 대한 의문을 탐구한 결실이다.

1 〈몸을 지키는 말〉을 읽고, '뜻이 병든다'는 말의 의미를 말해 보자.

2 〈늙은 의원은 사람을 죽이지 않는다〉에 나오는 저자 의원을 보고 떠올릴 수 있는 한자 성어이다. 풀이에 해당하는 것과 바르게 연결해 보자.

교언영색(巧言令色) •

침소봉대(針小棒大) •

허장성세(虛張聲勢) •

곡학아세(曲學阿世) •

• 실속은 없으면서 큰소리치거나 허세를 부림.

• 바른 길에서 벗어난 학문으로 세상 사람에게 아첨함.

• 아첨하는 말과 알랑거리는 태도.

• 작은 일을 크게 불리어 떠벌림.

3 〈늙은 의원은 사람을 죽이지 않는다〉를 읽고, '큰 지혜는 한 곳으로만 파고들지 않고, 바른 도리는 상도를 벗어나지 않는다.'라는 말의 뜻을 늙은 의원과 저자 의원의 처방을 예로 들어 설명해 보자.

4 〈글을 어떻게 읽을 것인가〉에서 글쓴이가 말하는 '이의역지(以意逆志)'에 대하여 설명해 보자.

5 〈사람의 본성은 착하다〉를 읽고, 다음 견해를 성선설과 성악설로 나누어 보자.

1) 사람의 본성은 버드나무와 같고, 의리는 소쿠리와 같다. 사람의 본성이 어질다 함은 마치 버드나무로 소쿠리를 만드는 것과 같다.

2) 소쿠리는 버드나무의 본성을 해치고 만든 것이 아니라 버드나무의 본성을 따라서 만든 것이다.

3) 사람의 본성은 소용돌이치는 물과 같아서, 동쪽으로 트면 동쪽으로 흐르고, 서쪽으로 트면 서쪽으로 흐른다.

4) 사람의 본성은 나면서 이익을 좋아하게 되어 있다. 이것을 따르기 때문에 싸움이 생기고 사양하는 마음이 없어진다. 그러므로 법의 교화와 예의의 지도가 있은 뒤에라야 사양하는 데로 나아가 도리에 알맞고 다스려지는 데로 돌아간다.

5) 물은 동서의 구분이 없지만, 상하에 대한 구분은 있다. 물은 아래로 흐르지 않음이 없다.

6) 어짊이 어질지 못함을 이기는 것은 물이 불을 이기는 것과 같다.

7) 굽은 나무는 반드시 도지개를 대고 불에 쬔 뒤에야 곧게 되고, 무딘 쇠붙이는 반드시 숫돌에 갈고 닦은 뒤에라야 날카로워진다.

6 《논어》 다시 읽기》를 읽고, 《논어》에 나오는 다음 구절들의 의미를 말해 보자.

1) 증자가 말했다. "나는 매일 자신에 대하여 세 가지를 반성한다. 다른 사람에게 성심을 다했는가, 벗과 사귀면서 신의를 잃은 일은 없는가, 배운 것을 제대로 익혔는가이다."

2) 공자가 말했다. "남이 나를 알아주지 않는 것을 걱정하지 말고, 내가 남을 알아주지 않는 것을 걱정하여라."

3) 공자가 말했다. "유(공자의 제자)야! 너에게 아는 것을 말해 줄까? 아는 것을 안다고 하고, 모르는 것을 모른다고 하는 것, 그것이 바로 아는 것이다."

4) 공자가 말했다. "아는 것은 좋아하는 것만 못하고, 좋아하는 것은 즐기는 것만 못하다."

5) 공자가 말했다. "날이 추워진 뒤에라야 소나무와 잣나무가 시들지 않는 것을 알 수 있다."

6) 공자가 말했다. "잘못하고도 고치지 않는 것이 바로 잘못이다."

7 《논어》 다시 읽기》에서 '배움', '익힘', '기쁨', '즐거움'에 대한 글쓴이의 해석을 정리해 보자.

김려(1766~1822) 호는 담정(藫庭). 패사 소품체(稗史小品體)의 문장을 익혔고, 이옥 등과 교유하면서 소품체 문장의 대표적 인물로 주목받았다. 1797년에 강이천의 비어 사건에 연좌되어 부령으로 유배되었다. 유배지에서 가난한 농어민과 친밀하게 지내고 관기인 연희와 어울리며 그들의 처지를 이해하고 그들을 위한 시를 지어 화를 입었다. 저서로《담정유고》가 있다.

김부식(1075~1151) 본관은 경주. 그를 포함해 4형제의 이름은 송나라 문인인 소식 형제의 이름을 따서 지었다고 한다. 묘청의 난 때 원수로 임명되어 난을 진압했다. 관직에서 물러난 후 인종 23년(1145)에《삼국사기》를 편찬했다. 시호는 문열이다.

김일손(1464~1498) 호는 탁영(濯纓). 김종직의 문하에 들어가 정여창, 강혼 등과 깊이 교유하였다. 언관으로 재직하면서 문종의 비 현덕왕후의 소릉을 복위하라는 과감한 주장을 하였다. 또한 훈구파를 공격하고 사림파의 중앙 정계 진출을 적극적으로 도왔다. 연산군 4년(1498) 훈구파가 일으킨 무오사화 때 〈조의제문(弔義帝文)〉 및 소릉 복위 상소 등으로 능지처참을 당했다. 김종직의 문인으로 사장(詞章)을 중시하는 대표적 인물이다. 문집으로《탁영집》이 있으며, 시호는 문민이다.

김창협(1651~1708) 본관은 안동. 호는 농암. 김상헌의 증손자이고, 아버지는 영의정 김수항이며, 형은 영의정 김창집이다. 학문적으로는 이황과 이이의 설을 절충하였다. 문장은 단아하고 순수하여 구양수의 정수를 얻었으며, 시는 두보의 영향을 받았지만 그대로 모방하지 않고 고상한 시풍을 이루었다. 문장에 능하고 글씨를 잘 썼다. 문집에《농암집》이 있고, 시호는 문간이다.

남효온(1454~1492) 호는 추강(秋江). 김종직의 문인으로 생육신의 한 사람이다. 김종직이 이름을 부르지 않고 반드시 '우리 추강'이라 했을 만큼 존경했다. 성종 9년(1478), 스물다섯 살 때 소를 올려 문종의 비 현덕왕후의 소릉을 복위할 것을 주장했다. 이 일로 훈구파들로부터 미움을 받게 되었고, 세상 사람들도 그를 미친 선비로 지목하였다. 또 박팽년, 성삼문, 하위지, 이개, 유성원, 유응부가 단종을 위하여 절개를 지킨 사실을 기록해 〈육신전(六臣傳)〉이라 했다. 1504년 갑자사화 때 부관참시를 당하였다. 문집으로 《추강집》이 있고, 시호는 문정이다.

박두세(1650~1733) 남인에 속해 벼슬길이 순탄하지 못했다. 문장에 능하였으며 운학(韻學)에 매우 밝았다. 작품으로 〈요로원야화기〉가 있는데, 당시 사회의 실정을 폭로하고, 정치 제도에 대한 불만을 토로하면서 세태를 풍자하였다.

박제가(1750~1805) 호는 초정(楚亭). 박지원, 이덕무, 유득공 등 북학파와 교유하였다. 1778년 사은사 채제공을 따라 이덕무와 함께 청나라에 가서 청나라 학자들과 교유하였다. 돌아온 뒤 청나라에서 보고들은 것을 정리해 《북학의》를 써서 조선의 정치·사회 제도의 모순과 개혁 방안을 다루었다. 저서로 《북학의》, 《정유집》 등이 있다.

박지원(1737~1805) 호는 연암(燕巖). 학문이 뛰어났으나 1765년 과거에서 뜻을 이루지 못하였고, 이후 과거를 보지 않고 학문과 저술에 힘썼다. 홍국영이 세도를 잡아 생명의 위협을 느끼고 황해도 연암협에 은거해 호가 연암으로 불려졌다. 정조 4년(1780) 삼종형 박명원이 정사로 북경으로 가자 수행(1780년 6월 25일 출발, 10월 27일 귀국)하고 돌아와 《열하일기》를 썼다. 이 글에서 이용후생을 강조하고 청나라의 발달된 문물 제도를 받아들여 조선을 개혁하고자 하였다. 그의 주장은 현실적으로 수용되지 않았지만 위정자와 지식인에게 강한 자극제가 되었다. 문집으로 《연암집》이 있다.

성현(1439~1504) 호는 용재(慵齋)·허백당(虛白堂). 조선 초기의 학자로 음악에도 정통하여 《악학궤범》을 편찬하였다. 수필집 《용재총화》, 문집 《허백당집》이 있다.

신흠(1566~1628) 호는 상촌(象村). 장남 신익성은 선조의 딸인 정숙 옹주의 부마이다. 1613년 계축옥사가 일어나자, 선조로부터 영창 대군의 보필을 부탁받은 유교칠신(遺敎七臣)인 까닭으로 파직되었다. 1616년 춘천에 유배되었다가 1621년에 사면되었다. 문장이 뛰어나 문한직을 맡았으며, 대명 외교 문서의 제작, 시문의 정리에 참여하였다. 문집으로 《상촌집》이 있고, 시호는 문정이다.

유몽인(1559~1623) 호는 어우당(於于堂). 성혼에게 배웠으나 경박하다는 책망을 받고 쫓겨나기도 했다. 1623년 광해군의 복위 음모로 국문을 받고 사형되었다. 저서로 야담집《어우야담》과 문집《어우집》이 있다.

유방선(1388~1443) 호는 태재(泰齋). 변계량, 권근 등에게 배우고, 원주에서 생활하던 동안 서거정, 한명회 등을 길러냈다. 저서로《태재집》이 있다.

유성룡(1542~1607) 호는 서애(西厓). 퇴계의 문인이다. 왜란을 대비해 이순신을 전라좌도 수군절도사에 천거하였다. 1592년 왜가 침입하자 병조판서를 겸하고 도체찰사로 군무를 총괄하였다. 저서로《서애집》,《징비록》등이 있다. 시호는 문충이다.

이규보(1168~1241) 호는 백운거사(白雲居士)·삼혹호선생(三酷好先生). 열여섯 살 때부터 강좌칠현(江左七賢)과 관계를 맺었다. 명종 19년(1189) 사마시에 수석으로 합격하고, 이듬해 예부시에서 급제하였다. 그러나 관직을 받지 못하고, 스물다섯 살 때 개성 천마산에 들어가 글을 짓고 보냈다. 문집으로《동국이상국집》이 있고, 사화집으로《백운소설》이 있다. 시호는 문순이다.

이덕무(1741~1793) 호는 형암(炯庵)·아정(雅亭)·청장관(靑莊館)·신천옹(信天翁). 박학다식하고 문장이 뛰어났으나 서자였기 때문에 크게 등용되지 못하였다. 박지원, 홍대용, 박제가, 유득공, 서이수 등 북학파 실학자들과 깊이 교유해 많은 영향을 주고받았다. 정조 2년(1778) 서장관으로 북경에 가서 청나라 학자들과 교류하였다. 1779년 박제가, 유득공, 서이수와 함께 초대 규장각 검서관이 되었다. 그가 죽자 정조는 그의 아들 이광규를 검서관으로 임명하였다. 저서로《청장관전서》가 있다.

이명한(1595~1645) 호는 백주(白洲). 아버지는 좌의정 이정구이다. 아버지 이정구, 아들 이일상과 더불어 삼대가 대제학을 지냈다. 저서로《백주집》이 있고, 시호는 문정이다.

이상적(1804~1865) 호는 우선(藕船). 조선 후기의 역관이자 문인이다. 열두 번이나 중국을 다녀왔으며, 중국에서 시문집을 간행했다. 김정희의 〈세한도〉를 북경에 가지고 가서 청나라 문사들의 글을 받아 오기도 했다. 시를 잘 지었고, 서화와 금석에도 조예가 깊었다. 저서로《은송당집》이 있다.

이옥(1760~1812) 그의 글은 친구 김려에 의해 정리되고 김려의 문집에 대부분 수록되어 있다. 성균관 유생으로 있으면서 소설 문체를 써서 군대에 편입되기도 했다. 정조 20년 (1796) 별시 초시에 일등을 차지했지만 문체가 문제가 되어 꼴찌에 붙여졌다. 정조 23년 (1799)에 문체가 문제가 되어 경상도 삼가현에 소환당하여 그곳에서 넉 달 동안 머물렀다. 그는 정조의 문체 반정의 최대 피해자이기도 했다. 그 뒤에 본가가 있는 경기도 남양으로 내려가 글을 쓰면서 여생을 보냈다.

이용휴(1708~1782) 호는 혜환(惠寰). 남인 실학파의 중심인물인 이가환의 아버지이다. 어려서 작은아버지인 성호 이익에게 배웠다. 진사시에 합격했으나 관직에 뜻을 두지 않고 학문에 전념했다. 천문, 지리, 병농 등 실제 생활에 도움이 되는 실학에 조예가 깊었으며, 주자학적 권위와 구속을 부정했다. 〈해서개자〉라는 한문 소설을 썼으며, 저서로《탄만집》,《혜환잡저》등이 있다.

이이(1536~1584) 호는 율곡(栗谷). 아버지는 이원수, 어머니는 현모양처로 추앙받는 사임당 신씨이다. 여덟 살 때 파주 화석정에 올라 시를 지을 정도로 문학적 재능이 뛰어났다. 아홉 차례의 과거에 모두 장원을 차지해 '구도장원공(九度壯元公)'이라 일컬어졌다. 1569년 선조에게 〈동호문답〉을 지어 올렸고, 1575년 주자학의 핵심을 간추린《성학집요》를, 1577년 아동 교육서인《격몽요결》을 편찬했다. 특히 그는 〈만언봉사〉를 비롯한 많은 글을 통해 정치, 경제, 국방 등에 가장 필요한 방안을 구체적으로 제시하였고, 언로를 개방하고 여론을 살필 것을 역설했다. 문묘에 종향되었으며, 시호는 문성이다.

이익(1681~1763) 호는 성호(星湖). 두 살 때 아버지를 여의고 어머니 슬하에서 자랐다. 열 살이 되어서도 글을 배울 수 없으리만큼 병약했으며, 나중에 둘째형 이잠에게 글을 배웠다. 1706년 이잠이 장희빈을 두둔하는 상소를 올렸다가 옥사하자 과거에 뜻을 버리고 시골에 침거하며 재야의 선비로서 평생 은둔했다. 중국을 통해 전래된 서양 문물을 접하면서 중국 중심의 세계관에서 벗어나 합리적이고 실증적인 실학으로 나아갔다. 인재 등용에서 공거제를, 토지 제도에서는 토지 소유를 제한하는 한전법을 주장하였다. 그의 학문은 안정복, 권철신 등을 거쳐 다산 정약용에게까지 영향을 미쳤다. 저서로《성호사설》,《성호선생문집》등이 있다.

이제현(1287~1367) 호는 익재(益齋) · 역옹(櫟翁). 원나라의 수도인 연경에 가서 '만권당'을 짓고 원나라의 학자들과 교류했다. 저서로 《익재난고》, 《역옹패설》이 있다. 시호는 문충이다.

이호민(1553~1634)　호는 오봉(五峯). 조선 중기의 문신으로, 시에 뛰어났다. 임진왜란 때 이조 좌랑에 있으면서 왕을 호종했다. 또한 명나라에 지원을 요청해 명나라의 군대를 끌어들이는 데에 크게 공헌했다. 저서로 《오봉집》이 있다.

이황(1501~1570)　호는 퇴계(退溪). 조선 중기의 문신이자 학자이다. 스무 살 무렵 《주역》에 몰두해 건강을 해치기도 했다. 34세(1534)에 문과에 급제하고 관직에 발을 들여놓았으나 중종 말년부터 나라가 어지러워지자 관직을 떠나 산림에 은퇴할 뜻을 품었으며, 이후 벼슬이 주어지면 사양하거나 물러나는 일이 많았다. 고향인 낙동강 상류 토계(兎溪)에서 독서에 전념했는데, 이때 토계를 퇴계(退溪)라 바꾸어 부르고 자신의 호로 삼았다. 60세(1560)에 도산서당을 짓고 독서와 저술에 힘쓰는 한편 많은 제자들을 길렀다. 그가 죽은 후에 고향 사람들이 도산서당 뒤에 서원을 지어 도산서원의 사액을 받았다. 여러 차례 벼슬을 지냈으나 산소에는 그가 남긴 말대로 '퇴도만은진성이공지묘(退陶晩隱眞城李公之墓)'라 새긴 묘비가 세워졌을 뿐이다. 1609년 문묘에 종사되었다. 시호는 문순이다.

이희준(1775~1842)　호는 계서(溪西). 순조 5년(1805) 문과에 급제하였다. 순조 33년(1833) 삼사의 탄핵을 받아 황해도 배천으로 유배당했다가 이듬해 풀려났다. 《계서야담》이 그가 엮었다고 전하지만, 그의 형인 이희평이 엮었다는 주장도 있다. 시호는 문정이다.

일연(1206~1289)　일연은 법명이다. 1219년 설악산 진전사로 출가하여 구족계를 받고, 1246년 선사(禪師)의 법계를 받았다. 1277년(충렬왕 3년)부터 1281년까지 청도 운문사에서 지내면서 선풍을 크게 일으켰다. 이때 《삼국유사》를 쓰기 시작한 것으로 추정된다. 뒤에 어머니를 봉양하기 위해 고향으로 돌아왔다. 인각사에 부도가 세워졌다. 시호는 보각(普覺)이고, 탑호(塔號)는 정조(靜照)이다.

장유(1587~1638)　호는 계곡(谿谷). 조선 중기의 문신으로, 김장생의 문인이다. 병자호란 때는 공조판서로 최명길과 더불어 강화론을 주장하였다. 일찍이 양명학을 익히고 주기론을 취하였다. 문장이 뛰어나 이정구, 신흠, 이식 등과 더불어 한문 사대가로 일컬어졌다. 문집으로 《계곡집》이 있고, 시호는 문충이다.

홍대용(1731~1783) 호는 담헌(湛軒). 1765년 북경을 방문하여 서양 과학을 접하고 지전설을 주장했으며, 이러한 자연관을 근거로 중국 중심의 '화이론(華夷論)'을 부정하였다. 북학파 실학자인 박지원과 교유했으며, 박지원의 사상에 큰 영향을 주었다.

홍우원(1605~1687) 호는 남파(南坡). 1680년 경신환국으로 남인이 몰락하자 허적의 역모 사건에 연루되어 명천으로 유배되었다. 학문이 뛰어나고 성품이 곧았다. 저서로 《남파집》이 있고, 시호는 문간이다.

문학시간에 옛글읽기 3

옮긴이 | 전국국어교사모임

1판 1쇄 발행일 2014년 4월 28일

발행인 | 김학원
경영인 | 이상용
편집주간 | 위원석
편집장 | 최세정 황서현
기획 | 문성환 박민영 박상경 임은선 최윤영 조은화 전두현 최인영 이혜인 정다이 이보람
디자인 | 김태형 임동렬 유주현 최영철 구현석
마케팅 | 이한주 김창규 이선희 이정인
저자·독자 서비스 | 조다영 함주미(humanist@humanistbooks.com)
스캔·출력 | 이희수 com.
용지 | 화인페이퍼
인쇄 | 청아문화사
제본 | 정민문화사

발행처 | (주)휴머니스트 출판그룹
출판등록 | 제313-2007-000007호(2007년 1월 5일)
주소 | (121-869) 서울시 마포구 동교로 23길 76(연남동)
전화 | 02-335-4422 팩스 | 02-334-3427
홈페이지 | www.humanistbooks.com

ⓒ 전국국어교사모임, 2014

ISBN 978-89-5682-702-9 44810

만든 사람들

편집장 | 황서현
기획 | 문성환(msh2001@humanistbooks.com) 박민영
디자인 | 최영철